U0910944

被风吹乱了的城市

周勇 著

图书在版编目（C I P）数据

被风吹乱了的城市 / 周勇著. -- 长春 : 吉林文史出版社, 2020.7（2023.1重印）
ISBN 978-7-5472-7071-4

Ⅰ. ①被… Ⅱ. ①周… Ⅲ. ①长篇小说—中国—当代 Ⅳ. ①I247.5

中国版本图书馆 CIP 数据核字 (2020) 第 135470 号

被风吹乱了的城市

BEI FENG CHUI LUAN LE DE CHENGSHI

著　　者：周　勇
责任编辑：钟　杉　王　新
封面设计：四川悟阅文化传播有限公司
出版发行：吉林文史出版社有限责任公司
地　　址：长春市净月区福祉大路 5788 号　　邮编：130118
电　　话：0431-81629363（总编室）　0431-81629372（发行科）
网　　址：www.jlws.com.cn
印　　刷：三河市嵩川印刷有限公司
经　　销：全国新华书店
开　　本：165mm×235mm　1/16
印　　张：16
字　　数：228 千字
版　　次：2020 年 9 月第 1 版　2023 年 1 月第 2 次印刷
定　　价：59.80 元
书　　号：ISBN 978-7-5472-7071-4

目录

CONTENTS

01 一起纠纷…………………… / 001
02 普通家常…………………… / 003
03 合作愉快…………………… / 004
04 老友来访…………………… / 006
05 曾经的他…………………… / 009
06 典型人物…………………… / 011
07 典型材料…………………… / 013
08 新同事到…………………… / 018
09 幡然醒悟…………………… / 022
10 王一进杭…………………… / 029
11 西塘风景…………………… / 034
12 泰山大人…………………… / 039
13 阳阳到来…………………… / 043
14 开拓市场…………………… / 049
15 各执一端…………………… / 054
16 波澜起伏…………………… / 059
17 一匹黑马…………………… / 067
18 如歌行板…………………… / 072
19 真经难念…………………… / 077
20 家长里短…………………… / 082
21 快乐速配…………………… / 088
22 青春时光…………………… / 095
23 浪漫之旅…………………… / 101

24 风云突变……………… / 107
25 茉莉花开……………… / 114
26 爱情海湾……………… / 118
27 拨云见日……………… / 124
28 潮涨潮落……………… / 129
29 普天同庆……………… / 135
30 镜花水月……………… / 140
31 花落花开……………… / 146
32 别有洞天……………… / 151
33 心照不宣……………… / 157
34 丽水风情……………… / 163
35 家长里短……………… / 168
36 风花雪月……………… / 173
37 小打小闹……………… / 181
38 一心二用……………… / 189
39 阳光沙滩……………… / 197
40 爱情测试……………… / 202
41 分道扬镳……………… / 208
42 进退维谷……………… / 213
43 芝麻开门……………… / 218
44 多方突围……………… / 221
45 缘定三生……………… / 227
46 旧梦重温……………… / 229
47 月缺月圆……………… / 238

后记 闲言碎语…………… / 245

01　一起纠纷

成名很早以前就神往这座城市了。

直到如今，他理所当然地融入城市，并将成为其中的一分子，仍然感到不可思议。站在这个城市中心最高的一幢楼顶，成名觉得有些晕眩。这种感觉不是来自白花花亮晃晃的夏日迷茫。眼下是40℃的正午，成名刚刚做了一次成功的采访，一个企业家，短时间里将一个品牌做大，这是很不容易的事情，而且这个企业家创业的传奇经历也颇让人感动。就在昨天，公司6000万股A股在上海证交所成功上市，以每股9.2元来算，发行后总股本约23500万股，每股净资产4.02元，作为公司的第一大股东，这位企业家一下子拥有近9.4亿资产，成为又一个传奇式的亿万富翁。

成名发出一声由衷的感叹。这声感叹让旁边一直不言语的新闻部见习记者采芹禁不住皱起眉头，她想：这人怎么了？采芹刚刚分到新闻部，这是她第一次跟资深编辑实地采访。现在是“非典”时期，新闻部的人手不够，所以文艺部的副刊编辑都统统过来帮忙。金主任就将采芹交给成名来带，并且郑重其事地对她说：“这可是报社的顶梁柱，出版过报告文学集的作家，以前干过七八年的报纸新闻编辑，采芹啊，好好干。”

金主任同时也告诉成名，带好这位徒弟，她可是大有来头的，她的父亲是新闻出版局的副局长，专门负责这一块的。

成名点点头，这种事都摊在老实人头上了，回去后肯定得让老婆念叨，好在加班的收入能让奖金翻倍，刚刚发下来的钞票，多少可以堵一堵老婆那张碎嘴，这样想起来也就多了几分坦然。

“成老师你叹什么气？”小姑娘眨着亮亮的眼睛，不解地看着他，没等成名回答，又追上一句："是不是羡慕人家韩大老板呀？改天，你我也办他个上市企业，我保证你能赚他十亿八亿。"

好大的口气！你以为你一个黄毛丫头能扯大旗做虎皮，简直在开玩笑，别说你爸，你爷爷恐怕也没这个能耐。成名暗想着，并不接话，只说道："好了，咱们的采访该结束了，回去以后，把你那一部分稿子借给我。"

采芹看看他，才说："还早呢，咱们去北山路上岛咖啡坐一坐如何？我请客。"

小姑娘说完噘着嘴，还没有哪位男士让她这么尴尬过呢，她不信，这位听说很厉害的老同事会这么不谙世事。

馨月准备离开办公室的时候，电话铃响起来了。

"经理，王总让您马上去五楼会议室开会。"秘书小李在电话里细声软语地说。

"知道了。"

会议进行得还算顺利，王总传达了市政府和卫生局关于"非典"时期怎样预防的政策，并要求酒店除了坚持每天汇报记录之外，还要进一步加大力度做好卫生工作。散会时还特别叮嘱馨月，客房部是关键，事关大局，如果没有做好消毒，客人投诉起来，那就完了。

馨月回到客房部，将两个主管叫来，一一做好安排，临了还去楼层上转一转，在14楼，查出一个房间，屋角有一些蛛网，这是常规问题，她将服务员叫来，批评了一顿。幸好这事发现得及时，要是检查被扣了分，怎么也说不过去。

一个主管反映客人丢了一架相机，客人已经向房务中心投诉过。馨月打电话给房务中心，要他们先等一等。将客人叫到经理室，馨月让他回忆一下，是不是真的丢在客房里了，这位韩国客人的话使馨月头痛得很，她差点又犯偏头痛了。这毛病折磨了她十五年，到现在都还没好。

这时旅行社的人送来了相机，导游说这位客人将相机放在一个公园摊点儿上就走了，还好，那个公园的负责人把相机交到了旅行社。

翻译费了好一会儿工夫将客人说服，这会儿相机找回来，客人也意识到自己误会了，才向馨月说一些抱歉的话，馨月通过导游翻译说，这没什么，有意见尽管提。

客人走的时候，在房间里留下几张韩币，而被主管骂了一通的服务员也不收小费了，干脆将这几张韩币交到经理室。

02 普通家常

解决完投诉事件后，馨月就下了班。回到家里，累得四肢一摊，遂打开电视看了起来。老公成名已经将饭菜热了一遍，端上餐桌，招呼着她先吃饭。

两人不紧不慢地吃着，成名向妻子说起今天采访的事，神色间流露出一些艳羡。这神色让馨月想起今天服务员送来的几张韩币，于是从提包里拿出来，让成名辨认。

这韩币上都写着一个大大的阿拉伯数字1，成名认为是1圆，馨月认为是1角，争来争去也没个结果，成名最后决定等几天让报社里的人看一看。

“去给斗鱼换换水，已经快两个月了。”馨月说。

两人是商量好的，鱼归成名换水，花归馨月浇水。眼前一盆吊兰和栀子长得茂盛，但是一个月前买来的兰花，买时长得葳蕤，如今已花落枝头。

这一提醒使成名不由得想起那条斗鱼，可怜兮兮地游走在窄小的空间里，两个月没吃东西，还能撑多久？

“睡吧，鱼终归是要死的，当初买下它时，人家就说了，不用给它吃什么，反正是要死的。”馨月说这话的时候，眼皮已经有些耷拉了。

已经没有了初恋时的激情，成名抱紧馨月，仿佛感觉到这个城市的堕落。

他想起那条鱼，他觉得如今自己就是一条半死不活的鱼，在这个城市里艰难地活着。他想起当年两人的相识。那时候，馨月对他来说，实在是一株散发着幽香的栀子花，他费尽心机地追逐着当时还做着教师的馨月。在他看来，她是那么青春，富有魅力，仿佛众多星星中最闪亮的一颗。他们的恋情经历了诸多风雨，成名清楚地记得那一次馨月的前男友要带她走时自己的慌张，才知道原来爱情是要靠竞争才能得来。于是成名那晚在校园里堵住那人，跟他说：“我爱她，并愿意为她付出一切，甚至生命。”

那个前男友，后来成名才知道他也是一位教师，分手后，那天来找馨月想要挽回，但当时显然被他的话震慑了，“你不要误会，我请你给我两个小时，两个小时就够了，我跟她说说话而已。”

至今，成名依然为自己的胆识感到骄傲，要不是那一次的刚毅，馨月说不定就成别人的老婆了，要知道，馨月在那一瞬间的表现让他至今感叹，他记得她只是淡淡地说：“你们俩都不用说了，我谁也不在乎，我们都只是朋友。”

成名离开学校的时候，他仿佛听见身后的男人也说了一句“我也愿意为你付出一切”。

当然，要是没有王一的帮忙，恐怕他都没有机会和馨月在一起。王一那时候教英语，他的老婆惠英也是那个学校的教师，又刚好同馨月住在一起，在王一追求惠英的时候，拉成名入伙，这样一来一往，刚巧是两双两对。

03　合作愉快

从报社出来，成名觉得有几丝惬意，他得承认，采芹的文笔是不错的，他俩完成的那篇报道文章让主编颇为满意。主编爽快签下了发头条的批示，同时，也大大夸奖了成名一番，当然对这位见习生的文笔也表示赞扬。采芹似乎对自己的文章也十分满意，在主编面前，她也将成名恭维了一番。

这一次，两人要写一写人文色彩比较浓重的北山路一带。一路上，两人商量着从哪儿写起，突然采芹灵机一动，“咱们就去北山路怎么样？写一写西湖边的人文景观。”

这个建议博得成名的赞同，写这些东西是他比较拿手的。他们沿着新新饭店一带，走访了十多幢老别墅，另外还看到了乾隆题字的大佛寺碑刻。说到别墅，宝石山下的坚匏别墅可算得一大景观了，另外就是张静江的静逸别墅，站在别墅前，让人体会到隐者的哲思和依山傍水的逻辑是那么传统和幽远。

采芹则偏重于关注北山路的时尚元素，毕竟，旧的仍在，而新的更多。这里的咖啡馆、饭店以及穿着入时的美女，那些蓝调音乐、沙发头及喧嚣背景下的古色古香，让人沉迷于这种原色对比中的反差效果。采芹用美能达拼命地拍，这些现场的DV效果使她觉得有些应接不暇。

天黑的时候，两人已经在一家就近的餐厅里开始大快朵颐了。

“今天收获不小，可以做两大版的专题，题目就叫《北山路，一种似曾有过的情绪》，你看怎样？”采芹兴致勃勃地说着，又看了看自己脚上的登山鞋，感叹道：“就是这双鞋恐怕得退居二线了。”

“依我看，咱们做成两个相对独立的版块，我这一头，刻意地整合一下，配上一些专家访谈，另外加上一组照片，配以文字，题为《北山路，静静的旧日墨香》，你看行不行？”成名说着。

“行，听你的，成大编辑的意见，准没错。那么，我的这一版，起个什么标题好呢？”采芹显出浓浓的兴趣，她的目光里充满了钦佩。

这种钦佩着实让成名很受用，他已经为她的版面想好了题目，当他将《北山路，时尚将你从背景里剥离》这一题目告诉她时，她竟拍起了掌，“哦，好，成老师的想法和我想的一模一样！”

“别叫我老师，或者大编辑，叫人怪不好受的，你叫我成名比较自然一点儿。”他说。

“不，得叫成老师，这是敬重，今天算我请客好了，为你的好点子干杯。”采芹笑盈盈地说着跟他碰杯，提议道：“成老师，都到北山路了，要不咱俩也去跳个舞吧。”

“哦，不行，我得赶回家，馨月的晚餐还没有做好呢。”成名站起身欲走。

“这么体贴，我想嫂子一定很幸福吧，嫂子肯定很漂亮，能透露一下吗？”采芹有些八卦地追问着。

“不告诉你，既然吃好了，那就走吧，我送你回家。”成名站起身，开玩笑道。

04 老友来访

回到家时，馨月在沙发上已经睡着了，成名只得轻轻地挪着步子，将电视关上，才发现已经快10点了。

馨月还是发觉他进来了，没好气道：“死到哪儿去了。”

“出去采访，回来送了个同事回家，她家有点绕。”成名关心地问：“饭吃过了没？”

“吃过了。”

“吃什么？”

“方便面。”

馨月的回答，让成名竟然莫名地心虚，他感到自己好像做了一件对不起馨月的事似的。

“明天，章亮和桂萍要来，你准备一下。”馨月突然说了一句。

“章亮和桂萍，他们学校开学了？”成名下意识地问，但还未听到回答，她已响起了轻微鼾声，他只得笑着抱起馨月，将她挪到床上，床发出沉重的吱呀声。

这床该换一换了，成名想。

章亮夫妻的造访，使这个原本寡淡的家多了一些活力。章亮在一所省级中专教书，他的妻子桂萍是从南方来的，虽然跟馨月不同省份，那也是老乡见老乡，两眼泪汪汪，这不，没一会儿，两人的话匣子就打开了。

两家人虽然都在杭州，可是彼此往来的机会却不多。如今，章亮夫妻还租住在天城路一带的农民房里。桂萍说那农民房东大妈非常小气，水费要收两块钱一吨，电费要收一块五，同她理论，她又不讲理。

章亮则说起以前三人一起闯浙江的事来。那时候，他在一张报纸上看到招聘启事，就按地址寄了一封信给对方，后来，对方让他去上过一次课，校长显然对他感兴趣，就邀请他一起吃饭，谈到聘用的事情，校长承诺说可以给他三个班教，月工资是1800元，就这样，章亮被那所特色中专录取，成了一名语文教师。

六年前的事历历在目，成名、章亮和王一，三个人是高中同学，目前都已经历了由单身向婚姻的过渡，三个人都成了家。王一娶了本地女子惠英，现在在浙江北边的小县城里做起了英语教师，他的妻子惠英，则丢了教职，专事教子，他们的小孩，已经三岁了。

“咱们也算是半个杭州人了吧。”章亮轻叹着说，“可是杭州不一定会容得下咱们。”

半年前，章亮就想和桂萍飞到广州去，那儿的一所中学想请他去教书，薪水也给得不错。

成名则认为自己已经融入了杭州，他们夫妻俩在杭州买了房，而且按揭的数字正一笔笔缩小，四十几万的房价，银行里只有十四万欠款了。

“老章，留下来吧，咱们都是三十出头的人，漂出来，哪儿都是家，算了，再跳也不过如此。”

“你俩得有个后了。”桂萍未接成名的话，倒是发表她的看法，“成名，你和馨月有了房子，毕竟已经站稳了脚跟，现在，干吗不生一个？”

闻言，馨月叹叹气：“桂萍，你不是不知道，我现在这个职位，一旦怀了孩子，就有可能会下来，我们不是没想过，只是想要也不行啊！”

“要是我跟馨月换个位置，也许可以吧。”成名笑着说，有点无奈的样子。

“唉——家家都有本难念的经，不是吗？”章亮附和着，“也罢，像我们，想得再多也没用。”

桂萍显得有些不自在：“怪我，也怪他，当初想要的时候他不要，现在，想要也不行了。”

桂萍动了两次脑部手术，教得好好的书，现在也只能在学校里干点生活老师之类的工作，这还是她那个私立学校有人情味儿。动手术的时候，几乎九死一生，用伽马刀开颅，每次都花三四万，要不是学校和家长捐款，肯定没救了。

四个人边吃饭边聊，说到生养子息的话题时，不由得羡慕起王一来了，桂萍于是站起来去打电话，电话里，王一的笑声渲染了气氛，王一说学校里比较忙，不过，他还是要过来同大家聚一聚的，毕竟，大家已经快两年没见面了。

老友重聚，自然有聊不完的话题。

“章亮，你现在还想不想家里那个她？”成名问。

“不想了，只是，有时候想儿子。”章亮说，“有人讲，残缺的婚姻不幸福，我的那一段，实在令人难以启齿，不提也罢。”

“我明白你的心思，只是现在，桂萍又不能生育，你是想有个后吧。”

章亮没说话。

成名把许多的问题留在心里，他知道，章亮不愿意提以前的事，他已经被工作和生活拖累得无话可说了。

05　曾经的他

馨月被一个电话震醒了，是一个从广州打来的电话。电话那头，许仙用一种惊喜的声调说："馨月，你不认识我了？我是山东大学九四级的许仙，你的校友。"

听他这样一说，馨月想起来了，她在大三的时候，许仙和她都是班里的团支书，他们一起入的党。

"我现在在火车站，我来杭州出差，好不容易才打听到你的电话。"许仙的嗓子有点沙哑。

"我马上过来，你在那儿等着。"

见了面，许仙一把拉起她的手，很是高兴，馨月则将手下意识地抽开。

许仙似乎这才反应过来，意识到自己这样不太好，赶紧解释："瞧我，高兴的。"

司机把他们送到馨月就职的杭州辉煌大酒店，这是一家总部在广州的投资酒店，四星级标准，把许仙安置在这里，再好不过了。

许仙提出要请馨月吃饭，馨月给成名打了电话，告诉他自己晚上不回家吃饭了。

成名说，正巧，他跟同事去丽水采访，正往那边去呢。

"馨月，你怎么样，还好吗？"许仙告诉她，自己在广州一家网络公司当部门经理，自从上次分手后，自己一直没有再找女朋友，现在还是光棍儿一根。

"知道吗？这些年我一直都想着找你呢，不过，你不是在温州吗？怎么来杭州发展了？"

“那边的条件毕竟不如这里，最初，我是在浙北一所私立学校当了两年教师，后来，男朋友来杭州工作，我也就过来了，从此，就在这里留下了。”馨月耐心地听他说完，也简单地说了一下自己的情况，她在杭州成了家，买了房，有了车，目前过得很好。

许仙心里有点儿不是滋味，作为大学里的朋友，他一直暗恋着馨月。刚毕业那会儿，他还跟她有过联系的，因为自己是学计算机的，就想去大城市闯闯，可刚到深圳时，没能找到满意的工作，他写信给馨月求助，她还借给他两千元钱，后来自己工作一度不顺，也就和她慢慢断了联系。这么多年过去了，他一直记得这份情，现在自己也算小有成就，可再遇她时，原来有些人有些事早已改变。

“馨月，你先生在哪个单位？”

“报社，做编辑，挺忙的；我也忙，不过，现在大家都忙，为了生活。”馨月一脸的无奈。

“是啊，但结婚跟不结婚，毕竟两样，以后有需要帮忙的地方，尽管说。”

同许仙握别的时候，馨月感到他的手很烫，握得很久，几乎可以听得见他怦怦的心跳。许仙对她的心思，她不是不知道，年少时，她也未必对他没有好感，不然也不会在那个每月工资以百元计的年代，仅凭他的一封信，就把自己所有的积蓄寄了过去，可那层窗户纸终究在还没有捅破的时候，就在彼此失去联系后被时光掩埋了。

对于许仙那段关于青春时光的故事，馨月一直缄口不提，哪怕是在成名跟前，她也从未提起过这个人。

夏日炎炎，成名总算体会到这个火炉城市的厉害，同他一样遭罪的，还有这个大学刚毕业的新闻系高才生——见习记者采芹，这一次，她也陪着成名足足享受了一回阳光浴。

采芹毕竟是第一次到丽水，他们的车开过碧湖时，在保定和堰头，有幸目睹了1600来年的通济堰风采。干旱少雨，丽水的十几个山塘如今都干枯了，原来电力供给丰盈的丽水已经有30%的农田旱情严重，省报要查勘一些具体的数据和抓一些典型，首选之地当然是丽水了。通济渠一带的庄稼，有了这个千年引水工程的便利，倒也幸运一些，其他地方的灾情更严重。

一个老农手里抓着一把枯死的禾蔸，对他俩说：一家五口人，今年吃什么呀！言罢号啕大哭。这一幕，后来作为特写登在晚报头版上。

丽水的夜晚，华灯初上，他们一齐参加了当地日报社为他俩举行的接风晚宴。晚宴设在一处名叫“秀水阁”的地方，门口的一条溪已干枯，饭桌上的特色菜蝉虫，据说只有在丽水这里才能吃到正宗的，这会儿嚼在嘴里竟一点儿也不是滋味。

采芹认识了那么多同行，聊得起劲儿，而成名一个人倚在竹篓边的栏杆旁，望着星空下那一弯明月，想起了远在他乡的父母。

父母年事已高，退休后，本想抱一抱孙子，无奈成名和馨月因工作忙，一直都没有时间将此事提上日程。前年，父亲从偏远的四川来到杭州，他陪着父亲逛了一圈西湖，三天后，父亲便回川西那个偏远的家了。成名不明白，父亲从秀山到成都，再到重庆，最后又回到那个山旮旯里的真正原因。

乡愁，这是一个人走得再远也解不开的结。父亲说，他不愿待在这样一个大城市里，甚至连死也不安生，他认为把人烧成灰那是一件让灵魂也无法安宁的事，他讲究落叶归根。

父亲的话，使成名感受到一个执着长辈的质朴、幼稚，甚至是他的倔强。

06　典型人物

章亮自从进了这所学校后，便以为这里就是他的归宿了。他拼命地干活，几乎成了不是党员的党员。

每天，章亮第一个到校。班里的学生给他取了外号，叫包大人，包大人从不迟到，铁面无私，学校的制度、措施，他照章办事。

所以，年终的时候，章亮等来的评价是：办事认真、负责。当然，还有就是：教学效果一般。

章亮在这所学校干了三年，没轮得上教毕业班，他知道自己充其量也不过是临时教师，但他仍然不敢怠慢，他想领导是会欣赏的，何况领导铁面无私，跟他一样。

一次集体活动时，领导很有兴致地喝起了酒，甚至挨个儿向老师敬酒，轮到章亮时，领导愣了愣，开颜一笑："章亮，来，碰一碰。"

章亮受宠若惊，遂开颜回以微笑："哦，干光，校长也干光。"

领导倒也爽快，一仰脖子喝了起来，最后还倒过来给章亮看杯底："喏，一滴也不剩吧。"

章亮豪情顿起，也一口气干光了杯中酒。

领导的杯子里装的是水，但章亮的杯子里装的全是白干。

最后活动结束了，章亮脸红脖子粗地回到家，一口气爬上八楼，但钥匙怎么都打不开门，他还一个劲儿地嚷嚷："开门，桂萍，快开门，想挨揍是不是？"但其实，他们家住的是七楼。

可世事无常，桂萍自从动了手术，脾气也变坏了。以前，她什么活儿都干，洗衣、烧饭菜、打扫卫生，样样活儿都麻利，但现在不同了，章亮下了班，先得跑菜市场，然后拎着大包小包回家，自个儿麻利地洗菜、淘米，等到饭熟菜好，已经快6点了，桂萍这时候才下班。

"唉，今天真倒霉，2号又拉在床上，害人一阵好洗……中午的时候，9号又不睡觉，还跑到外面哭妈妈……"桂萍一顿数落，章亮认真听着，关键时也插上一两句话，但都是无关紧要的。

章亮说了今天领导来办公室找他的事，领导对他说："章老师，以后下班时间没到，最好待在办公室里，班主任要不在班，学生找不着，多尴尬，学生已经向学校反映好多次了。"

这等于是给教师上金箍，章亮有点愤愤不平，但又无可奈何，好在老婆回家也迟，那顿饭晚一点儿，关系不大。

章亮把这事说给桂萍听，桂萍便骂他：“你就不会表表功，就知道点头啊？这样，你没旷课、早退，也变成早退旷课了，真是个榆木疙瘩。”

章亮便想：北方人骂人蠢，倒蛮含蓄的，打个比方，南方人含蓄，会骂人木脑壳，如果骂砍脑壳的、刀杀的、剐肉的，就挺不中听了，也不知道她是打哪儿学来的。

这么想着，章亮突然意识到这个南北方骂人用词的语言差异，还蛮有意思的，或许，他可以写点关于此话题的小文章，然后发邮件给成名，让他替自己发一发，还能赚点稿费，所以桂萍的这一顿臭骂，对他来说，很快便成了耳旁风。

最后，当成名真收到章亮的邮件时，一读，还真挺好，很快便将老同学的文章发表在副刊上。

于是，章亮收到了他的第一笔稿费，70元整呢，用这钱他买了一只烤鸡，吃饭的时候，桂萍以为是谁过生日，或者发奖金，结果是，另外的50元全上交“国库”了。

07　典型材料

从丽水采访完后，采芹关于浙江旱情这一专题的写稿热情陡长，那篇《2003，浙江大旱》的文章被刊载在报纸专题版上，很是醒目。主编付柱对此也很高兴，笑呵呵说道：“知不知道，这一期多印了5000份。”

但也交给了他们新的任务，要成名和采芹两人负责策划几个专题，而这专题还要有新意，要关注焦点话题。

成名和采芹连连保证完成任务，脑子里都还在想着主编最后的那句：“对了，今天发奖金，还有，稿费打到你们的卡上了，去财务部签字吧。”两个人都高兴坏了。

这一笔稿费和奖金可是不菲，既然是搭档，成名决定回请采芹一次。

“还去上岛咖啡吗？”成名问。

采芹眨巴着眼：“主编说得好，咱们要有创意，今天，咱们去南山路，泡吧，你付钱。”

成名给馨月打电话，晚饭不烧了，闻言，馨月懒洋洋地说：“行，我吃个泡面就解决了。”

这时，一个服务员说：“经理，到我家，三缺一，咱们就打个通宵。”

蜂房酒吧，一个充满时尚色彩和人文背景的地方。啤酒、名画，还有一群臭味相投的艺术家，海阔天空，神聊万仞。

成名认识蜂房的一个老板，是美院的教师，隔壁就是他的画室了，而采芹趁机采访了这位老板。老板是九江人，江西老俵不错，他的油画拿遍了国内大奖，年纪轻轻，就已经是中国美协会员了。

采芹有一个打算，她想做一个专题，题目就叫“从小镇走来的艺术”或“在杭州创业的外乡人”，但她有点儿拿不准。

关于艺术的话题，这位艺术家侃侃而谈，他属于温文尔雅的一类，他认为自己的东西剥离了旧的元素，想走一条意与象相关的路，他通过作品来诠释这一概念，而酒吧里的好几张画，都出自美院的青年教师之手，一幅幅看来皆是自成品格的。

成名想，这些东西就像某种流派，他的题材、意象以及内容。

“画家，你这几幅作品有没有现实依据，我看来看去都像是在哪儿见过似的。”成名问。

“对极了，我们几位画家是在丽水完成的，那儿有我校的写生基地，你看，这里的树林，就在基地前面，而这样的村庄、村道，是在保定画的。”

“怪不得。”成名附和着，“前几天我刚在丽水采访，保定我也去过，那儿有条河，水很清，流到瓯江去的。”

“是吗？”画家来了兴趣，说道，“那儿的风景很好，每隔一年，我就过去一阵子，住一住，画一些东西。”

采芹已经抓了些其他画家的材料。这一次的神聊，使她对艺术的憧憬更为强烈。

“成老师，我明白为什么他们这些搞艺术的人都那么傲气了。”采芹突然凑近成名身边，一本正经地小声说道。

“啊……”成名显出疑虑。

“这叫炫，你懂吗？”采芹有点兴奋。

成名只知道有个“酷”字，这玩意儿是愤青们发明的，他这个年纪，语言意识仍处于保守和稳定阶段，如今，汉语词汇又融入了时尚元素。

“说说看，我不太懂你们年轻人说的词语。”

“亏你还是个记者呢，跟不上时代了。炫，酷，这是我们年轻人夸赞时用的代名词，哦……我的采访有好标题了。”

“怎么说？”成名显出兴趣。

“《炫》。”采芹大声地说。

“是够炫的。”成名附和了一下，回过身，他观察了一下酒吧里的人，扎马尾辫的男人，戴假发的女人，艺术色的唇膏，抽雪茄的女子，络腮胡的壮汉，他开始明白什么叫炫了。

第一天，一篇专题报道在晚报专版上刊出，题目是“炫——南山路”，子标题“蜂房艺术的前卫元素”，撰文为成名、采芹。

那天晚上，馨月的手气不错，二十几圈儿走下来，五块钱一梭的码洋，足足有一大沓，回到家里时，成名已经鼾声连连了。她想，那帮服务员真够意思的，都让给她了，要是老总的话，那天不搓上一两万才怪。

权力，你的名字叫——钞票。

“王一，你个死鬼，还不起来，跟我回一趟家，咱妈让晚上过去吃饭呢。”

在惠英的怒吼中，王一懒洋洋地起床，已经是早上9点半，好不容易休上个星期天，也不让人休息休息。瘪着闷气，拖着一双塑料鞋，连帮子都凹下去的鞋在光滑的水泥板上摩擦，发出噌噌的声音，这种声音像是在抗议，使本来就有点火药味儿的空气里掺进了另一种炽热的郁闷气息。

“啪——”厨房响起一种脆朗的金属物坠地声，惠英急忙赶过去，发现三岁的儿子正看着地板上发愣，而地上是碎了一地的水瓶内胆。

惠英好像自己的心给人踹碎了似的：“我的天啊，你个小祖宗，你这是干啥呀……”

儿子用响亮的哭声表示委屈，没等惠英的巴掌劈到屁股上，就已经哭得稀里哗啦了，惠英哪里还舍得再打他。

好！我儿子聪明。王一见状，心里乐坏了，有时候，他在想人毕竟是进化了，儿子一岁半就能说出父母的名字，而且还长得结实，两岁时已经蹿到有些五岁小孩的高度，难怪同事都错把他当成小学生考他乘法口诀。

“人没伤着就算好了，他还这么小，懂什么，以后注意着点就是了！”王一嘴边淌着泡沫，又害怕惠英真打孩子，一只手握着牙刷，另一只手已架开她的手，将孩子护在身前，哪知道惠英来了个360度的弧，重重地拍在王一的屁股上。

“啪——”王一还没愣过神来，嘴里咕咴一下，满口的牙膏水已吞进肚里。

儿子破涕为笑。

王一冲儿子眨眨眼。

惠英正要打第二下的时候，王一的屁股里挤出一个响亮的“圈”来。

“你打一下，我就放一个圈给你，你还打呀。”王一调皮地回应着妻子。

惠英被他的举止弄得尴尬，忍不住扑哧地笑起来，“王一，你放屁！缺德鬼，没个做爸爸的样子，你有本事，你跟我多挣点钱去，到这里贫什么嘴，你就会想办法呕我，我才不生你的闲气呢。”

“好了好了，夫人，我要没本事，当初能把你娶到手？夫人，咱今天去他外婆家，外婆给咱们烧什么吃？”

“冬笋焖肉，我爱吃！”儿子抢着说。

“王小军，你整个十足的馋虫。”王一没好气地说，一边迅速观察惠英的动作。

妻子把王一换下的衣服放进盆里，洒上洗衣粉，和着水，搓一搓，又向里间去了。

王一哼着歌：“让我们荡起双桨……”快乐地跑向洗手间。

“小船儿撑开波浪……”儿子跟着接下一句唱起来，还嚷嚷着，“我先上厕所，我起得比你早！”

最后，儿子以百米冲刺的速度抢先占领了制高点——马桶。

“你快点，我都憋出几个臭屁了，再憋你妈又说我放圈了。”

“急什么，快，给我扒裤子，我不会脱。”儿子嚷嚷道。

王一还没行动，儿子却高八度地喊：“妈——妈——”

惠英从房间里出来，手上攥着块床单，“小军，你都三岁了，自己还不会脱裤子？”

放下床单。

惠英上前麻利地脱下他的裤子，儿子却委屈地说：“妈，我都拉了一点在裤上了。”

“哎哟”，闻言，王一弯着身子就往外走。

“你去哪里？”老婆朝他喊。

“去公厕！”王一丢下活，急匆匆地出了家门，100米冲刺，目标——学校厕所。

08 新同事到

杭州这个酷夏已经40多天了，气温仍然维持在39℃的均值。这个几十年难遇的夏天里，一切都像下了火似的，当章亮读到晚报上的《浙江大旱》时，他似乎感到整个杭州人憋着一股子气，就是诉说不出来的委屈。

“唉，凉风、凉风——”，摇着芭蕉扇的老太太从门牙里，其实已经长不出牙，应该叫牙床，模糊地表达着她的焦虑。

“唉，水、水——”，地面皲裂得足足可以放得下脚板的稻田里，一个老农拔出禾蔸，脸上布满痛苦、不安。

“唉，工作、工作——”，45岁的邻居刚刚从化工厂辞出来，他算计着哪一份工作更能赚钱。

一个哑巴，50岁上下，傍晚的时候把器具柜推出来，当街一摆，上面写着：晚点修车，不好不收钱。

一个盲人，坐在按摩室的沙发椅上，像是等待着来客，按摩室的床位上，已经跑了一整天的老板躺在那儿，任凭别人将臭脚丫翻来覆去当宝贝挣钞票。

无聊、闲人与忙人的写照愈发强烈。

这有什么不能想通的呢？当桂萍絮絮叨叨地诉说着领导——生活组刘主任的埋怨，章亮就这样安慰老婆，干活是人的天性，享受才是富人的特权。

“明天，我不干了，每个月1000块钱的报酬，还不如去当家政。”桂萍发泄着自己的不满。

“还不是一样，你以为当家政就自由了？昨天，我们小区门口就有两个心安家政的雇员在发牢骚，她们等了两个小时还等不到房东，和他约了三次，就是约不到人，说得好好的，10点在家里等，都12点了，还没人，她们也要吃饭啊，打他手机，他说他在酒店里陪朋友吃饭，她们就不是人了！”

桂萍一声不响地躺在沙发上，她睡着了，也难怪，孩子们睡午觉，她得去看着，孩子们走了，她得打扫房间，去洗他们换下的脏衣服，其实这活儿，跟家政也没有什么区别！

章亮将电扇往桂萍身边挪挪，拉上门，往菜市场方向走过去。

天蓝蓝的，云朵似羽绒，这是章亮走出小区时仰脸看到的印象，假如来个仿句练习，相信学生会造得比自己还好。

没有风。太阳，这个火球，满世界送温暖，阿波罗的爱情，让凡人世界觉得躁动不安。

桂萍已经在烧饭了，厨房里传来乒乓声，她找不到磨刀石，见章亮拎着几袋蔬菜，“你来得正好，磨刀石放哪儿了，我正准备切南瓜呢。”

“别急，才4点半，6点钟吃饭也不迟，今天是周末，咱们看电影去。”章亮开口说着，一边麻利地从厨房的阳台上取磨刀石，舀了点水，噌噌噌磨起刀来。

“看电影！什么电影？”已经三年多没进过电影院了，桂萍问着。

“《哈利·波特与密室》。”章亮笑着答。

“白痴！”桂萍骂道。

“章老师，你来一下。”书记推开办公室的门，里边坐着一清秀女孩儿，脸儿圆圆的，穿着天蓝色的圆领衫，黑色的七分裤上有丝织的两朵红梅花。

“这是新聘的专业老师，叫柳眉。”

“你好！”章亮伸出手，他想自己一定有点分神了。

柳眉握住章亮的手，章亮觉着，柳眉的手轻飘飘的，像一枚柳叶，不，像棉绒般。

“这是语文老师章亮，我校的优秀班主任，以后，你跟着章老师，多学点管理经验，你们俩要把二年级抓好，抓出成绩来，我一向看好你们这个年纪的。”书记说道。

走出办公室后，柳眉问章亮："章老师，请教一下，我现在该如何抓二年级（2）班，你能介绍一下吗？"

"来，到我这儿坐坐，我跟你谈谈这个班的情况。"

一个学期下来，章亮已经了解二年级（2）班的学生情况，他能准确说出每个学生的爱好、性格、成绩升降情况，说道："这个班原来的班主任是不大管的，现在好一点儿了，你要抓，先从纪律抓起，有时候，我们上课，都上不下去。"

美术班的学生，文化课不行，章亮还告诉柳眉，得先教育学生，竞争机制的形成，已经使学校前途堪忧，学院正准备撤销这所附属学校，如果再不抓，势必全面崩溃，而且学校领导已经引起重视，所以细节上要处理好，道理讲通了，学生是会接受的。

柳眉用一个小本子把章亮的话一一记下来。

"哦，快到吃中饭时间了。"

"我还没领到票，你先去吧。"

"我这里有多余的，我请客。"章亮说。

"那好，下次我请。"

许仙再一次从广州来杭州的时候，已经是下半夜了，他跟服务员要到优惠房，仍然住1208房。第二天，他给馨月打电话，想约馨月两口子一起吃饭，馨月却说不巧，成名去温州采访，另约吧。

对于她的拒绝，许仙显出遗憾的样子："那么，下次再叙吧，馨月，反正你也没事，不如一起吃饭。"

"行！"

这一次，许仙偷偷准备了一串谢瑞麟牌子的项链，他预备着吃完饭送给馨月，毕竟当年借她的2000元现在再还，已经没有什么意义了，还不如送她个礼物。

俩人在新开元包厢里吃的饭。

“这种菌是新产的，来，尝一尝。”许仙殷勤地劝着酒菜。

馨月尝了尝，点头道：“嗯，是不错，比咱们辉煌的厨子烧的菜好吃多了！”

吃完饭，俩人约着去酷比龙，唱了两个多小时的歌，许仙专门点了馨月爱唱的《梦里水乡》。馨月的音色不错，有点江珊的味道，唱得中听，而许仙则唱他爱唱的《大中国》，俩人边喝酒边唱歌。

临分手时，许仙才把那个礼盒交给了馨月，也委婉表达了是当年她仗义借钱的谢礼。

回到家，成名不在，馨月在梳妆台前打开盒子，她有些讶异，也有些茫然，许仙送给她的可是价值不菲的项链，里面还有一张贺卡：馨月，一直以来，你在我心中的位置难以挥去，我知道，大学里没有把这个字说出来，是我错过了机会，今天是你的生日，祝你生日快乐。

是不是不该收下许仙的项链啊？她看着许仙写下的话，心里暗暗想着。

正在这时，桌子上的电话铃响了，电话那头馨月妈说：“馨月，俺挂记闺女的29岁生日，俺叫你嫂子给你寄点家里的玉米棒子去，自家种的，信得过。”

电话挂了，馨月觉得很感动，她想等成名的电话，可是，没有等到。

时间一分一秒地过去。

采访车沿着杭温高速公路疾驰，采芹显然是累了，睡着时点着头偏向了成名的肩膀，成名一愣，本想推开，可想着一小姑娘也不容易，叹了口气，便一动也不动，尽力维持着他的君子风范。

只是，微风从半开的车窗吹进来，采芹的一头黑发被风吹散，一绺绺轻舞飞扬，像是一根根琴弦，竟然拨动了成名的心扉，他莫名地感觉到内心的惶恐，那是一种躁动和不安的冲撞，这让他感觉很不好。

采芹仍然睡着，对于这个“靠枕”的心理变化毫不知情。醒来的时候，发现自己靠在成名肩头，脸上显出一丝红晕，连忙道歉：“成老师，对不起，我实在太累了，跑了好几个市县，时间太短了。”

“没有关系的，才开始做这行是这样，以后就练出来了。”成名动了动已经发麻的肩膀，笑道。

09 幡然醒悟

秋天的印迹越来越浓，大街上一阵风下来，常常甩下几张枫叶，王一走在县城的大街上，教育局的培训课刚刚结束，他想找个地方理理发。

他溜达进越秀美发屋，老板娘见他进来，赶紧叫徒弟，一个女孩儿端着杯子，笑盈盈地对他说：“先生，喝什么茶，这里有龙井，白茶，碧螺春。”

“随便。”他说，“要么喝白茶吧。”

老板正忙着替一个女客人焗油，笑笑说：“你当然得喝白茶了，你不是已经做了泰县人的女婿了。”

闻言，有点胖、头发黄黄的老板娘也搭腔说：“是啊，王老师的老婆，不是以前来理过发的，长得蛮灵秀的女孩子嘛。”

“什么灵秀，乡下妹子，现在已经是黄脸婆了。”王一闭着眼，女孩儿拿了一瓶洗发水，“还是沙宣吧。”

“对。”

王一闭着双目享受着女孩儿手指在头皮上轻轻揉搓，他的每一个毛孔都在放松。女孩儿说：“先生，做不做保健？”

“头上按按就行了，做不起的。”王一打了个哈欠，“真累。”

老板娘那边听着笑了笑，搭话道：“累了，就在我们这里做个保健呗，我跟你打个折，20元怎么样，我们家的按摩技术是很专业的。”

“我知道，难怪老板娘的生意这么红火，半价吧。”王一笑着讨价。

“好吧，老熟人照顾生意。”老板娘又笑一笑，说道，“王老师，到里面去吧，里面空调要好一些。”

包厢似的按摩间装修得很是温馨，旁边已经有其他客人在技师的按摩下睡着了。经过了最初的几个松缓筋骨手法后，让王一原本听了一天课而倍感疲乏的身体，在技师的熟练手法中，顿觉轻松舒服得整个灵魂似乎都浮在半空中了。

“妹子，哪里人呢？”王一问着他的技师。

“长兴。”技师脆脆地答。

“到这里多久了？”

“两个月。”

“工资怎么算？”

“学徒期，没工资，还得交学徒费，不过饭还是老板娘管，客人有时候给点小费，老板娘说，可以拿的。”

“回去打算开理发店？”

“对。”

“先生请翻过身，我要踩背了。”

王一趴在床上，技师的脚灵巧地踩过他的背，他感到浑身被挤压得舒坦，“哎哟”叫出了声。

“我弄痛你了吗？”

“不，没有，你继续。”王一赶紧说。

“你翻回来，我给你做腿部按摩。”

技师娴熟的手法，使王一感到格外舒畅，暗想着，要是自己老婆也会按摩该多好，可也只是想想而已，虽有点遗憾，倒也没真想过老婆能会了这项技能。

最后，王一付了30元费用，还破例慷慨地给了技师20元小费。

技师露出一口白牙，甜甜地说：“先生，欢迎下次再来。”

只是出了理发店的门，王一又有些烦恼了，今天这刚发工资就花掉了

50元，平时理发可要不了这么多，老婆规定只能花15元的，这下可怎么交代，他不免发起愁来。

唉——就这点钱，是能按摩享受的吗？王一决定不再这样奢侈了，要知道10块钱理一次发的地方多着呢。

唉——要能换一份工作，一个月挣个三四千，是不是就可以对自己好点，多这样奢侈几次了？

带着这些生活中的烦恼感慨，王一慢悠悠地回了家。

可有时候，人就是这样，或许一个不经意的想法就在心中生了根，最后发芽。王一就因为那次理发后囊中羞涩的感慨，最后决定发个邮件给成名，让他在杭州给找份新工作，就算结局未知，他也要辞职出去闯一闯了。

“章老师，这些日子以来，多亏你的帮助，正好明天周末没课，我请你吃个晚饭，以示感谢。”柳眉对章亮说，“正好也有个比较棘手的事向你请教一下，我们边吃边聊。”

“家里有事，不去了，是你班上学生的事？”

“是的，但你要是不去，我这有事都不好再麻烦你了。”柳眉轻轻说。

“你这太客气了。”章亮觉得她这话是认真的。

“章老师，去吧，你看我新来，什么都不懂，以后你多教教我，好吗？”柳眉很是诚恳。

想了想，章亮说道：“行，那我打个电话给老婆，她自己解决晚饭。”

柳眉订的是一家很有特色的杭菜小馆，环境古朴清幽，老板特意给他们留了个僻静的地方，便于聊天。

章亮能来，柳眉十分高兴，落座后，点了几道小馆特色菜，在询问过他后，还要了瓶绍兴老酒。

看着倒满的酒杯，章亮笑着道：“柳老师，你能喝吗？要不别喝了。”

“没事，小酌而已，来，章老师，敬你！”

两人碰杯，章亮道：“柳老师，以后有什么事，尽管找我，大家都是同事，不用客气的。”

“嗯，好。”柳眉点着头，轻叹一声，便说起了正事，“我们班的情况，你大概也知道，只是吴兴，他基础不错，脑子也聪明，但是有个毛病，比较懒散，专业课跟文化课比，专业课虽然稍微好些，但还是不够，文化课就更不用说了，家长很着急，都来学校跟我说了好几次了，私下也经常打电话问着。我这做老师的虽然带他不久，但也知道，凭这小家伙的聪明劲儿，只要努力一点儿，这成绩就不得了。不知道是不是我跟他沟通的方法不对，现在更是见着我就躲，这都二年级了，再不努力就迟了，可别毁了这么根好苗子，你带过这么多学生，肯定有经验，你跟我说说怎么跟吴兴沟通比较好。”

闻言，章亮一边吃着菜，一边点点头，大概知道她的苦恼了，也就道，“吴兴这个学生的情况，我也知道一点儿，这事没你想的那么严重，你也别太着急，我找其他同学了解一下情况后，想想再跟你说。”

柳眉闻言就高兴了，再次举杯道：“章老师，谢谢你。”

两个人后面又聊了一些学校的事，而柳眉也向章亮请教了很多带学生或者处理班上事件的方法，在这方面，章亮是很有经验的，一个虚心请教，一个不吝赐教，后来还天南地北地闲聊了许多各自见闻，很是投机。

遇到能聊到一起去的朋友，自然是件高兴的事，时间飞快，等发现餐桌上竟然有两个空酒瓶时，才意识到两人都喝得有些醉意，头都发晕了，外面天已黑，柳眉赶紧结账走人。

走出小馆，有夜风吹来，好似就为吹走他们的酒气，章亮觉得清醒不少，看着柳眉玩笑道：“看不出来呀，柳老师，你还挺能喝的。”

“想不到吧，呃——”柳眉话还没说完，感到一股酒气往上涌，支吾着：“我要吐了。”

说完，便蹲在马路边，拼命地呕吐起来。

章亮忙上前，犹豫了一下，还是伸手拍着她的背说：“都吐掉了，就不会那么醉了，柳老师，要不，我送你回家吧。”

“不要紧，你先回去吧，时间不早了，你老婆肯定会着急的。”柳眉拿出纸巾擦拭完嘴角，有气无力地说着。

章亮犹豫着，终究还是搀起柳眉，低声说："没事儿，你家远不远，我先送你。"

"不用，就在马路那边，付下庄102号，二楼。"柳眉顺势站起来，轻声说。

章亮干脆将她的手提包拿过来，一只手拽着她的胳膊，就往马路对面走去，柳眉实在无力，也就任由他扶着慢慢向前走。

到了住处，柳眉摸索着开了大门，一条狗汪汪地叫着，着实吓人一跳，住在对面屋子的房东大姐开门走出来，"谁呀，这么晚了？"

"我，柳眉，钱大姐，这……这是我朋友，章老师。"

"哦，你这是喝醉了，快上楼去吧。"

一进房间，柳眉又去卫生间吐了，章亮坐在外面沙发上注意着动静，想着她要是倒在地上，得把人扶出来的，这时钱大姐泡了两杯浓茶，放在门口的鞋柜上，说道："来，你们俩都喝点，浓茶解酒，有事招呼一声，我先回去了。"

说完，钱大姐走了出去，顺手将门拉上。

还未来得及道谢呢，章亮想着这房东大姐动作忒快了，看着门口柜子上的茶杯，起身欲过去端给柳眉，却感觉到头很晕，步子也迈不开了，踉跄了几步，倒在沙发上。

等章亮醒过来的时候，发现自己睡在沙发上，身上盖着个薄毯，而且眼前的一切都很陌生，他摇了摇头，感觉在做梦一般。

"你醒了，要不要喝点水？我刚泡好的菊花茶。"

突然，一个轻柔的声音在他身后响起，他下意识地转头，只见柳眉坐在餐桌前笑盈盈地看着自己。

"啊……我……这是怎么了？没犯什么错吧……"章亮有点尴尬地问道，还有点莫名发虚。

"没有。"柳眉笑了笑，说道，"你可能也喝醉了，等我从卫生间出来时，就看见你在沙发上睡着了，怎么叫都叫不醒，只得等你自然醒了。"

章亮有点不太相信柳眉的话，自己睡着了怎么会叫不醒呢？何况他一点印象都没有呢，越想他觉得自己头更晕了，整个人都有点恍恍惚惚的。

在柳眉家沙发上睡了一晚，章亮忐忑不安地回到家，妻子正在厨房里忙碌，见他开门进来，没好气道：“死到哪里去了？”

“同事过生日，大家聚在一起，喝了点酒，就在那边过夜了。”

“我要是过生日，你恐怕也没这么上心吧，记得我哪一天生日吗？”

“瞧你说的，记得，六月十八日。”

“生日都过了，你才记起来？”老婆一脸的不高兴，继续嘀咕着：“昨天我在单位里，校长让我下星期加班，工资多了一点，可是更没时间了，你以后早点回家，烧烧饭。”

“我最近也忙呀，去买一点儿行了。”

“你就那么懒，你看人家惠英的老公，还有成名，都烧饭菜，你不会学学他们这做老公的！”桂萍越说越激动。

“好了好了，不要念叨了，我学还不行吗。”章亮忙不迭地讨饶。

馨月回到家时，成名已经将饭菜烧好，看着她，笑着问：“馨月，今天是什么日子？”

“不知道。”馨月淡淡地说，她想起了许仙那一张贺卡，忽然觉得有些惭愧，换了语气柔声道：“老公，你说说看。”

“今天，是咱们结婚三周年纪念日。”成名一字一顿地说。

“都三年了，我怎么觉得过得那么快。”馨月说，“你打算送我什么礼物？”

“我想说的是，咱们三年了，小吵不断，大吵不敢，所以，咱们和平共处三年，来，这是礼物，送给你。”

馨月笑着接过来，可一打开盒子，忽然惊呆了，天啊，这串项链竟然与许仙送给她的一模一样。

她有点难受，有点忐忑，她拼命想掩饰这种尴尬的表情，可是，她还是无法彻底做到，脸上的茫然、无奈、震惊一下子都表现出来了！

“怎么？”成名显出惊讶，“你不舒服？”

“没有。”馨月才回过神，连忙说：“我……我只是很高兴，谢谢。”

这个迷惑不安的夜晚，星斗高挂，深蓝的天空上缀满了闪闪亮亮的钻戒，一弯月亮浅浅地浮在星空里，透过纱窗，微风轻扬，如佛手摩面，对面的建筑，在月光下影影绰绰，夜虫的鸣叫一浪又是一浪扑来。

“馨月，第一年咱们来杭州时，那一个晚上，在电影制片厂的招待所里，你还记得吧？”

馨月怎么会不记得呢？那时候，他们刚刚相识不久，还有王一、惠英、章亮、桂萍，他们相约去杭州游西湖。

一个大嫂以每人20元的价格，将他们带上车，七拐八弯来到那个招待所。

他们在清亮的月光下，游过夜西湖时，半空中那一轮圆月，深深地烙在了每个人的心坎里，垂柳拂面，水月意境。

馨月没有忘记，成名也没忘记，他们都不会忘记。

“馨月，还记不记得那首诗？明月几时有，把酒问青天，不知天上宫阙，今夕是何年……”

馨月只记得最后的两句了，那就是：但愿人长久，千里共婵娟。

“馨月，咱们能长久吗？”成名若有所思地说。

“不一定，你说呢？成名，我忽然觉得，有一天咱们也许会分开，假如我不在了，你会怎么想？”馨月问。

“如果一定要分开的话，我会……”

“你会怎样，说？”馨月紧追不放。

“会要这套房子。”成名出其不意地说。

“你这个没良心的，我就知道，你心里就只装着钱。”馨月有点恼了。

“开个玩笑而已，你放心，若咱俩真离了婚，我就一个人过日子。要么，找个情人，跟西方人一样，求得逍遥自在。”成名说，“不谈这些了，馨月，王一给咱们发的邮件，看了吗？你有没有熟悉的朋友，给他介绍一个单位，他说他不想再教书了。”

“有倒是有，前几天，我的一个校友说，她男朋友在的旅行社需要一个经理，要口语相当熟练的。”

“行啊，咱们把这个消息发给王一吧，你先打听清楚，然后再通知他来的时间。”成名说，“王一跟我高中时是同学，那时他的英语水平就已经相当不错。”

10 王一进杭

王一带着儿子去爬山，他几乎是半拖半拽，这番威逼利诱终于使王小军就范，但这小子一到山顶就赖着不动了，王一非常失望。泰县是个竹乡，满山遍野都是竹子，这山顶向外望去，外面是莽莽苍苍的竹海，山连着山，所以竹海连着竹海。王一的老家四川秀山也是山区，自小王一便在山里长大，所以对山有一种格外的亲切。

“哪边是县城？给爸爸指出来。”王一对坐在石头边直喘气的儿子说。

“猜出来有什么好处？”儿子懒洋洋地说。

“我给你买变形金刚。”王一拍胸脯说。

“谁相信你，你刚才骗我说给我买个迪加·奥特曼，结果你什么都没买，让我跟你爬山，这么高的地方，我要回家。”

“这回我一定给你买，这么着吧，你看，这50元，我先替你存着，明天咱就去镇上买，老爸要是言而无信，老爸就给你当驴骑。”

“爸爸，下山你给我当驴骑好不好？”

儿子没有答对这个问题，儿子也不会知道，过了东面的山就是一片繁华的泰县，那儿有高楼大厦，那儿有时来运转的机会。有时候机会就是一切，他不能再让机会从身边溜走了，他已经不年轻了，他已经是35岁的人了，据说过了这道坎儿，就意味着被判“死刑”了。

“儿子，县城在那边，来，爸指给你。”王一抱起儿子，用他稚嫩的手朝东边一指。

“爸，县城里有没有许多玩具卖？”儿子问。

“有，有很多，你要不要去？”

“我要去，我要挣好多好多的钱，买玩具。”

“好，咱儿子有志气。”

儿子的话使王一彻底动摇了绝不在泰县乡下待一辈子的信念，他决定回复成名，他愿意去杭州，应聘那个旅行社经理职位。

要出人头地，要挣钱，要给儿子创造更好的成长环境。他比较赞成报上登的湖南株洲一教师的观点：读书是为什么？说穿了，那就是挣钱买房，养家糊口，封妻荫子罢了。人就是那么回事，动机是诱因，动机是纯粹的，他只是想多挣钱，让自己一家人过得更好一些，这没什么不对吧。

王一掏出手机，给成名打电话，要他联系好面试时间，自己会抽空过去应聘。

吃过晚饭，惠英的唠叨又开始了，由于王一花销太大，这个月的一千七百块钱早已入不敷出，小舅子要结婚，账上存五百，儿子要买补钙药，再除二百，买菜三百，买米、油、盐一百，买衣服三百，王一抽烟要一百五……唉，全是钱，没钱怎么行，下个月同事要结婚，还得花钱。

这次王一没关注妻子的唠叨，在电脑前，迅速地打下一句话：成名，馨月，你大哥想好了，去应聘的事你们多帮些忙，我已准备好，下周一下午就过去应聘。

应聘时，王一的表现不错，他充分发挥了自己善辩、幽默的口才特点，他地道的美式英语让招聘的几位专家颇为满意。

“请问你对我们海天旅行社的发展有哪些打算？”对方问。

“目前，国际化趋势已经显现，国内国外两条线路都要兼顾，我想分出一个重心来，前一段时间，非洲的几条线路刚刚恢复，‘非典’过后的国际旅游经济，势必有一个大的复苏，以国内而论，短线的本省游，长线的三日游，长三角地区形势喜人，我们可以先从近水楼台考虑，组团搞个杭州景区一日游，这是个很有市场的打算。我的计划是：充分发挥本社的外际优势，从长线着眼，以短线为辅，远期规划是多辟几条西线线路，再研究景点的山水与人文情结，以及他们的探险意识与民族特色。”

评委席上响起不约而同的掌声。

“请你用英语描述一下参观博物馆的情况，可以讲一到两句，就一两处发表自己的看法。”一个评委用挑剔的语气说。

王一振振有词地答：“假若问青铜器是用来干什么的，我会答：The containers were generally used for food，wine and water，and they were often placed in the graves with the dead。如果有游客问：这些玉器有什么意义，我会这样说：In traditional Chinese thinking，jade always symbolized the holy，honourable and immortal.”

评委席三个评委不约而同地鼓起掌来，王一想，这事十有八九成了。

果然，一个五十几岁的评委站起来：“王老师，应聘内容全部结束，你到我办公室来一下。”

老头自我介绍，他是这家旅行社的投资者，也是创始人，现在的股东黄威。

“王老师，恭喜你。你的月薪是人民币8000元，年底如果业绩好，还有20%的红利，你看怎么样？”

“行！”王一太高兴了！

“咱们签个合同吧，先签一年，如何？”

“可以。”

因为没有外访任务，成名调出电脑里的资料给采芹讲版面设计的方法。

“格式塔心理学家认为版面上的平衡实际上是一种非对称平衡，好比是一种古代的杆秤，你看我这一版，第一篇我用黑底白字，圆形的图案，第四篇我用红色压底，色彩在背景上视觉效果强烈，我用三角形图案，考虑到一个充分的对比互补关系，这样既区分了主体篇目和次要篇目，又可避免版面的头重脚轻问题。狄德罗说：‘一个物体之所以美是由于人们觉察到它身上的各种关系。’这种关系是事物本身的，使我们更容易觉察。”

采芹由衷地佩服：“成老师，这些道理我们大学里老师也讲过，可是要去实践，非得要有经验地讲解才知道奥妙。”

“采芹，我调几篇文章，你给我编一个版面看看。”成名认真地说。

“行。”

成名告诉采芹，版面的美不仅是一种对比关系，还可以是统一、韵律的、动势的，它们都统一在设计之中，不必面面俱到，力求体现出某一点或者更多，这是设计者的个性使然。

一图胜万言，成名又讲了些图片的作用，“你上次在温州拍的一组照片可以放一些在空白处，因为它们能传递更多的信息，‘百闻不如一见’，你说是不是？”

采芹在电脑上按动鼠标，画了几块版面，不一会儿，已经设计出两版让成名比较满意的图样。

成名赞叹不已，“不错，小姑娘就是有出息，将来一定能找个好婆家。”

采芹脸红了，“成老师，冒昧地问一下，你家的那位肯定是个才女吧？”

“是的，她是酒店的高级管理，在部门里算是一把手。”成名说：“你问这个干什么？”

“我在想，能做你的夫人的女人肯定很优秀，否则怎么配得上咱报社的顶梁柱呢？”

“采芹，青出于蓝而胜于蓝，日后这天下其实是你们年青一代的，你才是顶梁柱子呢，告诉大哥，有没有心里的白马王子？”

“以前有过，不过是只青蛙王子，大学里那阵子的爱情，那叫毛毛雨，不大，就过去了，跟走上社会后的爱情不一样。”采芹大大方方地说，“那时候，更像是恨一场爱一场，到如今原来梦一场。”

“那走上社会的爱情呢？”

“那才真正叫感天地泣鬼神。”

“你倒是说说怎么个感天地泣鬼神？”

“自然是找一个爱我的人做丈夫，找一个我爱的人做情人了。”

“什么乱七八糟的。”成名瞪了她一眼，想着这女孩都怎么了，思想这样不靠谱。

采芹看着成名那一脸的发愣，连忙笑笑道：“成老师，我开玩笑的，哈哈……”

馨月收到王一打来的电话，说是要在辉煌请客搓一顿，叫几个哥们儿都拢边，她在这里上班，理所当然的东道主。

王一刚刚来杭州，还不太熟悉这里，作为酒店的部门经理，馨月显然是这里理所当然的主持人，笑着说：“还要大哥你掏，见外了，我有优惠卡，可以享受八折价钱。”

“那好，馨月，下回，等你大哥发薪水了，再回请。”王一说。

大家叙叙旧情，话题自然是曾经的年少时光，抑或彼此现在的近况，六个杯子碰在一起，溅起友谊的火花。

“你说生活是怎么回事？我总在想，当有一天咱们都老了，再碰到一起，会怎样地不可思议。”馨月忽然说了一句。

“你好像有心事，弟妹，怎么回事？还是那句歌词唱的好：平平淡淡是最真。”王一不以为然地说。

“是的，依我看，平淡二字应理解成容易满足，人要是不知足，再怎么好他都会觉得不如意，你说是不是？”成名附和着。

“不对，我说平淡并不排斥个人努力，就拿你成哥来说吧，你们两口子能混到有房有车这一步，不是靠奋斗拼出来的？还有王大哥，他能有今天，不是凭自己的实力赢取来的？”桂萍提出异议。

惠英想了想：“人还是要会打算，穷人和富人一样过，穷人有穷人的活法，富人有富人的逻辑，我跟王一那么几年，就靠他那点工资，我们买房、养孩子糊口，不也一样过来了。”

“今天我要和两位老弟豪饮几杯，你们女人家，不要多嘴。”王一拾起桌上的杯子，扯开了话题：“服务员，来，给我满上。”

桌子上的阵营显然已经发生了性别变化，爱喝上一杯的男人们把豪情都释放到喝酒上，女人们则聊起各自的减肥经历。

最先撑不住的是章亮，明明都口齿不清了，还嚷嚷着：“我没醉……倒酒……倒酒……”

“太不像样子了。”桂萍骂道，“跟我回家。”

“王一，你再喝下去，那只胃就得摘除掉。”惠英也骂着自己男人。

“成名，你晚上不赶稿子了？”馨月同样提醒着自家老公。

三个女人各自拉开自己的男人，馨月把王一和惠英领到客房里，叮嘱道：“惠英，今天你们就住这里，给王哥泡点茶，醒醒酒，明天再到我家里玩儿去。”

“太谢谢你了，租房的事，也要麻烦你，真是不好意思。”惠英说。

“哪里，杭州几年住下来，行情利市我都比较熟的，搬家的事你们自己确定，改天我和成名到你那儿去帮忙，太晚了，我们就先走了！”馨月说。

“再见，”惠英扬了扬手，“下次去我们那里玩，小军一直念叨着馨月阿姨呢！”

11　西塘风景

章亮的学校组织他们这一年级学生去西塘游玩，章亮和柳眉自然是带队老师，但两人为了培养学生团队和独立意识，并未跟学生们一起出发，而是提前半天先去西塘踩点，做好了订酒店等后勤工作。

两人忙完后，确认大部队还得两个小时后才到，便相邀一起去景区随意逛逛。

来到胥塘河码头，柳眉回头朝章亮喊了声：“章老师，坐船吗？”

码头边的手摇木船很多，船娘们殷勤的吆喝使柳眉难免心动，喊完，她一只脚已经急切地迈向船头，船猛烈地颠簸了一下，柳眉未来得及站稳，半个身子朝船里倾斜，吓得尖叫起来“啊——”

章亮一个疾步上前，几乎和船娘同时伸手拉住了她，但船也因此剧烈地摇晃了一下，又向相反的方向倾斜过来，反复几次，方才平静下来。

对于自己的冒失，柳眉有些不好意思，小心翼翼地按照船娘的提醒坐下后，才朝章亮笑了笑，说：“我这不会晕船吧？”

“不会，你们北方人坐船，头一次肯定得吐几回，习惯了就好，没事儿。”

船头的船娘也开口笑道：“姑娘肯定是在北方长大，要不怎么连坐船都坐不来？”

“你怎么知道？”柳眉觉得有点奇怪。

“人家听你口音就知道了。”章亮插话说。

“我给你们唱首咱们这儿的小调，好不好？”

“好呀！好呀！”柳眉拍着手欢呼。

“长年生小水为家，北港南庄任我划；负莒墩边寻茜草，携樽溇里赏荷花。”

“她唱的是什么呀？”柳眉问，“词儿听着有点像绝句？”

“柳老师文学修养不错，这也可以看成绝句，其实就是民间小调，这诗里唱出了渔民生活的洒脱自在，你听，水为家、任我划、寻茜草、赏荷花，那种闲情逸致，岂是我等俗世中人所能做到的！”章亮感慨着。

“章老师，你们学文科的都是蛮儒雅的，什么时候教教我作诗词好不好？”

“叫我章亮行了，柳老师，你不是还学国画吗，文学素养应更胜一筹，你这是过谦了，什么时候，我也向你学学画山水怎样？”

“好啊！”柳眉兴奋地答。

“老师，我也会作诗的，你听啊，阿侬不到花鼓场，阿侬不藉野鸳鸯，与郎终岁论家什，郎去插身侬拔秧。”

章亮听罢，沉吟了一会儿，会心地颔首赞许道：“这诗有意思，这两句中的阿侬指的是女孩子，这个女孩子天真、俏皮，她喜欢情郎，誓与他同甘共苦，她不愿意跟他凑热闹，不愿意和他做露水夫妻，她要和他共话桑麻，长相厮守。”

“这是个很明智的女子,她不媚俗,不争宠,她实在,可爱。”柳眉亦感叹着。

船在水上，摇桨的船娘乘兴唱着软歌，一轮骄阳在西天边，波光里的影子亮晃晃的，似乎荡开了天光，惊醒了秋色，两岸古旧的廊棚斜斜地延伸开去，仿佛陈年旧事在心底里油油地荡漾着。

“多美的水乡画卷！”柳眉看着眼前景，感慨道：“可惜我不会作诗啊！”

“你知道本地人爱在船上喝什么酒吗？”章亮却问。

“什么酒？”

“梅花三白。”

“梅花三白？好美的名字。”柳眉问：“为什么叫梅花三白？难道与《梅花三弄》有什么联系？”

“姑妄言之吧，反正是这镇上的酒名，据说渔人乘船进西塘，船舱里盛水养鱼，渔民把渔网晾在船篷上，清明雨纷纷下，斟酒，烧几样小菜，煮上鱼汤，虽不比神仙自在，也是小酌胜桃源，自娱之畅快，岂不美哉？”

柳眉似是心有灵犀般附和着：“若此情此景，再有美人相伴，吟酒赋诗，岂不更雅？待上岸去，有时间的话，寻一酒家，我陪你喝上一杯怎样？”

“好呀！”章亮正在兴头上，禁不住跟着船娘唱着：“望子高悬券肯赊，酿成三句趁梅花……”

船在水里荡起青青芊荇草，这些荇草柔蔓无比，桨声过处，招摇飘曳，舒展着船上人的心思。

正是惬意时，章亮的手机却响了起来，只听见电话那头的人直接问道：“章老师，我们到了，今晚咱们住镇上哪个酒店？”

“已经联系好了，种福堂旁边，从石皮弄那儿进去，你先清点一下人数，咱们班一共25人，男12人，女13人。”章亮说着看向柳眉问道：“柳老师，你班上呢？”

“30人，男14人，女16人。”

“还有二年级（2）班，30人，男14人，女16人，两个班一共55人，林夕，你直接告诉老板娘，协助安排好同学们。”章亮挂了电话，才说道，“林夕是我们班班长，挺能干的。”

柳眉忽然想起什么，也拿起手机，拨通号码：“陈斌，你协助好二年级（1）班班长林夕安排好同学，如果我还没过去，就告诉同学们，晚餐先自己解决。”

“还有什么要交代的吗？”柳眉问。

“一下子想不起来了。”章亮想了想，还是说道：“要不，咱去那边看看再说。”

安排完学生，他们沿着廊桥朝东走，柳眉忽然看见一座石桥，在清冷的月辉下，显得孤寂而突兀，“我比较喜欢桥，我们家在哈尔滨，那儿没有这么多的石桥，只有大桥，所以我很想过一种小桥流水般的日子，章老师，咱们去桥上坐一坐怎样？”

“好吧。”

他们走上石桥，在桥的另一侧石阶上，看见一个摇蒲扇的老大爷，问道：“大爷，您多大了？”

“八十二了。”老大爷坐在乘凉的石阶上，也笑呵呵地问，“你们是哪里来的客人？”

老大爷的听力不错嘛，章亮想着，又问：“你老伴不出来乘凉？”

“她去年去世了，以前，秋天的时候，她经常到这里来乘凉，一坐就到半夜。”老人的话音里似乎没有感伤，却流露着回忆的憧憬。

“你不想她？”柳眉问。

“想，怎么不想，人走了，石桥是在的，这桥都800多年了，人生在世，不过百岁吧，坐一回少一回，终归是要走的人了，有什么看不开想不通的？我们几十年风雨都经历过了，所以，没有什么值得遗憾的，活着，得懂得过日子，日子是一口饭一两菜匀过来的，你们说是不是？”老人缓缓地诉说着。

一轮明月斜挂在天幕上，闪闪的星星将西塘的夜晚点缀得神秘、清亮。

“你在想什么？”柳眉问。

“我在想这西塘出了不少名人，顾锡东，原省文联主席，以前的南社诗人江雪塍、余十眉、郁佐梅、蔡韶声，等等，大隐隐于市，这话说得太片面，我主张小隐，在西塘，我似乎找到了精神的归所。”章亮说。

“我跟你一样，我也喜欢这里，小时候，父亲教我练书法，我很喜欢王羲之，特别是那篇《兰亭集序》，我练过几十遍——清流急湍，映带左右，引以为流觞曲水，列坐其次，虽无丝竹管弦之盛，一觞一咏，亦足以畅叙幽情……”

章亮跟着柳眉吟诵着《兰亭集序》：“夫人之相与，俯仰一世，或取诸怀抱，晤言一室之内；或因寄所托，放浪于形骸之外。”

柳眉忽然停下来，说道：“我又想去坐船了，你累不累，陪我去坐船吧？”

“好啊！”

他们沿着河边走到下午坐船的地方，那儿亮着一盏盏船头灯，雇上船，水声和着桨声，在塘溪的弯折里，俩人兴致不减，继续着游目骋怀的话题。

“我都有点舍不得回去了，这样的惬意宁静，太难得了。”柳眉轻轻说。

“要不你就不回去了，在这儿找个工作。”章亮建议着。

“不错的建议，我考虑考虑。”柳眉半真半假地说着：“你给我读几句写月色的诗吧！”

月色秋偏好，棹歌春正酣。

星临万户动，月傍九霄多。

禁门宫树月痕过，媚眼惟看宿鹭窠。

湖月照我影，送我至剡溪。

海上生明月，天涯共此时。

……

“柳眉！”章亮念叨着他能想到的诗，可感觉对面坐着的人头越来越低，才恍然对方好久没吱声了，于是叫了一声。

“嗯。”柳眉睡眼惺忪地抬了抬头。

“回去吧！”章亮提议。

12 泰山大人

“喂，我跟你说，成名，醒一醒。”馨月摇摇他的头。

“什么事？”成名懵懵懂懂地说。

“明天，我爸跟我妈要来。”

“哦，来就来呗。”成名的呼噜又响起来。

“猪！”

晚上9点半，馨月爸妈的火车准时到站。

“馨月，女儿啊，可想死你妈了……”

三年多没回家，这一次的见面，双方唏嘘不已。

“成名呢，这小子怎么没来？”馨月爸四处瞅瞅，撇嘴问道，“他上哪儿了？”

“采访去了。”馨月说：“爸，他到台州去了，让我跟你说一声，他明晚回来同你喝二锅头。”

“晚上有啥好吃的？别净花钱弄那些不坐肚的，有馒头就成。”

“还得有酒。”馨月妈补充说，“放心，少不了你的。”

“妈，你就不管管他，都60岁的人了，成天就是酒呀酒的，他不是肝有毛病嘛。”

老头子有点不高兴，噘着嘴：“不成，酒不让喝，咱就回山东去。”

“好好好，爸，给你喝还不行？”馨月投降了，忙道：“过这边来，这是咱家的车。”

“坐啥车呢，你不说，就10分钟路吗？走走舒坦，费那个油干啥？”馨月妈一个劲儿地犟着不愿上车。

“妈，你怎么那么死脑筋，你闺女不少那两个钱！”馨月嘟哝着说。

好不容易给拉上车，到了家，大包小包地拎上七楼，把馨月累得直喘气。

“叫……叫你们不要带那么多东西，唉——”

“都是咱自个儿种的，玉米棒子不中，都老了；花生还不赖；这棉被是自个儿打的；这大蒜头，也是自个儿的，馨月，你们家这楼这么高呀，俺跟你爸，一辈子就没爬过那么高的地方。”馨月妈喘着粗气。

“馨月，杭州人都住那么高干吗呢？你哥他们银行，就两层楼，用得着造那么高啊，得花多少钱啊！”馨月爸大着嗓门儿说。

“50万。”馨月边挪东西边说，手机响了，她拿起来：“成名啊，爸妈都到家了，对，你要跟爸说话，你等一下，爸，电话。”

馨月爸手忙脚乱去接电话。

“这玩意儿咋会说话呢？”他嘟哝着：“喂，成名啊，我是你爸……啊，你明天晚上回家，同我喝酒？啊，中，中，中，你妈她挺好的，唉——啥，没电了，哦，关机？”

老头手忙脚乱地想去掀那个盖子，又不知往哪里按，忙嚷嚷着：“馨月，这咋整的，关不了？”

“我来。”馨月接过电话，成名已经挂断了。

“不用关，就这样好了！”馨月将手机放在茶几上，笑着说道：“喝点茶。”

“这玩意儿怪哦，掌在手上能说话，挺好使的。”馨月爸指了指手机。

“爸，我给你买只使使，中不中？”馨月用山东话说。

“不中！咱有他没啥用，上回你哥在家里，你跟他打电话，他那只手机还接不上，说啥没个啥网的。”

“爸，那叫信号不好，咱们家离县城太远，收不到。”

成名对岳父的酒量佩服得五体投地，回家后，两人大有相见恨晚之感，开始还长幼有序，翁婿有别，几杯红星二锅头下肚，就有点晕晕乎乎了。

“成……成名啊，你爸要批评批评你，上次你回山东，俺说啥，你忘了？”馨月爸说。

“你说……说什么了？”成名睁着红牛眼。

“俺让你下回给俺带一根钓竿的事！”

“哎哟，爸……爸啊，这事儿真……真的让我给……给忘记了。”

“这……这事就算……算了，你俩结婚都……都几年了？”

“三……三年了？”成名也有点弄不清了。

“几年？”馨月爸突然严肃起来。

“不不不，四……四年？”成名感觉不对，赶忙改口。

馨月拧了成名后背一下。

“不不不，五……五年，五年，对五年了！”

“放屁。”馨月吼了一句。

“你别插话！”馨月爸向馨月吼了一句：“来，成名，咱翁婿喝！”

“干！”

“我说成名，馨月，你们俩要听……听老人的话，你们年纪不小了，俺同你妈，就想，啥……啥时候抱……抱个外孙，俺们都60岁的人了，再不抱，要让外……外人闹笑话了不是？”

成名看看馨月，馨月看看成名。

“爸，您老喝醉了。”

“王经理，本周五澳大利亚的团已经报满，现在报的人还很多，你看，还要不要组第二批团？”秘书小盛问。

“可以，那边的旅行社马上联系，特别是游客的意见要马上反馈给我。”

“游客对自费购物还是有看法。”小盛说。

“开辟新的线路，应考虑这个问题。”王一想想说，“我们要积极关注国外旅游主管部门的措施，比如新加坡三日游，前一阵子，他们出台了一种措施：在新加坡停留3晚以上的前一千名游客，可获价值约500元人民币的购物礼券，这种促销手段我们可以利用宣传，并将它当成我们的优惠方法打出去，你马上策划这条线路，新加坡四日游，送500元礼券，赶紧跟咱们在新的旅行社联系，抢得先机！”

“好的，另外，王经理，这个月的奖金表，你签个字。”会计小陈说。

王一拿过表，看看说：“我的奖金，拿最低一档就行了。”

“社里规定，领导拿平均数，您应当拿三千的。”小陈说。

“要不，我拿一千，其余两千给大家订几张购物券，每人二百，要祐康的，订些饮料，牛奶什么的，你看行不？”

“好！经理伟大！体贴群众。”小陈说。

王一回到家，妻子惠英已经在厨房间忙得团团转，一会儿看看水有没有开，一会儿打开砂锅看鸡煲过火没有，锅里响起欢快的沙沙声。

“王一，你回来了，冰箱里有凉茶，你自己去拿。”

“要不要帮忙？小军呢？”

“在他房里呢！”

“小军，小军，看爸给你买什么了？”

小房间里没有人。

“小军妈，人不在啊？”

“可能跟房东的女儿在一楼玩吧？”

“我去看看。”王一开门走了。

“这父子俩，跟哥们儿似的。”

吃晚饭时，王一对老婆说：“咱把他奶奶接来吧，以后小军上幼儿园要接送，奶奶五十几岁，身体硬朗。”

“奶奶走了，爷爷谁照顾？爷爷有关节炎，糖尿病。”惠英说。

商量来商量去，王一坚持要奶奶来，惠英则偏向于自己带，不要麻烦老人家，两个人便谁也说服不了谁。

王一掏出单位里的奖金：“你看，这个给你，还有几张购物券，电话打过去，人家会送上门来的。”

惠英接过钱，口气软了一点儿：“王一，我不是不同意你的主张，只是老人年纪都大了，万一出点什么事怎么好？我在家里干家务、接孩子，有的是时间，要不，按你的想法，咱把小军爷爷奶奶都接来，这可以了吧？”

“我同意。惠英，你难道就不想有个工作？你好歹也是个大专生，你就愿意这么在家里带孩子？”

“我也想有个工作，可这个家总得有人来管不是？你一天到晚不着家的，在单位里还要管十来个人，有心思顾家里？这家，不能没个主心骨。”惠英说。

“好了，都听你的，你爱怎么就怎么地，我不管了，行不？”王一干脆推个干净。

惠英看看他：“你就这大男人派头，你不管也行，免得咱成天打嘴仗，你放心，家里的事，我一碗水将它端得平平的，保证你满意，睡吧。”两口子说着些零零碎碎的话，不一会儿，便传来王一的呼噜声。

惠英爬起来，走到儿子小军的房间，替儿子把被子盖好，又悄悄地溜回来，钻进被窝。

13 阳阳到来

星期天，成名陪岳父岳母逛逛杭州的几个主要景点：西湖、灵隐、宋城、梅家坞、河坊街。

岳父岳母看哪儿都新鲜，看见湖面，岳父说：“俺们山东咋没这么大的地方？”

成名想，这哪儿跟哪儿，你们那边，一年下过几回雨。

看见庙宇，老岳母说：“咋回事，拜菩萨还兴捐那么多钱，求个卦吧，让菩萨算算看，馨月今年能不能生个大胖小子。”

到了宋城，老头说：“花那么多钱就来这里看那个假的房子、假的戏、假的景致。”

喝着龙井茶，老头子说：“比起俺家那面汤，可差远哩，这玩意儿苦！”

老太婆一听，乐了：“老头子，你咋喝啥说啥呢，山东好啊，我看，人家城里人才懂啥叫享受。”

“老太婆懂个屁，还是种庄稼实在，俺们家有地有羊，一个多星期叫张汤帮看，这老聋子又不懂放羊，准把俺羊饿坏了，肥肥羊要下羊崽了，秋麦要选种了，地要刨了，这么大家业，没人管咋行！”老岳父说着说着，竟伤心起来。

“老头子,俺们得回家去,要钓鱼,也是俺们沱坨河里的鱼爱咬钩,成名啊,送俺俩回去吧，不糟蹋这个冤枉钱了。”馨月妈也有些变调，执意要回家。

成名发动车子回家，一路上，老两口心事重重的，任凭成名说明天还有什么好玩的地方，都不感兴趣了。

晚上，成名对馨月说：“爸妈要回家，怎么办呢？”

“我知道，他们就是不习惯，前几天，爸老说米饭吃多了，不中。我给他买面粉，让他们自个儿做馒头，他们又说，面粉不好，发不起来，后来又嫌，楼太高了，爬着不方便，还是家里地界宽，不像走马路，半天走不过去，有一次，明明看没人，走过去，还让警察给抓了，要罚款。”

成名笑得都透不过气来了，还学着馨月爸的口气低声说：“馨月，你这爸妈呀，简直就像陈焕生一样，自己不中，还挺会说别人不如他们好。这杭州女人，都长得跟葱似的，能干啥活呢，俺们山东姑娘，又敦实又肯干活，生个十个八个，没啥问题。”

馨月掐了成名一下，“你说你妈吧，又瘦又小，像只大马猴；你爸吧，往那儿一坐，能将客厅抽成一烤箱。啥都说好，跟你一样，父子俩都是大傻帽儿！”

“哎哟！”成名叫了声，故作凶狠地说：“你掐我，看我不整死你，你个山东婆姨！”

说完，成名一把将馨月扑倒在床上，馨月挣扎着翻过身子，将成名压在下面，抗议着：“看谁厉害！”

送走了岳父岳母，成名长长地松了一口气，他想自己无论如何跟这对老人是磨合不来的，幸亏他们都走了。

对于馨月来说，父母的执意回家也表明一种生活对于另一种生活的排斥。花生米还在，吃着的时候，无论如何吃不出山东的味道来；面粉还在，自己动手去做的心情却一点儿也没有。她明白父母为什么要走了，她知道，在另一个叫故乡的天空下，有着不一样的水土和情结。

父母在上火车那一瞬间，对馨月和成名一遍遍嘱咐：“马上要孙子。”

他们盼望着那一天，也许，当孩子生下来，他们还有可能风尘仆仆赶到杭州，住上两三年，或者一两年，而后，再换成成名父母，从四川的小县城赶到东边来，给他们带带孩子，如此轮换，不失为权宜的办法。

晚上，成名看着窗外的月亮，突然想起以前房东大伯送给他的一副对联：楼高远眺窗含月，夜深近看人著书。报社正在抓一些外地人在杭州创业的报道，他想去抓几个熟识的人，比如他的两个同乡——章亮和王一。

成名正在整理他的另一本报告文学集，作协在催，省作协的选题，已经一年多了，终于决定拿到出版社去出版，他决定加班赶出一个后记来。

馨月想，她得对自己，对成名有个交代，对父母有个交代。昨天，成名的妈为此专门打了个电话给她，反复说道：“馨月，你和成名该生孩子了，成名今年三十三，你也二十八了，再不生，过了三十，骨盆不是那么嫩，生起来可麻烦了，看在妈面上，你同成名好好说说。”

桂萍被园长叫到办公室，“桂萍，有个事情麻烦你。”

“园长说哪里话，只要我能帮得上忙的，尽管说好了。”

“是这样，有个小孩，5岁多一点儿。”园长突然压低了声音，将办公室门关上，回头对桂萍说：“他爸爸，是个华侨，在印尼，前几天找我们孙校长谈过，他想委托一家人帮他供养这个孩子。你知道，这个孩子是他以前在国内的女人生的，而那女人另外结婚了，这孩子他自己也没法带去印尼。于是，他就来咱们学校，交齐了从幼儿园到高中的所有费用，但是他现在要回印尼去了，孩子怎么办呢？”

“我知道，你想要我帮忙带这个孩子。”桂萍接过她的话茬儿说。

“是的。小孩儿每月的生活费现在是1000元，以后逐渐增加，你不是说手术后你生不了小孩儿吗，这不正好！何况，那位华侨说了，他想在杭州找一家人，相当于领养一样，日后，等孩子大了，还会在杭州给孩子买一套房子，你们作为领养人，不一样日子好过多了？”

桂萍想想问：“孩子叫什么名字？没毛病吧？”

“叫阳阳，长得漂漂亮亮的，没什么毛病，就是有点淘气，男孩子嘛，顽皮一点，没什么大不了的。”园长说：“现在在大班，再过一年就可以上小学了。”

“怎么说都是自己的小孩儿，那阳阳的妈妈真能忍得下心？”

园长停了停，叹气道：“唉——忍不下心也得忍，谁又容易呢？”

“作孽呀，你带我去看看孩子吧。”桂萍叹气说。

孩子长得果然机灵，睫毛长长的，脸蛋儿红通通的，一看就让人喜欢。

“怎么样？你回去跟你们家章亮商量商量看，要是没意见，你们就带着。”园长征求桂萍意见。

“我倒没什么来着，不知道章亮怎样。”

章亮回家，已经5点多了，一进门就说：“这个女人，真不是东西，明明是她班上学生干的，她却把责任推到别人班上，明明我班纪律最好，她却跟校长说，我班最乱，弄得校长对我都有看法了。”

“你说谁？”桂萍不解。

“不是吴飞，还能是谁？”章亮愤愤不平地说。

“算了，别理她就是，哪个学校都有小人，哪个学校都有君子，做你的君子，管那么多干什么？”

“你不惹她，她倒要惹你，你拿她有什么办法？”

“好了好了，吃饭吧，别想了，吃完饭咱到外边去走走。”

从天城路沿着东面散步，两人边走边聊，桂萍提到领养孩子的事，这让章亮觉得很意外。

“你以为小孩以后真会认我们做父母？”

“怎么不可能，你对他好，他肯定得记着，人心都是肉长的。”

“桂萍，别天真了，人家父母也会来要孩子，这种事，我见过很多，何况，我们这也不算真正意义上的领养，而且我们能给孩子什么？你不是说他父亲还每月给生活费的，那他凭什么要认我们为父母？”

章亮说了自己的想法，他想：真正去领养的孩子，都有对养父养母不在乎的，何况是这种情况，孩子怎么会对自己家人在乎哦，而且，真正要带一个孩子，哪是那么容易的？

桂萍则坚持说：“人家父亲给生活费的，又不要咱们掏，名义上我们领养而已，实际上我们只要带一带孩子，管管他的生活就可以，有什么不好的？”

两个人意见统一不起来，回到家睡觉，仍然赌着气。

“章亮，有个办法，叫咱妈来怎么样？爸老早不在了，她一个人过着也没意思，五十六七的人了，挺不自在的，你说呢，她来，也能帮咱带这个小孩儿。”

章亮“哦”了一声，让老人来，他倒赞成，可是这个孩子，无论如何，心里有些过不去。

“章亮，你想想看，吃了那么多药，我要生得出来，咱也不会走这一步，这几年，我怀一个，流一个，药也吃了很多，脑子又动过手术，医生说了，不能生了，生下来，大人准保不住，我的毛病不是三天两头的事，这有个孩子，以后家里也热闹一些。”

“嗯，我想想再说吧。”章亮听她这样说，终究还是软了语气，低声道：“你也不用太累着自己，你的头，得去浙医一院复查一下。”

“前天我已经查过了，昨天结果就出来了，还好，脑子里没长什么东西，我问医生，说，不要紧，暂时问题不大的。”

章亮叹口气说：“你自己要注意身体，干不动的话，别硬撑着。”

“章亮，我还想教书。”桂萍从没想到师范中专毕业后，自己会成为今天这样子，教了五年多孩子，现在，居然连上黑板写字的权利都没有了。

听着她低低的声音，章亮觉得心酸不已，他不愿意再提以前的事，只能安慰着她早些休息。

这晚，章亮做了一个梦，梦里，他梦见前妻，桂萍，竟然还有柳眉，但她们都变成了三个怪物，朝他跑来。前妻是头老虎，桂萍是头熊，而柳眉，则是一只老鹰，他想自己要给她们逮着，就没命了，他拼命地跑，跑到河边，眼看着他们追来了，他跳下河，变成一条鱼，在水里游来游去，忽然，他发现了三条鲨鱼游过来，他想肯定是她们变的，他完了……

章亮“啊”的一声醒过来，他扯亮灯，看看，桂萍躺在身边。

“你怎么了？”桂萍被他吵醒，关切地问：“是不是不舒服？”

“没事，就刚才做了一个梦，怪吓人的。”

说着，章亮起床喝了口水，重又躺下去，可却失眠了，他梦见自己的前妻这不奇怪，毕竟那段过往在他心里始终有个疙瘩。可柳眉老师，他倒是惊讶，在平时工作相处中，他们算是比同事更亲近的朋友了，最主要的是他们很聊得来，只要一遇到，总有聊不完的话题，甚至到了无话不谈的地步，且无论说话做事都很有默契。不可否认，这样优秀的柳眉，让他不自觉地欣赏。

14 开拓市场

“小陈，来，你喝什么茶？你们女孩子总是跟别人不一般，怎么说？那叫‘另类’，是不是？”王一将点茶单递给会计小陈。

小陈，真正的杭州小姑娘，一头瀑布似的黑发，鼻梁上那副琥珀框眼镜特别醒目。

“参茶吧，你喝什么？”小陈说，“经理，今天请我来，不只为喝茶吧？”

“是的，今天有些事情要问你。”王一干脆地说，“服务员，给我来杯龙井。”

“你说吧，想问什么？”

“喜不喜欢旅游？”

“当然。”

“假如让你参加本省游，比如去探险什么的，你想去哪些地方？”

“这个嘛，首选是临安大明山，那地方大，山海拔1489米，有32峰、13涧、8瀑、3个高山草甸，适合于背包族；其次是泰顺廊桥，位于温州境内，境内有氡温泉，乌岩岭，特别是廊桥的200座，堪称世界之最；第三站为浙中大峡谷，位于磐安、新昌一带，全长20多公里，溪涧狭窄蜿蜒，水流湍急，奔腾咆哮，形成无数瀑布，平均落差108米，最大处300多米，景色壮观、雄奇，这是金华市迄今发现的最大的峡谷。”小陈一口气说了三个地方。

“时间呢？”王一问。

“短则三天，长则五天，可以投靠农家客栈。”

“你说得我一头雾水，小陈，有一点我明白，你是想开发一种适合于背包族的青年人旅游项目，把这块蛋糕做大了，自然有利益可赚，但是这也有风险。”

小陈笑了笑，才说："不瞒你说，经理，我们这个年龄的人，都比较喜欢探险，一般的景点，玩起来没多大意思，你要是让我选，非这一项不去。"

"那好，你听着，小陈，我让你去策划一条这样的线路，你干不干？"王一突然问。

"你是说，旅行社打算拓展这种旅游项目？让我做导游？"

"是的。工资给你每个月涨八百，奖金另计，保证你每个月不会少于四千，怎么样？"

"哇，以前我才一千八，拿了两年多了，这样的美差不干才是傻瓜。"

"你可以与男朋友商量商量看。"王一说。

小陈红红脸，低声说："不用商量了。"

"这不行，人家要不支持，我能让你姑娘家成天往外跑？"

"我没有男朋友，我这种野丫头，哪里找得到男朋友？"

王一发现，小陈算是个旅游迷，这活儿派给她干，算找对人了。

小陈滔滔不绝地向他介绍"驴子"们爱去的几个地方，除了以上三处外，还有丽水的浙江第一、二高峰、天目山、徽杭古道、十字峡谷等，她说，杭州有五家正式的"旷野之风"旅游俱乐部，她最大的愿望就是组织一帮死党去一趟新疆。

"谈谈你旅游的感受？"王一征求意见。

"旅游嘛，一者陶冶性情，咱们祖国有这么多大好河山，作为一名中国人，起码得多转几个地方吧，不然，作井底之蛙怎么行；二者磨炼人格毅力，年轻人享受惯了，难免不思进取，有必要去尝试一些考验毅力的事情，比如攀岩、登山，既加强了体力锻炼，又是对自己战胜困难的考验。何乐而不为？"

"不错，这一点我深表赞同，不瞒你说，我也是个旅游迷，大学毕业后，我曾游遍了北京、天津、蓬莱、青岛、上海、桂林、武汉等大城市的名胜。而西部，也是我梦幻与神往之地，如果有可能的话，我也想去试试看，做一个旅游探险家，这是我毕生的愿望。"

小陈显出兴奋的样子："我今天碰到同道知己了，有空的话，咱们去爬爬山，来个三日游怎么样？”

“好啊，要是有空，改天我们组织组织去省内某个地方玩玩去。”王一也来了兴趣。

“一言为定！”小陈说，想想老干会计这活，这辈子就这么算了啊，现在有机会了。

“当然！”

王一回到家里，惠英正忙着烧菜，转头笑嘻嘻地说着：“王一，你看谁来了？”

这时，王一的父母从客厅里走了出来。

“爸、妈！你们什么时候来的，怎么不通一个电话？”王一感到有些不可思议。

“你工作忙，惠英啊，她给我们打电话，下午刚到，她去接的。”王一妈说。

一家五口人聚在一起吃晚饭，其乐融融。

“王一啊，你工作忙，以后家里的事让我跟惠英来管，这样你能多花一点时间在工作上。”王一妈说：“接孙子的事，我来干！”

王一爸说：“我们都退休了，闲在家里也是闲着，杭州地方好，气候跟四川老家差不多，还那么平坦，是个养老的好地方啊。”

“爸，您老算看准了。当初我来浙江，也就是看中了杭州的山水。所以，七拐八弯，还是选中了这个宝地。日后，您慢慢欣赏。”

“王一啊，这租人家的房子，总不是个办法，等条件好一点，你买套房子，我和你爸，也赞助你几万块，怎么样？”王一妈说。

惠英同王一妈聊着这房东的事情，房东人不错，自己在复兴南苑住着，隔一段时间来看看他们，每一次还买东西来，一个月千把块的房租，八十来平方的面积，还算不错的。惠英说，成名家也就那么大一点，还在七楼，咱们在三楼，下来上去都方便。

两口子在床上商量着，让爸妈住小军那一间，小军呢，不是有一间杂物间吗，腾出来，光线暗一点儿而已，灯泡换大一点就好。

“王一，我去打份工怎样？”惠英说。

“我现在的工资，足够养活这个家了，父母有退休工资，怕什么，你就算有份工作，不过千把块，我稍微省一点儿，就可以了。”

“咱们还要买房子，办首付，现在才八万块存款，什么时候能攒够钱啊？”惠英嘀咕着。

“没事的，我一个月挣他万把块，不出三年，咱们就有首付款了。现在杭州的房价在7000块一平方米左右，城西的楼盘，金都房产不在造三期吗，买一百个平方，首付二十万，一个月存五千，一年我就存六万，两年真够了。”

“就你能耐？真能存那么多，你现在哪里拿得到一万块一个月？”惠英不相信王一。

“惠英，你放心好了，旅行社现在生意还算不错，不出一年，我们的工资都会涨上去，奖金拿得多，工资不就涨上去了？”王一说：“唉，我累了，明天你领着爸妈多转几个地方，给他们选几套秋装。”

“你放心吧，有我在家里，都给你办妥了。”

王一很快进入了梦乡。

惠英却没睡着，公公婆婆来了，公公还好，婆婆心眼儿多，不是盏省油的灯，日后难免会生出事端来，这日子啊，要过好也不容易。

惠英失眠了。

馨月没想到会有这样的事情，就在开完部门例会的时候，王总叫她留了下来。

王总说：“馨月，广州总部要咱们派两个中层干部过去工作，可以说是轮调吧，他们也会派两个人过来，我们研究了一下，决定让你和工程部经理赵勇过去，你看怎样？”

馨月觉得很突然，下意识地说道：“王总，我还没有思想准备，再说，我准备……”

“馨月。”王总打断她的话，语气重了一点儿说：“去广州锻炼一阵子，实际上总部也在考虑一个常务副总的人选，我已经向总部推荐你和赵勇，这个时候，你要是有什么想法，你知道后果会是什么样子吗？”

“赵勇是杭州本地人，我们这个酒店，原来是粮食集团收编过来的，大多数人都是粮食部门的中层干部，所以性质比较复杂，这里边相当排外。馨月，你要是想上来，得做出点成绩来，上次工程部经理值班，赵勇就告了你们客房一状，他在睡觉的值班客房里发现一根头发。一根头发！这可不是一般的事，它反映了你们客房部的卫生状况不佳，你知道，咱们好不容易才申报四星级酒店，上一次，检查就没过关，如果10月底前仍未过关，咱们就算完了。馨月，那件事，幸好我压着，所以你应该清楚你此次去的意义了！”

“是，王总，我去就是！”馨月答。

“客房部的事，你交给助理王婕办一办就行，你后天就出发，机票我已经给你们订好了。”王总最后强调说：“到那边，好好工作，搞一个可行性报告过来，辉煌的前途，还要靠你们去创造。年轻人要想有作为，得从现在开始，我在你这个年纪时，还在前厅站柜台当助理呢。”

馨月将一些细节上的事交代给王婕，临出办公室时，碰见服务员小李，小李据说是个有背景的人，所以连客房部主管在馨月面前都提到过她，小李老远就韩经理韩经理叫得亲热，笑嘻嘻地说：“一起去打饭吧！”

员工部餐厅在四楼，是个狭长的工字形空间，据说是仓库辟出来改建成的。

“韩经理，恭喜你要高升了！”小李一脸的谄媚，馨月觉得有点恶心，又不便发作，听人讲，她是酒店董事会姓邢的主席的一个什么亲戚，也不知是真是假，但还是平静地问：“你怎么知道这事？”

“唉——韩经理，这事儿别人不知道，我还能不知道么？跟你说，我姨表舅父前天在我家里搓麻将，他老人家讲的还有错？”

“你吃虾吧？这个给你。”馨月将碗里的虾悉数扒到小李碗里，继续问：“他还说什么了吗？”

“哎哟，经理，你以前不是喜欢吃虾吗？怎么，今天不吃了？”小李受宠若惊。

“我胃有点不舒服。”

“经理,我跟你说,这次,董事会提出了副总空缺一事,王总提议让你出任，董事会的谢董事，提出要让赵勇上来，一时还拿不定，请示了总部，总部刚好有个轮调培训，所以，他们就准备让你俩去广州挂职锻炼一阵子，短则三个月，长则半年，你是不是接到通知了？”

馨月笑笑，不语。

“我猜肯定是了。”小李说，“韩经理，晚上有空吗，到我那里搓麻将怎么样？”

“行啊，几点钟？”

“6点吧。”

15 各执一端

王一回到家的时候，正赶上惠英和他妈的一场戏。起初是惠英要将鸡做成白切的，微波炉里烤一烤就成，而王一妈硬要做成四川口味，说要加一些生姜块、青椒，这样炖鸡的味道鲜，惠英拗不过婆婆，同意了。另外就是一条鳗鱼，用生姜、葱头到蒸锅里蒸蒸就可，婆婆说那得烧酸辣椒，味道浓，没办法，又让她了。

“唉——已经一个星期了，天天吃辣呀辣的，辣得我这一个星期胃都不舒服。”惠英在王一面前抱怨。

王一也只能附和着说他也感觉到不舒服，这几天辣吃得多，肚子也出问题了。

可是，怎么办呢？一句话，婆媳之间自古如此，双方都磨合磨合吧。何况，王一妈她老人家一贯在家里就是说了算的，小时候，王一爸想发表意见什么的，到她那里就给否决掉了。

听王一说了这事，惠英直接说："那叫暴力，你说是不是？王一，你妈这性格，无论如何我受不了的，要不，你替我找份工作，当导游也行，我就是受不了你妈那指手画脚的样子。"

"找工作？当导游，可以呀，你是学外语的，考个导游证就可以了，12月就有一次全国考试，要不，你先在家里复习一段时间，等考了证，明年就可以工作了。"王一也表示赞同："但这两个月，你一定要忍耐住，千万别跟我妈怄气，你说，俩人吵起来，多让人别扭，我们现在是租房子，房东会怎么看我们？"

"王一，我是看在你面上，这两个月，我忍了。"惠英有些余怒未消。

"好了，老婆，忍一忍吧，小忍则不乱大谋，咱做晚辈的，得让一让不是？老人一把年纪了，等有了房子，咱的大业不就成了？"

"就你会说。"惠英戳戳王一额头。

"成名，今天我赢钱了。"馨月回到家就嚷嚷开了。

"到哪儿去了？我说你又去赌钱了是不是？女赌棍，这个家也会让你败掉。"成名其实没睡着，闻言就没好气道："这么晚了才回家，又不来个电话，让人担心得要死。"

"好了好了，你瞧我，赢了多少，猜对了给你一半。"

"三十。"成名打个呵欠。

"不对。"

"五十。"

"不对。"

"一百。"

"不对。"

“睡觉吧，我不想猜了。”成名懒洋洋地说。

“500块！”

“天哪，你真成了赌棍。”

馨月告诉成名，自己要调到广州去搞培训，有三个月时间，她不在的时候，他自己要注意身体，如果没时间烧饭，就订个餐什么的也行。

成名一一答应着，有些舍不得地说：“你走了我想你怎么办？”

“想我的话，你就坐火车来广州吧。”

“成名，跟你说，我怀孕了。”

“啊，怎么可能？夫人，不会开玩笑吧。”

“开什么玩笑！”

“好，万岁，我成名总算功成名就了。”成名喊了一声。

“叫什么，都半夜了，别影响人家！”馨月制止他说。

“成名，你说我是把这孩子生下来呢，还是做掉？”

“咱们确实应该要个小孩了，为什么要做掉？多大了？”

“一个多月了，可要是不做掉，我的位置，就会让人给占了。”

“你怎么会这样想，你的经理位置，谁动得了，王婕？她可是工人出身，高中毕业，跟你正牌的酒店管理专业毕业生能比？”成名觉得不可信。

“你懂个屁！王婕可不是一般人，她是我们王总的亲侄女。”

“原来是这样！”成名没想到事情会这样复杂。

“可你已经是第二次了，上次的人流，你不是说有一些炎症？要是这个还不要，以后对你生孩子有影响的。”

馨月叹叹气：“没办法，咱们要在杭州这地方生存，就得要牺牲一些，上次为了争这经理的位置，这一次为了争副总，没办法的事。”

“可是，咱岳父岳母，咱爸妈会怎么想？”成名犹豫不决。

“你怎么比我还婆婆妈妈？这事要么速斩速决，要么就生。”馨月果断地说。

“要么缓一缓，让我考虑考虑。”成名觉得这事挺沉重：馨月爸妈那一种催促的眼神，成名妈电话里的嘱托，要是孙子真生出来，四位老人齐聚杭州，全家团圆，老小皆大欢喜，何况，自己已经快进三十四了，再不要个小孩，要等到馨月30岁再生去？

“馨月，真的，我不是开玩笑，这事儿可不一般，我宁愿让你丢工作，丢职位，也不愿你受那份罪。何况，咱这不是两个人的事，事关成家、韩家两家人的子孙繁衍大计，你的身体又不怎么好，你看章亮老婆桂萍，不是想要小孩儿也要不了吗？”

馨月沉默了，她从来没有遇到过这样棘手的问题，但是，她不能舍弃这份她苦熬了快四年的工作，她得不断地往上爬，这样的人生才不枉为成功人生，要是甘愿后退，这不是她馨月的作派，但是，丈夫的话也让她犹豫，难道为了这份工作，就忍心让一条本该存续的生命像流星般陨落吗？

命运是多么地不公！在异乡的城市里挣扎求存，从边缘走向城市的主流文化，其中要付出多大的代价！

最近，馨月常常怀念起山东一望无垠的平畦土地，在那儿，每到秋天，她同她的父母，还有哥哥，拉着板车去收麦子，打麦机在望不到边的麦地里隆隆地响，一袋袋麦子就抬上板车，拉回家。

晚上，她同父母在月光下，在短笛和秋蝉声里掰玉米，一粒粒金黄的玉米从指尖滑落，地上是堆堆小山似的玉米，从晒簟到坪场，到麦壳麦秸成堆似垛的田野。院子四周高高的榆树和杨槐，月亮从东边的田埂爬到天顶，月光如银，洒得院子里如霜似雪。地气在缓缓氤氲，羊圈里偶尔传来几声母羊的咩咩声，这声音和着母猫的喵喵一同传入耳际。从井里压水，这种有规有律的压水声使劳动变成了有韵有律的诗篇，馨月不懂诗也不爱诗，可她爱漂亮，她中学里读的是理科，她知道这压水的原理用的是简易的物理学知识，筒外的压力必须和筒内的压力一致，他们家这个压水工具利用的就是这个原理，就像是根水枪，铁丝在里面抽插，水就被一遍遍一道道压升，最后水流进了桶里。她们这儿的水有点苦，含碳酸钠成分高，得放上一阵子，等沉积物下去以后方能喝，但是洗衣服则可以不放洗衣粉，因为里面的碱性重。晚上把水抽上来，在院子里洗澡，是一天中最最惬意的事了。

在月光下洗浴，一桶桶水从头浇到脚，浑身凉爽，洗掉了汗，洗掉了酸，留下的是清爽的舒适，一天，在辛苦而又愉悦中度过。

馨月决定先去广州再说，反正现在孩子才刚刚怀上，三个月后也才刚显怀，走一步看一步吧！

因为要去广州，她想起了许仙，跟他打了个电话，告诉他自己第二天下午1点半到广州。

许仙接到馨月的电话时，很高兴，他上次从杭州回去后，便一直没跟馨月联系，现在她来广州，肯跟他说，至少两人还是可以做朋友的吧。

许仙驾着他的宝马730在白云机场接到了馨月。

“怎么？许仙，比起五年前大不一样子嘛。”

“可不嘛，比起五年前，我这是老了呀，不过馨月，你倒是比以前更漂亮了，跟大学时一个样，还年轻着呢。”许仙接过馨月手里的箱包，笑呵呵地说道：“这次过来是出差，还是常驻？”

“不过三个月培训期，结束了就回去。不过许仙，你这可是鸟枪换炮了。”坐在宝马舒适的前座上，馨月打趣道：“ABS、DVD配置，这宽大舒适的座椅，不错嘛，挺能的啊。”

“广州这地面上，像我这种中产阶级，一抓一大把，这算什么！”

“已经不错了，你还在干你的部门经理？”

“是啊。”

“对了，你现在去哪儿？有住的地方吗？要不住我那儿，我上半年刚买下150平方米的大套，有多的房间，何况广州的房价比杭州要好些，而且，我自己设计的风格，不参观一下？”

“有空一定去，你先送我去总部，我暂时住那里。”馨月说。

报到以后，按总部安排，馨月住十六楼的贵宾房，她的职位是总经办主任。

这天下班，许仙打电话来，约馨月去餐馆吃海鲜。

“今天，我可要狠狠地宰你一顿。”馨月说，“说说看，这段时间怎么样？”

“忙呗，公司老总让我跑了一趟美国，网络的国际化进程在加快，我们准备和美国的一家网站联合，另外，就是公司策划一批新的栏目，借助于国外的经验、技术优势，进一步在管理上优化资源。对了，馨月，前一阵子跟你发的邮件，收到了没有？”

“收到了，不过，我不大用电脑，许多软件功能还不熟，以后，我要向你多学习学习。”

“你想学什么？”

“比如制作动画、Word 2000的功能、还有Excel 2000。”

“就这么一些啊，没问题，其他软件呢？”

“我怎么能同你这个计算机专业的硕士生比？能学到一些基本的东西已经不错了。”

16　波澜起伏

章亮最后还是没有扭过桂萍，任由她把一个陌生小孩子带回了家，只是他心里始终有些别扭。

也许是章亮的脸色不太好，阳阳第一次见到他就吓得哭起来：“哇——阿姨，我要回学校。”

“阳阳别哭，叔叔今天有点累，别吵，阳阳先去睡吧。”

桂萍理解章亮，她知道他这认死理的脾气，等他想通就好了。等孩子哄睡后，也就好声好气地劝道：“章亮，学校里的事够让你烦的了，我也知道你心里有顾虑。目前，咱收入不高，一个月4000块不到，租房之类的生活花销大，我又有病，到现在还没攒出钱来。你看，这孩子他爸给一个月

1000块生活费，我们替他带着孩子，这1000块都够咱们一家人一个月的生活费了，这样，我们就算受累一点儿，但能省好多钱呢。而且以后，他爸要是真在杭州给他买房，咱不跟着也有房住了？最重要的是，我已经不能生育了，咱们这么过着也挺不是滋味，有个孩子在身边，总是热闹些。何况，我就不信，我们真心地待他，以后长大了就算不拿我们当亲生父母待，也不能成了仇不是，你就听我一次吧！”

章亮今天因为学校的事，本就心里特别窝火，所以回家看到那孩子，也就板着一张脸不吭声，小孩都敏感，也就吓着了那孩子。

这会儿，虽然桂萍的话他没有全部听进去，但也总算软了语气：“行了行了，不管你说得多好，养着这孩子以后怕是麻烦都不会少。”

桂萍一个劲儿地辩解：“我也知道你的顾虑，就算他父亲不要他了，那以后就当咱们自己领养的，孩子从小养大，怎么会没感情，放心吧。”

章亮不想跟她紧着这个话题争论，既然带回来了，就先留下吧，也就问道：“孩子你一天到晚都自己带？”

桂萍忙说：“我带，不就是给他洗洗衣裳，伺候他吃饭、睡觉吗？有什么大不了的，实在不行，把妈接过来，不就得了？”

“先这样吧！”章亮说了一句，便没吭声了，总觉得她现在说得轻松，以后就知道麻烦了。

自从馨月到了广州，许仙有空，便会以尽地主之谊的名义约她，更是利用她的休假时间，开着他的宝马车带着她从城内到城外，几乎逛遍了整个广州。

这周周末他将馨月拉到了肇庆，古端州的风貌令馨月迷醉，她带了一块著名的端砚，预备回杭州送给成名，她知道成名喜欢收藏这些东西。

两人还游览了七星岩，比较着西湖的风光，馨月认为这简直是小巫一个！肇庆是一个狭长的城市，同杭州一样，一条江穿城而过，就像钱江南岸是萧山一样，肇庆的对岸是个叫高要的县制市，但是论气魄，真的与杭州不能比。

“不能那样看，你知道吗，北宋的包拯曾在端州，也就是这里做官，不是留下宋城遗迹吗？杭州有宋城，那都是后面的人为赚钱修起来的，明天我带你游鼎湖山，你就知道这里的风景绝佳了。”许仙说。

馨月想搭船去高要看一看，他们搭上码头边的船，感受到西江水的汹涌与浑浊。

“这两江上游是广西，所以一下雨，江水就那么浑浊，这里是中下游，这条江再下去就汇入珠江了。”船老板说。

“老板，你知不知道钱塘江？”馨月问。

“钱塘江？不清楚！”

许仙向韩馨月笑了笑，那意思似乎在说，你以为钱塘江有多大名气？

“钱塘天下潮，你不知道？全中国就只有一条涌潮的江，就是钱塘江。”馨月朝他吼了句。

老板摇摇头，疑惑地说道：“我开了近20年的船，没听说过呀。”

死脑筋，简直鼠目寸光，馨月心里暗想。

晚上，他们在肇庆广场上看音乐喷泉，随着音乐响起来，那一道道水柱冲天而起，一会儿似音符高跃，一会儿低回婉转，而水的颜色在不断变化，似银花绽放，似旌旗飞扬，似龙舞九天，似战马扬蹄，似百花争艳，这是馨月所看到最美的一幕了，她陶醉在这五彩的水世界里，离水是那么近，在中秋的夜色里，她感受到这个旅游城市的特有魅力。他们还一起看到了地方剧团演出的粤剧：说的是一家人为适应市场，从农村的自然经济走出来，去城市开发农产品，后来又遇上了感情的嬗变，他们父子三人最后言和，重新携手，并且找到了各自的幸福。

馨月觉得在月光下看粤剧，简直是种享受。从前在杭州，她几乎很少到东坡大剧院或杭州越剧院看越剧，说实在的，现在的年轻人谁喜欢看这种老掉牙的东西？可是，她今天和许仙坐在凉爽的石条凳上，看了一场露天的本地戏剧，她觉得这种感觉爽极了。

“许仙，现在我才感到地方戏有地方戏的看头，什么叫过瘾？这就是。

月光下同那么多闲人，大口嚼着爆米花，痴痴地傻傻地笑，完全不必在乎什么，整个身心都放开，这才是真正的生活。”

“馨月，我跟你说，在广州几年，有空的话，我就一个人驱车百里之外，广州现在太发达了，商业气息太浓，竞争也激烈，我就跑到偏远的小城镇，这种淳朴而又恬静的小地方，可以让人好好地透透气，这样，到礼拜一上班，就会觉得特别有精神气，特别放松。”许仙美美地躺着，陶醉在溶溶月色里。

广场上人渐渐少起来，喷泉早就停止了，一些潮湿的地方，薄薄的水雾在蔓延，缓缓地移动，月光如水，夜初的声音和远处的霓虹灯协奏着一首《月光曲》。

从来没有过这样的感觉，这是不平凡的晚上，对于许仙来说，他几乎整个身心都要被融化在这样的情境中了。

美的景、美的人，风景就是这样组构的，他大学里梦寐以求的女神，这个令他至今仍然惦念忘不了的人，她就躺在自己身边，好似做梦一般。

“馨月，你还记得七年前的大学校园里，咱们一起参加团委的活动，一起带团员去做义务工作，一起入党宣誓的事吗？”

馨月也仿佛沉浸在记忆中了，喃喃道：“是，那时候，我心里边就在想，干好分内的工作，让陈老师放心，陈老师为咱们入党不知道操了多少心啊。”

“是啊。”

“阳阳，过来！干爸教你识字。”章亮哑着嗓子喊道。

阳阳根本就不听，趴在地上玩他的拼图，这块放这儿，那一块，对，大象的脚，放这儿，对，大象的什么？啊——

“阳阳！你在干吗？”章亮提提嗓子。

“哎，干爸，我在玩拼图，我不要识字！你也过来，陪我玩拼图。”阳阳回应着。

厨房里传来桂萍的喊声：“阳阳，不玩了，洗手，准备吃饭了。”

桂萍妈从洗手间出来，拿着甩干的小孩衣物，叹气道：“唉——这孩子，这么大了，一个上午，尿湿了五条裤子，这城里伢，就是调皮！”

“妈！您别说那怄气话了，咱领来的孩子，好歹是个儿子，当是捡回来个宝，行不？”桂萍大声说。

“还一个宝呢？整个一个磨人的种，瞧吧，有咱们好受的。”章亮揶揄着。

“章亮，俺知道你大老爷们儿心里不舒坦，可这也没办法呀，算了，看这小孩的机灵劲儿上，好歹也是个苗儿啊。”桂萍妈安慰说。

“妈，你哪知道呀！这孩子不好带，背景又那么复杂，人家会给咱家，就这么便宜？”

“章亮，你别得了便宜还在说坏话，告诉你，这小子我要定了，怎么的，你要是不打算要，那我就给他改我的姓。”桂萍正儿八经地说。

“行，你能耐，算我没这个本事，有本事你养着吧。”章亮也来气了。

“怎么着？章亮，你想怎么着？”

“干吗干吗？桂萍，少说两句，就你嘴硬，人家章亮都不说了，你还倔什么？俺看，这事得商量着来，急着办不妥，俺也不放心！”

见老人都跟着着急了，桂萍这才不吱声了。

副刊部主任把成名叫到办公室，说：“成名，咱们副刊部这几个月准备策划的专题栏目，要大气一些，关注社会人士方面的，这个栏目由你负责，你认真组几期稿件，也可以自己动动笔，你看怎样？”

“OK！”成名说。

“成名啊，徒弟带得如何？上路了吧？采芹可是咱们顶头上司的女儿哟，多关照关照！”主任拍着成名肩膀。

成名想起上次新闻部主任说的事，也就点头道：“放心吧，主任，我会尽力而为的，这小姑娘也挺聪明。”

回到新闻部，他把采芹叫过来，采芹正在整理几个短新闻，社里最近成立了一个有偿新闻办公室，她被抽调过来帮忙，看见成名来了，连忙笑嘻嘻地说：“怎么？成老师，有采访任务？”

“没有，今天编了几组稿件？”成名问。

“喏，朝晖一幢房子发生雷击事故，17岁少女身亡，楼上花盆，常掉下楼；为一点儿小事她躺在泥里；安徽老伯看女儿身死大街上，你觉得有意思吗？唉，成老师，我感觉干这一行就像在捡破烂儿，什么有偿新闻，拾人牙慧，这种事编得太无聊了。”采芹一脸的不耐烦。

“所以说，干编辑就这德行，跟捡破烂儿的区别在于，我们在拾精神垃圾。”

“你们俩在说什么？要这样想，咱们办报的格调就是要吸引更多的读者，包括打工的、卖菜的、甚至捡破烂儿的，这种百姓纪事，又短又有快餐效应，还能反映民生疾苦，岂不是真正做群众的喉舌？咱们是晚报，不报这个报什么？”新闻部主任走进来说。

“主任高见。”采芹说，“可这毕竟也太啰嗦了吧。”

“这样，采芹，你要是不愿意，你过去跟成名组几篇大稿，如何？刚才副刊部梁主任打电话来，向我要成名回去，我才答应了，如何？”

“好啊。”采芹高兴极了，忙说，“成老师，咱走吧。”

“上哪儿？”

“采访去呗。”

小姑娘做事利落，不一会儿便落实了选题，去采访一个提供个人保存日记的人。

约好在茶馆见面，那人来了，夹着一个包。

“你们好，我就是古董，东西我带来了，你看，这是我偶然在小摊上的收获，完全可以做一篇文章。”

成名和采芹不觉一笑，他名字够有意思的。

听完他的叙述，成名建议，由他自己命笔，撰写一篇纪实文章，而他则有了一个设想，就是关于栏目主题的。

“叫《特别文档》好不好？专门刊载写实性文稿，区别于以前的情感类栏目，反映社会较敏感的新闻话题。”

“好，我赞同，成老师，我还有个建议，就是刚才说的小中见大，我觉得金主任刚才的话有道理，材料可以从新闻中来嘛，下一期，我看我们去采访一些普通人，比如写写普通人的创业历程，这不是挺好的。”采芹高兴地说。

送走了约访者古董先生，稿件材料基本上整理好了，一个星期出一篇，差不多了。

“晚上你怎么解决？”采芹问。

“一个人，随便一点儿，烧个方便面什么的。”成名说。

“去我家吧，反正我们家只有四个人。”采芹提议。

“不用，太麻烦了，何况我这个人，最怕见领导了，见了你爸，怕不自在。”成名犹豫了一下。

“哎哟，今天是我生日，你都不去？太不给我面子了吧，要不是嫂子出差了，我得邀请她也一起来，现在，你去也得去，不去也得去。”

成名一听人家过生日，这倒是盛情难却了。

采芹家在体育场路宝善桥一带，算是比较近的，打的从茶馆到他们家，才15分钟车程。

“成老师，这是我爸、我妈。”采芹一进门便开始相互介绍，“妈，爸，这是成名，我的顶头上司，副刊编辑，还有这位——”

她指着从厨房里端菜出来的一位40多岁的大妈，说：“这是蓝阿姨，在我们家10多年了，她烧的菜可好吃了。”

几个人相互打了招呼后，采芹妈和蔼道：“成老师，我们家采芹挺淘气的，给你添麻烦了，以后，还希望你多指导她，有空常来家里玩啊。”

“人家挺忙的，哪里经常有时间，成老师你的那本《杭州的表情》，文艺出版社出的，我看过。以后要出新书，别忘了通知我一声，我可是你的忠实读者哟。”采芹爸说。

“章亮，拿块湿毛巾过来，阳阳的手很脏。”

“章亮，快帮阳阳擦擦屁股，他又拉了。”

“章亮，阳阳跑到房东家去了，你去找找，这孩子，就知道玩。”

……

现在，章亮的家里，时不时就能响起桂萍的嚷嚷，嗓门可比以前大多了，原本是桂萍妈和桂萍两个人带着阳阳的，后来，桂萍学校招人，就是在学校做做清洁，外带管管学生就寝，一个月有600多块，想着这工作也不太累，而且白天孩子又在幼儿园，桂萍妈在家也没事，下班后也能帮她搭把手，就介绍桂萍妈做这份工作了，也多赚一份钱不是。

所以，现在只要桂萍妈还未下班回来，这带阳阳的事，章亮就只得在老婆的念叨下帮忙了。一个大男人，带孩子这样烦琐的事情多了，难免气急败坏，火气一大，两口子不免经常打嘴仗。

“哎哟，我说桂萍，这么淘气的孩子，专门给咱找麻烦，不是我说你，当初就不该把这孩子要来！”章亮抱怨说。

“你懂个屁，一个大老爷们儿，连个小孩儿都不会伺候，以后还怎么过日子！”桂萍骂骂咧咧。

“你不是说你妈能帮忙带吗？现在都到哪儿去了？”章亮反驳着。

“你要是一个月能挣4000块，我就专门替你做家务，咱妈去学校做点事，又有钱赚，这不是给你省钱吗？到哪里去找这样好的老人！”桂萍骂着。

“什么叫替我省钱？她都把钱交给你了！还有这孩子，要这要那的，那点生活费根本就不够花，上次住一回院，一下就花掉咱上万块钱，你以为养个孩子这么容易啊，你这是自找罪受。”章亮骂着。

“章亮，我跟你说，你要是有意见，我就不做事了，我专门在家里伺候你，你有本事就养我，我把咱妈打发走？”桂萍也来气了。

“我……我不是这个意思。”章亮赶紧放低腔调：“我是说，咱们也得考虑考虑现实的问题，你看，这小孩之前生病我们是怎么照顾的，可到现在，连干爸都不肯叫我一声，你还指望将来他能接受我们？长大了，他肯定要跑回自己家里去，他有自己的亲生爹娘，他不会去相认？”

“我们养他大了，他是个明理的人，自然不会忘记我们，你瞎操什么心，再说，人心都是肉长的，你对他好，他不会不记情，现在孩子还这么小，哪懂那么多。”桂萍反驳着。

“好，你有理，你看吧，这孩子后面麻烦事儿还多着呢！”章亮将门一关，回到自己房里写教案去了。

17 一匹黑马

银灰色宝马在山边的小镇停车场前停了下来。

“到了，下车吧。”许仙说。

馨月四处看看，礼拜天，人挺多的，小镇的周边，是一些三四层楼高的建筑，街边小摊子挺多，旅游纪念品卖得红火。

他们乘坐的电瓶车驶到鼎湖山景区门口，许仙说：“我去买票。”

在拥挤的人堆中，许仙很快扎进去，出来便攥着两张门票，说：“我经常来，人挺熟的，找了一个卖票的熟人，很快便弄到了。”

“我看你全没当年的学生相，记得大学里，每回看见你打饭，都老老实实地排队，这样才更像一个党员嘛。”

“嗨，这哪儿跟哪儿？此一时彼一时也，出门办事，没个熟人怎么行？”

沿着山路进山，馨月说：“走一走，别坐车了，再坐两块钱，咱们还玩什么？”

许仙说：“还远着呢，这里有四五里远，你走得起？”

“那试试看，看谁走得快。”馨月看看他，说，“咱俩比赛吧，要是谁输了，晚上谁请客。”

“比就比，谁怕谁呀。”许仙兴致勃勃地说。

走了不到1000米，他们看见了右边林子里闪出的建筑物，有的标着“中国社科院野生植物研究所”“中国作家协会广东创作中心”等牌子。

“这里庙小和尚多吗？”馨月指了指那些标牌。

“什么时候，你们酒店也来这里搞个度假村什么的，这东西杭州似乎也不少吧？”许仙说。

“是的，杭州的疗养院确实太多，这儿多几块牌子，也是常事，白天鹅在这里搞投资，首先要考虑开发的未来前景，这种热闹，不凑也罢。”馨月说。

眼看着接近目的地，两个人累得气喘吁吁，许仙找一块大石墩，递水给她：“来，坐坐，喝水吗？”

“确实口渴了。”馨月说。

环顾四周，能感觉到清脆的流水声，她想，这附近肯定有溪流，这是个潮湿的地方，虽然是晴朗的天气，到处都氤氲着雾气，秋天的气息只能从一地落叶和这几棵阔叶树上感受到。

“这里空气中的负氧离子含量最高，可以说是世界上空气质量最好的地方之一，你闻一闻，怎么样？”许仙兴奋地说。

做做深呼吸，果然空气中除了一种彻心的凉意，别无杂质，馨月尽情地呼吸着，整个身心仿佛遭洗涤般，感觉到清明透彻。

“这么好的地方，真想修座庙，来这里供菩萨哦。”馨月感叹说。

“是啊，要是这里卖房子，我都想来这里买了。”许仙说。

“许大官人，咱们下一步去哪儿？休息好了。”馨月打趣着。

“往前一直走，咱们去寻找溪流。”

不一会儿，依稀可见流水，溪流跃入眼帘来，水果然十分清澈，细石、游鱼，清晰可见。

“要是夏天，你就能见着很多人，光着脚丫，沿着溪流往上走，你用手摸摸看，试试水凉不凉！”

馨月伸手在水里，果然，凉意顿时沿手往上传递，不由惊呼：“啊，多爽。”

“往前走。”

他们看见石头上写着字，有的是隶体，有的是篆体，“清明”“剔澈”。还有一个大水潭，一汪碧水，甚是可爱，一挂瀑布，从百多米山崖上直挂下来，飞溅起水花万点，站在潭边，能感觉到空气里潮湿的味道。

“这儿呢，相传是孙中山先生洗浴处，据说，孙先生在广东闹革命时，曾来此畅游，若是夏天，咱们也可以到水中游游。”许仙解释说。

“咱们现在往哪儿走？”

“往回走，得走到前面那个亭子边去。”

“干吗？”

“去了就知道了。”

亭边有块碑，碑上写着些字，好像是个有道高僧曾在什么庙里修行，后来圆寂了，葬在附近。

“你不说是有座庙就好吗，现在咱们上山，去庙里修行怎样？”许仙神秘地说。

“那里肯定很好看吧？”馨月喜滋滋地问。

“当然了。走吧，不过，咱们又要爬山了。”

“不会比泰山难爬吧？”

“哪里的话，不过这里倒是另有一番风景哟。”

两人爬到半山腰，已经累得不行，就在一个亭里休息。

观察四周，有许多奇怪的树，林子里传来鸟的叫声，清脆盈耳。

“许仙，你看到那些树了吧，藤那么粗，那么长，还有那一棵，你看，它的树枝又掉在地上，插入地下生根了，奇怪！”

“哦，那叫热带榕树，这里有几千种树，包括有些几乎绝迹的，鼎湖山的神奇就在于它的植被覆盖，不妨说它本身就是一座原始次生林，典型的亚热带雨林特征，待一会儿，会下起雨来。”

果然，雨点下来了，一边是阳光普照，一边是雨声唰唰，让人觉得不可思议。

“这儿有它自己的气候特点，快到山顶了。”许仙收了伞往前走，说着话时雨已渐渐停了。

一座亭子出现在眼前，望过去，亭边有人在求签，再细看，旁边有两棵树，

2米以上几乎合二为一，再到十几米处，又分割成两枝，树身上缠满了红线。

“你瞧，这叫相思树，是由两棵不同科目的树连理而成，又叫夫妻树，要不要求一求，系根绳子？”

“算了吧，都结了婚的人了，有什么好求的，我看，你求一根签倒是可以。”馨月说。

“那好，我求一根签。”许仙对旁边的老和尚说。

“施主好福气，此签为上上签，施主跟你女朋友肯定能喜结连理，恩爱白头。”老和尚捻着胡须，看着俩人说。

馨月脸一红，赶忙躲开，许仙看看她，笑着把红绳拴在树上，玩笑道：“你怕什么，不知者不为过。”

“多谢师父！”

“阿弥陀佛，善哉、善哉，施主心想事成。”老和尚朗声道。

“这儿为什么叫鼎湖山？”馨月问。

“相传，黄帝曾筑鼎于此，这座山顶有一个湖泊，就是由这个鼎化成的。”许仙说：“故事很长，我一下子也说不清楚。”

两人来到寺庙前，已经有许多人在三叩九拜了，许仙和馨月都不喜欢上香、跪拜什么的，所以只是殿前殿后地到处逛，他们参观了大雄宝殿，对于僧人们用的千人锅颇感兴趣。

“我看，这口大锅都像你说的，不妨把这庙改叫大锅庙了。”

“和尚庙倒还是集体性质吗，中国的改革也得改改这里的大锅饭。”许仙也打趣道。

“不是说现在已经不用这锅烧饭了吗？说不定，和尚们的规矩也改了，比如，他们也用煤气灶烧饭吃。”

许仙接着话茬儿说：“好像和尚也开禁了，比如每个月可以吃多少肉，在庙里头开个店什么的，卖卖纸香什么的。”

“这叫搞活经济。”馨月说。

“这有什么稀奇！日本的和尚，规定可以回家修行，可以娶妻、生子，总之，和尚只是一种职业，拿到佛学院的文凭，考个什么资格证的，便能名正言顺地当和尚！”许仙说。

“我饿了，咱们在这儿吃顿斋饭。”馨月提议。

吃完饭，两个人一步步往山下走，路过那棵相思树时，馨月说：“你觉不觉得，两个人拴死在一棵树上，就能白头到老？”

“这个嘛，怎么说呢，要看两个人的造化了，要是合不来，不对劲，强扯在一起也没什么意思。”

许仙的话，让馨月一时语塞。

她突然有一种不好的预感，那就是，她觉得自己跟成名，也未必能走到白头。

“你累了吧，来，我拉着你，这儿要下坡了，当心一点。”许仙伸出手来。

馨月下意识地摸了摸小腹，便没有反对，只是当许仙拉着她一步一步稳稳地往山下走时，她记忆有些恍惚起来。

她还记得，当年读大学那会儿，有一年放节假日，她领着许仙去她家玩的时候，她父母就非常喜欢许仙，直夸这孩子嘴皮子好使，懂礼貌，何况许仙的父母都是大学里的教授，所以，那时在她父母心中，他们认为，自己女儿若是能嫁入这样的知识人家，那是孩子的福分，可当时他们一直说是同学，她父母也就私下问过她一次。

大学毕业后，两人终究还是没有在一起，后来，她认识了成名，也就嫁给了成名，只是这个人，从出现后，每次跟他相处，总会让她不经意间想起曾经。

“你怎么了，不舒服？”

“哦，没有。”

馨月觉得许仙的手很温暖，她这会儿竟然有些不想松开，最近她烦恼得很，总部对她的表现比较满意，董事长找她谈过话，要是她愿意留下，酒店准备提拔她做总经办主任，待遇比在杭州好很多，她好几次打电话回去想跟成名商量一下，可总是不赶巧似的，要么他在忙，要么在外面不方便说这些事，要么晚上打过去还没说几句，他就睡着了，气得她恨不能把电话摔了。

尤其是现在，她好歹怀孕快三个月了，成名虽然不赞成她不要这个孩子，可也没怎么关心过，还是偶尔她主动提起了，他才说一句让她注意身体，越想越气。

“许仙，改天你陪我去一趟医院。”

“干什么？你真的不舒服？”

“别问了，以后我告诉你。”馨月说。

18 如歌行板

已经是晚秋，采芹送成名出来，室外刮来的风让他们感觉到秋天的寒意，采芹打了个哆嗦，成名说：“你回去吧，天凉起来了。”

“不急，我再送你一程，要不，咱们往西湖边走走？”

“行！”

湖边已经没有游人了，夜色如水，蔓延着神秘与孤寂。

“刚毕业那阵子，我一个人常常骑车到北山路一带玩，有时候也走走南山路，我喜欢晚上来湖边逛逛走走，工作之余，来这里散散心，也不失为享受。”采芹说。

“你家离这儿近，走走方便，我那儿远了些，何况，自从结了婚，就很少来逛西湖了。上回陪几个朋友来，也只是匆匆忙忙的，真是心境不同，感觉也迥然有别。”

“成老师，结了婚是什么感觉？”采芹问。

“结了婚，浪漫少了些，实在了，而且是贫乏的，有人说，婚姻是爱情的坟墓，相处长了，两个人也难免磕磕碰碰。”

“冒昧地问一问，你和你们韩经理怎么样？”采芹停了下来。

成名犹豫着说：“不怎么样？你问什么？”

“我是说你们俩的生活，幸不幸福？”

“哦，我们——还行！”成名有点含糊其词。

“成老师，不瞒你说，我今晚过得特幸福。”采芹话转一转。

“是不是父母在，一家人在一起？”成名问。

“是的，还有恩师你啊。”

“我？大家是朋友呗。”成名说。

“知道吹蜡烛时我许了一个什么愿吗？”

“什么？”

“这是个秘密！”采芹瞥了他一眼，嫣然一笑。

最近，王一不仅仅是头痛这么简单了，而是有点厌倦这样的家庭生活，惠英和他爸爸妈妈的冷战已经开始，每次回家，除了小军能带给他一丝欢乐，他几乎找不到别的乐头。

“惠英，还在生气啊？”

惠英侧着身子，没理他。

“咱妈就那样的人，你别跟她一般计较，老人家嘛，难免啰唆一些，别往心里去。”

“王一，要不是你当初出的这主意，哪里会有现在。我说要放盐吧，她说要放糖；烧冬瓜吧，她愣要放那么多红椒，你们四川人，真不知道要吃那么多辣椒干什么，害得我这几天都胃痛。”

“唉——算了算了，这几天，旅行社麻烦事多着呢，昨天，还有旅客投诉，说是强迫他们新马泰消费5000元。”王一十分焦虑地说。

“王一，家里的事，原本我是能处理的，自从你父母一来，这日子过得咋这么紧呢？本来，我想让他们都高兴一点儿，舒坦一点儿，可老人有老人的想法，你爸你妈毕竟上了岁数了，得给他们找个事，比如让他们去参加社区活动什么的，去练练腿脚，去搓搓麻将，不挺好的。”

王一想了想说：“这样，我去做他们工作，伙食问题，我去跟他们说说。”

“章老师，下午5点有咱们班的几个元旦节目，你可不可以帮咱们看一看？”柳眉问。

“行，在哪儿？”

“阶梯教室。”

学生的设计颇有创意，一个节目是模仿电视台的播音员，搞了个晚间心情热线，不断有人打电话进来，有的是爱情受挫，有的则是问一些无聊的穿衣吃饭问题，主持人绞尽脑汁对付这些人的询问，而给出的意见全都是不负责任的说法，弄得人哭笑不得。

另两个节目一个是热舞，一个是小品《卖药》。心情热线节目《夜半时分》确实不错，安排得巧妙，语言上也颇有特色，不足是热舞和《卖药》有几个地方可以删改一下。

柳眉比较兴奋，她说自己比较看好第一个节目，如果不出意外，这节目会让她们班获个头奖什么的。

章亮向她祝贺：“假若获奖，别忘了请客。”

几个学生怂恿说：“章老师和柳老师也出个节目吧！”

这一提议使柳眉更来劲了，出什么呢？她想着，下意识地问：“章老师喜欢什么？”

“哦，跳舞是不行的，唱歌嘛还可以，表演天赋肯定不行。”

“章老师来段朗诵肯定行！”学生出主意。

柳眉附和说：“对啊，要不咱们来个朗诵？”

“要么柳老师唱歌吧，你唱得可好听了！”

“行，大家唱歌。”

章亮表示赞成：“我没问题，柳老师，要不咱俩来个二重唱，选个什么歌好呢？”

“《你是幸福的我是快乐的》。”章亮出主意。

“这个我唱不来。”

“《东方之珠》怎么样？”

“太俗了，不好。”柳眉不赞成。

“你们年轻人喜欢的，我又不一定唱得来，还是柳老师选一首吧，我学怎么样？”

“哎呀，我饿了，走，章老师，咱们先填饱肚子再说。”

两人选择了去大排档吃面。

“你今天不忙吧，到我那里练练歌吧，我那儿有很多好听的碟片。”柳眉提议道。

饭后，两人来到柳眉住处，她从纸箱里搬出一大堆CD片，笑着说道：“来，陈慧琳的、萧亚轩的、周蕙的、许茹芸的，对了，你喜欢老歌吗？周华健，还是张学友的？还是合唱版的，那么《真心英雄》怎么样？”

“我不太熟。”章亮不好意思地说：“要么《化蝶》还是《明天更美好》？”

“哇，你不会让唱《纤夫的爱》吧，太老土了。”柳眉打趣说。

“你别打击我的热情好不好？我都快没信心了。”章亮回应着。

“啊，章亮，我想到了一首，张洪量的《广岛之恋》，你肯定喜欢，你先听一听吧。”

说实话，章亮对张洪量的歌比较熟悉，比如《你知道我在等你吗》《美丽花蝴蝶》等，可就是不会唱这一首，于是说道：“张洪量，比我名字多一个字哟，我挺喜欢的，可就是不会唱《广岛之恋》！”

柳眉嗔了他一句：“你再不会唱，那我可要上吊了。”

录音机里传来沙沙的声音，是张洪量与莫文蔚合唱的《广岛之恋》：你早就该拒绝我/不该放任我的追求/给我渴望的故事/留下丢不掉的名字/时间难倒回/空间易破碎/二十四小时是我一生难忘的美丽回忆……

柳眉伴着录音机轻轻地哼起来：越过道德的边境/我们走过爱的禁区/享受幸福的错觉/误解了快乐的意义/是谁太勇敢/说喜欢离别/只要今天不

要明天眼睁睁看着爱从指缝中溜走/还说再见……

歌词的内容很悲凉，让章亮听得莫名不舒服，心都跟着紧了一下。

而这时，柳眉眼里竟噙满了泪，但她还在跟着歌的旋律：不够时间好好来爱你/早该停止风流的游戏……

“知道吗？这首歌流行时，我刚好读大一，那时候，我们系里有个画花鸟的同学，他一直偷偷地爱着我，可是他从不愿说起，直到大学毕业那一年，他去了西北，他送给我一本他写的日记，我才知道这一切……”柳眉有些泣不成声。

当章亮发现柳眉唱着唱着声音不对时，便已猜到，这首歌于她而言，定是有故事的，现在听她这样一说，暗想着：果然如此。

递给她一块毛巾，劝慰道：“你不要太难过，相信他会是你初恋时最美好的回忆，如果这是初恋的话。”

柳眉接过毛巾，又低声道：“也不知道怎么了，最近我常常回忆起从前，快四年了，他从来没对我说一句，哪怕是一句也够了，可他没有说。”

“那他现在是不是还没有女朋友？”

“有了，他跟我写过信，说他要结婚了，北方的夜晚太孤寂，北方的夜让两颗心终于碰撞出火花，他和一个自愿去西北的师院女生相爱了，他说她是他的一幅好画，有些感情是不用表达在口头上的，你是学中文的，你应该知道。”

章亮若有所思地说：“中国人表达情意，除了‘曾经沧海难为水，除却巫山不是云’之类，还有什么比昙花一现更让人震惊的呢？张洪量这首歌，他要表达的原意我十分清楚——这是一种无法挽回的爱情，它的美就在于它讲述了遗憾，难道残缺不也是美？”

“愿被你抛弃/就算了解而分离/不愿爱得没有答案结局……”张洪量沙哑的声音带着忧郁与伤感，带着凄楚和迷惘。

“太晚了，柳眉，我得回家了，要不然桂萍又会急起来。”章亮觉得现在的气氛有点尴尬，也就开口说。

柳眉显得有些失落，但马上恢复了平静：“你走吧。”

“你不要紧吧？我走了。”

章亮犹豫了一下，但始终觉得这种事，也不是他能安慰得了的，劝了两句就走了。

19　真经难念

“游客们，这里是埃及，埃及位于非洲东部，面积100.2万平方公里，人口5189.7万，94%的人口居住在仅占全国面积4%的尼罗河两岸，居民主要为阿拉伯人，占87%，信仰伊斯兰教。埃及是历史悠久的文明古国，前3200年已形成统一的奴隶制国家，公元64年并入阿拉伯帝国，1953年废除君主制建国，1971年9月改名为阿拉伯埃及共和国。”

惠英停下来，问道：“你看，我介绍得怎样？”

“我看行，不管怎么样，咱们惠英小姐毕竟当过两年多的老师，做导游问题不大。”王一表示支持。

惠英喜出望外，很是高兴地说：“王一，我终于可以有一份工作了，自从考导游证后，我就想，要是能自己挣钱，多好。”

“这样吧，你愿意跑国内还是国外线？我想安排你跑国内，短线，一两天有个来回，也好照顾家里。”王一建议。

“行，我先跑杭州地区吧，基本上不在外边停留，晚上又能回家，最好不过了。”

吃晚饭的时候，王一妈说：“惠英有工作了，我当然高兴，这个家里，有我跟他爸管着呢，放心就是了。”

“是啊，你们年轻人有自己的事业，先把工作干好，至于我们，愿意当好内助。”王一爸也说。

王一听了父母的话，心下感到轻松许多。

“小军，你妈要工作，以后你就多听爷爷奶奶的话，知道吗？”

“放心吧，爸爸，我会听话的。”儿子答应着，小眼睛眨眨说，“学校放假时，我要去泰县外公外婆那儿玩。”

王一同惠英对望一下，说道：“是不是想外公外婆了，杭州不好玩？”

儿子打了个呵欠，喃喃说：“外公天天给我讲故事，外婆给我编蝈蝈笼子，冬天的时候，还带我去山上挖笋。”

“儿子，你放心，等放假了，爸就带你去外公外婆那边去。”

哄儿子睡着后，王一回到客厅里，王一爸正有模有样地哼着越剧。

“爸，你喜欢越剧，我有个同事，买了几张茅威涛的《陆游与唐琬》，后天晚上的，你跟妈去看吧。”

王一爸两眼睁开，很是高兴地说：“啊？有这样的好事，一定得看。”

接过戏票，忙问道：“东坡剧院，坐几路车？”

“越剧？有咱秀山阳戏好看？别忘了，老头子，你还要照看宝贝孙子，这可是你的任务哦！”王一妈说。

“老太婆，知道了，孙子好好的，我天天给他讲《伊索寓言》，现在他都会背了，英语单词也掌握了50多个，还会问候语，不信，明天咱考考他？”王一爸争辩着。

王一深信他爸的教育方法是最好的，他的英语水平，若没有老头的灌输教育，会有今天？王一记得，有两位老师使他终生难忘，其一就是他爸，还有一个是高中的廖老师。

“爸，您说哪儿去了，小军让你管着，我绝对放心，我和妈呢，还是希望您保养好身体，您都七十的人了，爸，要不我请个保姆来照看小军。”王一说。

“你，你们分明是不信任我的能力！”老头气咻咻地说，“哼，你们不相信人，我70岁又怎么了？除了耳朵聋，牙齿掉了，腿脚不都灵光吗？小军愿不愿离开我，你们去问问看？”

老头的声音一下子提高起来。

王一赶紧解释：“爸，我不是这个意思，不说你累吧，天天带小军，真不容易，要是请个保姆呢，又能照顾小军，又能干些家务，你们俩就可以多些时间，娱乐娱乐，湖边走一走，四处散散心，看看电视、打打太极，关键在于长寿嘛，您说是不是？”

王一爸口气缓和了些：“这还差不多。”

“唉——你爸老糊涂了，你不要见怪，我也知道，他这把年纪，没个靠头，就靠你了，他耳朵聋，便生怕别人听不见，你们不要见怪。”

惠英在旁边说：“妈，您说哪里话，我们并没有那个意思，爸年纪大，也理应休息，再说家里也需要个帮手，您也六十七了，更需要照顾，有个人在身边，不省心多了，是不是？”

“你们的心思，我明白，眼下还能克服。我们都想，等你们自己有条件买了房子，那时候再请保姆也不迟，现在，听我一句话，暂时别管那么多好不好。”王一妈仍固执己见。

“行，那我们听您的。”王一抢着说：“惠英，明天要上班，你先去睡吧。”

王一妈说：“我差点忘了，明天是惠英第一天上班，对，你们都去睡吧，我也累了，大家都休息。”说着打了个呵欠。

“成。”王一说。

“韩馨月，哪个叫韩馨月的？”女护士喊着。

“我在呐。”馨月站起来。

“没事的，我在外面等着你。”许仙说。

不一会儿，馨月脸色苍白地出来了，手里拿着些纸巾。

“你先坐坐，休息一下。”

“怎么样？”许仙问馨月。

“还好。”

说完,许仙便搀着馨月离开,并没有多问,有些事,她不说,他也不太好问。

为了方便休息和照顾，许仙还是把馨月带回了自己家。

“我炖了只乌鸡，那汤很补的，我跟你盛点来。”

馨月喝了汤，朝许仙笑笑说：“给你添麻烦了。”

许仙看看馨月，犹豫了一下，还是问道：“你真的没事？”

“没事！休息一段时间就好了。”馨月说。

“我扶你到床上去。”许仙搀着她往客卧走去。

“你们家装修得不错嘛。”大理石铺的地面，乳白色的沙发，四周光滑的粉壁，卧室里简洁的格调，让她觉得淡雅、清爽。

馨月坐在床上，环顾卧室陈设，虚弱地笑道：“许仙，想不到你会喜欢这种风格，有点出乎我的意料。”

许仙耸耸肩说：“我比较喜欢这种明快的风格。”

“这样的布置，我也比较喜欢的。”馨月说。

“你要是喜欢的话，那你就留下来呗。”许仙似真似假地玩笑道。

“我留下来了，你媳妇儿咋办？”馨月也笑着打趣：“何况，我还有老公呢？我已经不是曾经那个单身的韩馨月了。”

“可我永远是从前的那个许仙！”许仙却突然神情认真地说了一句。

闻言，馨月愣了一下，并未接话，只是说自己要休息了。

而远在杭州的成名，最近因为社里要抢几个杭州的专题，主任让成名去抓几个典型报道，是更加记不起要问问自己家那位已经怀孕的媳妇最近的情况如何。

对于这种突击性的栏目，成名显得胸有成竹，老实说，这种抢险性质的报道有一定难度，当他带着采芹漫步在中山路上，采芹还有点不明所以。

“成老师，咱们这是往哪儿去？”采芹学着茅威涛越剧的调子说。

“我们欲往南边，那儿花红柳绿。”成名也拉着腔说白。

这个时候，一个中年模样的男人同成名打招呼：“成大作家，叫我过来所谓何事？”

来人的幽默把他们俩逗得会心一笑。

“来来，介绍一下，这位是浙江台的廖记者，这位是我的搭档采芹小姐。”成名介绍着。

“采芹小姐的文笔不错嘛，我刚刚拜读过你发表在报上的那篇评论《我们还能原谅吗》，写得深刻，有一定现实意义，以后，要向你请教请教。”

“廖记者在浙江台搞摄像，参与主持一个文化频道，叫《文化丛林》，做得不错！”成名夸赞说。

“你看，他又在给我戴高帽子了。”廖记者说，“咱们走吧，今天我不挎摄像机，我专给你俩做导游。”

一路走下去，廖记者介绍了中山路的历史沿革，从明清到民国初，这条街保留着许多以前的商业巨头品牌，如裕泰、张同泰等，还有许多欧式风格的银行。这些房子建于清朝到民国初年，保留得不错，但是由于年代久远，房子数异其主，很多处已经面目不清。他们来到一户旧房子，问现在的房主，他说，这房子以前是开鞋店的，楼上是仓库，此外别的，主人显然所知甚少。

“以前，中山路是杭州最繁华的商业中心，解放后，随着延安路和武林路的拓宽，商业圈渐渐西移，如今，只留下一些回忆在这里，所幸的是，这里还保留着一些这样的建筑。今后，市政府打算将这条街建成一条仿古街，逐步恢复一些以前的名铺旧居，使之呈现旧貌，发掘中山路的历史遗存，使之传递出杭州的人文信息。”廖记者深有感触地说完，看看表说：“不行了，我得告辞，台里有事情还没做完。”

告别廖记者，成名对采芹说：“知道我今天要写什么吗？”

“知道了，你想写一些中山路的东西。”采芹释然地说。

“你帮忙起个总题目，咱们一人写两个小标题怎么样？”成名说。

“行，就以《中山路的历史沿革》怎么样？”

“太笼统了，再小一点，准确一点。”

“《中山路——王者气象与小家碧玉》，不精练，但含蓄一点，你看呢？”

“再想想看，晚上七点前给我想好，如何？”成名说。

“现在我饿了，咱们找个地方搓一顿，今天你请客？”

20　家长里短

“王一，你看这么办行不行？我让我妈来带小军，这样，咱们既省下一笔开支，又能让你父母二老休息，小军喜欢他外婆，这不顺了小军的意？”

“你妈有这个空？前几年，为了小军，她操了多少心！现在又麻烦她老人家，我们过意不去。”王一说。

“试试看，反正妈在家，也没事情做，到皮椅厂上班的工作又丢了，让她看看孩子，她也有个事情好做。”惠英坚持说。

“那你看着办吧。”

外婆是个麻利人，一来杭州，买菜、烧菜带小军，什么事都给包了，王一和惠英下班后，外婆的菜老早就端上来了。

房子不够用，王一和惠英又向房东借了间房子给外婆，这样，房租增加到1500块钱。

睡觉的时候，惠英算着账：房租加水电要2000块，伙食费要1500，生活费要2000，电话费要400……每个月花去近6000块钱，王一的工资只剩2000，加上惠英的2000，也只有4000元积蓄，小孩要上幼儿园，每个月还得花800元，实际上，一年也只能存4万来块钱，要买房子还得等两三年才能有首付款。

“别发愁，年终我有三四万块奖金，咱们最迟到明年底就会攒够钱买房子。”王一安慰着惠英。

虽然冬天来了，但广州的冬天比较好过，馨月也已经习惯了广州的生活，可不知道为何，她最近常拿许仙和成名做对比。论能力，两个人都算是不错的成功人士，论资历，许仙是研究生、成名是个普通本科生；而懂得关心和体贴的男人，显然许仙才是优秀的，毕竟这一次许仙对她很是照顾，甚至因为担心她，还亲自为她洗手作羹汤，而她就只是电话里想让成名多关心她几句，成名也是说忙得很，两人话都说不了几句。

说是赌气也好，或者其他什么她还未发现的情绪也好，从医院出来后，她就没主动给成名打过一个电话，可这都20天过去了，成名也未曾主动给她打过一个电话，开始几天，她总会看着电话想他会不会等下就联系自己，问问自己最近怎么样?

可时间一天天过去，她也就慢慢地再不特意去看成名有没有给自己打电话了，而不知不觉间，心好像也像冬天来了一样，越来越冷了。

很现实的是，许仙的影子渐渐在她生活中越来越清晰，而成名的影子日渐陌生、模糊。

许仙家的客厅里，设计者显然颇费心机。白色是基调，一张红梨木茶几摆在椭圆图案的地板上，地板反射着转角里白瓷的釉光，放电话机的案几上有一个六角形的插花瓶，里边插着几枝干花，墙角有一盆绿色的文竹，墙上是现代味儿很强烈的现代画，图案的几何变化颇有几分特色，黄白灰三色对比反差强，简单而又炫目。沙发一共三组，靠里的一组为两张组合式，靠左的为三人式，靠外的也是一张两人式组合的，窗帘选的是乳黄色布料，简单明了，跟里层的薄纱窗帘形成一种烘托效果。

馨月来到厨房里，许仙在依葫芦画瓢，烧着一道叫水煮牛肉的菜，有模有样的，看见馨月来，笑着问："怎么，等不及？就好！"

"我看你这厨房的构造。"馨月说。

"我用的是拉立那厨柜，价格在六万左右，这面板是磨压板，天然树脂贴面，周边用的是微油添工艺，环保型，这些配件都是在德国及欧洲国家选配出来的，比如这滑轨——"许仙拉出一只抽屉，介绍这着，"你看，这是奥地利生产的。”

“蛮有创意的，有个性？你花了多少？”

“整个算起来二十三四万样子，花掉我这几年的积蓄，还贷了些款，每个月还银行三千块呢。”许仙说。

“不过，这值。唉——跟你比，我们家简直就是下里巴人。”馨月觉得惭愧至极。

“你们那是省着花钱，我的观念不同，我这几年学会了享受，人生嘛，得不亏自己，你说呢？”

馨月点点头说：“这些年，我们的生活观念在变，挣钱是干什么用的，不就是为了自己花？我比较赞成你的观点。”

“在我这里，你感觉怎么样？”许仙问。

“挺好的，就像生活在理想王国里。”

“你要是觉得待在酒店闷，以后你就住这里，反正就我一个人，我是说你不怕我这匹狼的话。”

“你——大色狼？我不怕。”馨月笑笑，看着他。

“那你就搬过来吧。”

馨月闻言愣了愣，没接话，扯开了话题说道：“有空的话，周末可以来你这里逛逛，改善下生活。”

“行啊，老在外面吃也不健康，还得自己煮，尝尝我煮的牛肉，还有杭州特色的小炒，我最近在如法炮制菜肴，你吃吃看？”

“好！”馨月夹起一块肉，点头道：“嗯，不错，蛮爽的。”

“多吃几块。”许仙夹了几块放在她碗里。

“我自己来，我自己来，多不好意思。”

“妈，你早点回来，学校那一头，别太辛苦了，会伤身子。”桂萍对她妈说。

桂泙妈将拖鞋换上，问道：“阳阳呢？”

“到外边玩儿去了，你休息吧，那几件衣服，我一人能行。”

“你说那帮孩子吧，房间里那个乱的，中午我打扫房间，鞋子袜子丢得哪儿都是，有一次厕所都给堵上了，害得我一阵好找。”桂萍妈数落着。

桂萍正剥着把毛豆，也跟着叹气：“这里的孩子，都是小皇帝，跟我们小时候能比？”

“我说吧，你同你弟弟小时候，一只板凳能当大车拖，现在这帮孩子，什么好玩的没有？”桂萍妈说着话，看见水壶开了，惊呼：“啊——水——”

桂萍赶紧将插头拔下，桂萍妈拿了两把水壶过来，把水倒进水瓶，闲谈道：“桂萍，今天我们发工资了，六百多呢！”

“妈，你拿着这钱，给自己买身新衣服吧，我要存钱，就不给你买了。”

桂萍妈把钱从口袋里掏出来，说：“给，拿着吧，多少我交点儿生活费。”

“妈，你看你。我们有钱，你自己存着，给自己养老用。”

桂萍妈拿回钱，又是叹气：“唉，指望你弟弟能弄出些名堂来，你弟也不争气，到现在，好不容易找个女朋友，前一阵子，那姑娘又跑广东打工去了，家里那几亩地咋办呢。”

桂萍安慰她妈：“弟弟都二十四了，他能挣钱养活自己，你担心啥。他要出去，你让他出去呗，你在这里帮我带好阳阳，我们一起把孩子培养大，至于弟弟，你也别拦着他，他要走，你就让他走走看。”

“唉，都快六点半了，章亮咋还没回家。”桂萍妈有点急了。

“妈，你先去把阳阳叫回来，章亮单位里有事，他是班主任，学生又调皮，他也挺不容易的。”桂萍安慰着老人家。

“章亮，你说吴科长这女人怎样？我看她不是个东西。”柳眉说。

“这女人，你不要跟她计较，你干好自己的事就行。”章亮说。

“今天你值班？”柳眉问。

“嗯。”章亮停了一下说，“你书法练得如何？”

“练练呗，不怎么样，我小时候，我爸让我每天练两个小时，你知道两个小时是什么概念？”

“一定很累吧？”章亮下意识地问。

“可不，手臂都酸了。”柳眉舒展一下四肢，犹豫着，还是说道：“上次的事不好意思，还有，谢谢你，如果方便的话，咱们到外边走走。”

章亮知道她说的是那天她在他面前哭的事，便笑了笑表示没事，听她这样说，以为她心情还是不好，便也点头。

信步来到江边，钱塘江边，东北风刮得正紧，靠着江堤，江上船只逆流而上，船连着船，船接着船，潮水已涨过，现在江面的水浑浊无比，靠近江堤的水泥台上，能感觉到水位在一点点后退。

“柳眉，你以后有什么打算？”

柳眉看了看他，说：“我想像你一样，做个好老师。”

“你不想做一名好画家？”

“当然，心中有山水，常在画中游。我喜欢来这里看山、看水，看一只鸟飞过江面的姿势，还有远方隆隆过来的火车，我从艺术学院毕业，就想留下来，这里有成就自身的环境。”

“是的，我们都好好干，争取机会，毕竟校长还是不错的，虽然没能同他多聊，感觉还是挺不错。”章亮说。

“章亮，你有什么打算？”柳眉问。

“我？我当然想工作出色，事业风顺，家庭又和睦。”

“你妻子对你如何？”柳眉盯着他。

“还行，我们都挺不容易的，在浙江认识，生活了几年，打打拼拼，还算过得去吧。”

“哟，6点了，往回走吧。”柳眉看看表。

自从惠英妈来到杭州后，王一夫妇仿佛卸下重挑子，以为可以彻底放心了。

这天，下班回家后，却发现儿子不在，惠英妈见他们回来，急切地说道：“不得了了，我刚把菜篮子放下，和小店的大姐说会儿话，一转眼，发现小军不见了。”

“亲家母，你也不用太担心，孩子会找到的，啊！”王一爸安慰说。

“唉，你当初就该看紧一点儿，我孙子挺淘气的，杭州城这么大，可怎么办哟！”王一妈数落起来。

“妈，你说什么呀，岳母她又不是有意的……”王一心里也烦躁起来。

“要不，我们再去找找看。”惠英说。

天气较冷，大街上风刮得紧，一场雨下起来了，还伴随着阵阵惊雷。

王一同惠英从小店一直走到三三超市，再到新塘路口，王一妈和惠英妈则往范家的居民区一带走，碰见小店问店主，碰见行人问行人，“有没有看见一个孩子，4岁样子，脸儿圆圆的，个儿有那么高，对，穿一双小波鞋，白色的……”

直到晚上9点，还是找不到儿子的影子，惠英急得呜呜大哭，王一有点气急败坏，吼道：“哭有什么用，咱们报案去吧，去天城派出所。”

两人急着往回赶，这时手机响起来了，是王一爸打来的，他说小军找到了，孩子原来在同学家里。

小军和幼儿园的同学蛋蛋相熟，两个小朋友在小店那里碰上了，小军怕他姥姥不让去，就没告诉姥姥，于是，两个小家伙跑到游戏厅玩了一阵子游戏，5点多回到蛋蛋家，玩累了的孩子躺在房间里睡下了。吃晚饭的时候，孩子被叫醒，蛋蛋爸问小军家在哪里，小军又说不上来，直到晚上九点钟，蛋蛋爸从幼儿园老师那里找到小军家的电话，蛋蛋爸说，让你们受惊了，我把小军给你们送过去。

21 快乐速配

金主任把采芹叫到办公室，说有事跟她讲。

采芹从主任办公室出来后，一脸的欣喜，跑到副刊部："成老师，告诉你个好消息，报社正式录用我了！"

"真替你高兴，祝贺你！"成名也感到十分欣慰。

"怎么样，今天咱们去哪里采访？"采芹问。

"今天嘛，咱们上午去河坊街，去找口古井。下午，咱们去一趟上海，明天上海图书交易会，咱们去抓一些材料。晚上咱们去逛南京路，找一个地方吃饭，好好庆贺一下，怎样？"

"OK，今天的节目蛮有意思的嘛。"采芹嫣然一笑。

"那咱们出发吧！"

上海南京路，拓宽的路面，反射着华灯初上与金碧辉煌，南京路恢复了昔日繁华，购物、餐饮、娱乐，采芹与成名饱览着眼前的一幕幕情景，不时地向路人询问，抓一些采访材料。

"咱们找个地方坐坐吧，你不饿？"成名说。

"你不提我都忘了，阿拉似上海泥，我这话学得像不像？"采芹开心地说。

"像！咱们上哪儿去吃饭？"成名问。

"今天我请客，你说说看。"采芹大方地说。

"我可要宰你一顿，咱上东方明珠塔怎样？"

采芹大笑起来："哈，此言正合我意，走，咱上明珠塔。"

随着电梯一层层上升，上海的夜色斑斓让人迷醉，他们来到了塔顶的餐厅里，凭夜色远眺，黄浦江在脚下，似一条灰蟒，江岸上的船只在夜色里显得特别醒目。此时正有一艘船驶入江口，但是汽笛的声音是听不到的，外滩的高楼大厦颇多，88层的金茂像巨人鸟瞰着一切，在周围灯光的烘托下显出高大巍峨。

“来，举杯吧，咱们好好地喝上一杯。”成名倡议。

“咱们一醉方休。”采芹豪气万丈。

“得想个办法，这孩子太贪玩了。”惠英看着王一。

“有什么办法？反正有惊无险，算了。”王一说，“儿子，你看着爸爸。”

“爸爸。”儿子睡眼惺忪地叫。

“今天该不该一个人走出来跟朋友玩？”

“不该。”儿子说。

“下次还出去吗？”

“不了。”

“记住，出去要跟大人说一声，你看，你爷爷奶奶、外婆、爸爸妈妈全都出来找你，这么晚了，大家多担心是不是？”

“嗯。”儿子挠挠头说，“爸爸，我困了，我要睡觉。”

孩子是睡着了，全家人除了他一个人睡着之外，没有人睡着。

“这孩子，真不像话，竟然连大人也不告诉一声就跑了，长大了说不定还会怎么样呢？”王一妈说。

“以后，都看紧一点，这人来车往的，被轧死了咋办？现在就那么一个小孩。”王一爸说。

“都怪我不小心，把孩子给丢了。”惠英妈泣不成声。

“妈，你别伤心了，又不是你的错，是小军太调皮了。”惠英安慰说。

“妈，你不用难过，都怪小军这孩子不听话，这是我俩平时没教好，你累了一整天了，你去休息吧。”王一说。

“唉——要是盯紧一点儿，就不会这样，我该去看看的。亲家母，下回让我来管这小孩，你只管烧饭好了。”王一妈说。

“行。”惠英妈答应着，脸色有一点儿难看。

“妈，你去睡吧。”

“热水烧着呢，把壶拿下来，你们洗把脸，也好去睡了。”惠英妈对王一和惠英说。

“我们记得的。”王一夫妇答：“妈，去睡吧。”

“当我以每小时100公里奔驰在高速公路上，我仿佛就像插上翅膀游走在人间。”许仙陶醉在自己的感觉里。

“如果要我选，我情愿要奥迪A4或者马自达M6，感觉车内空间方便舒适，它也有五套可调节座椅，中控台中间的液晶显示屏，能随时连接各种行车信息、音响控制，最重要的是A4匹配世界顶级铝合金曲轴箱V6发动机，可发出220马力的动力，3.0L款的还配有奥迪专利技术Quattro全时四驱系统，能为车提供双倍附着力，动力和加速性肯定不错。”馨月说。

“看不出你还蛮在行的，说说看，M6怎样？”

“M6与A4相同处在于其身上也配有DSC动态稳定控制系统，在转向或制动时，能自动及时分配车轮的着地力，你转80度弯也很难发生打滑现象。另外，M6的发动机不错，最高时速能达220公里每小时，它还配有防抱死系统ABS和电子制动力系统EBD，急刹车时反应灵敏，安全性能上，配备前排、双侧以及侧气帘共6个安全气囊，整体性能与A4差不多。”

“这么专业！下次我要是调车，我让你帮我选一辆国产运动型的，如何？”许仙赞叹不已。

“我这都是平常看时尚杂志和汽车版学到的，我也挺喜欢飙车，有空咱们切磋切磋吧。”馨月说。

“那好，你下次购车，带我去见识见识，要么，从深圳回来，你开怎样？”许仙说。

“我平时开惯了桑塔纳，对于你的车，不一定熟悉，何况是高速公路上？还是你开安全点。”馨月推辞着。

“你看我这车饰怎么样？”

馨月指着蓝精灵说：“我喜欢这小东西，卡通饰物都不错，还有这只流氓兔抱枕，挺好玩的，我建议你加一些Q版挂件，这样会增加一些情趣，你说是不是？”

“座椅套要不要换？”许仙问。

“史努比座椅套，蛮好的，换这干什么？”

“换个唐老鸭系列，滑稽一点，也能增加气氛呀。”许仙出个点子。

“许仙，把空调调小一点儿，太冷了！”

“哦！”许仙调调按钮，“你要累的话就睡一会儿，我把音乐关掉。”

“别关，放着吧，我睡着了你会寂寞的。”馨月的声音越来越小了。

许仙还是关掉了音乐，他想，还有一个小时就到深圳了，他得把车开好。

“柳眉，你过来。”校长说。

柳眉跟着校长进办公室，只见校长和蔼地说：“你昨天的两幅水墨画，我看过了，画得蛮不错的。不过你看，这张风景吧，写实的调子太浓，表现主义的形式，你在用笔的方面显得拘谨一些，注意，这只是一种符号，不必用刻意的叙事性来完成，你可以回到物体上，但不应为物象所役，我比较强调创造性，即建立一种新的视觉原则，我送你一本我的画册，你拿回去看看，也许会有一定启发性。”

“谢谢校长！”

“陈书记反映你最近的班主任工作不错嘛，好好干！日后，转正的机会很大。”

“校长放心，我一定干好！”柳眉从校长室走出来，刚刚碰上章亮。

“校长在吗？”

“在，有什么事？我正要找你呢！”柳眉说。

“我让他报一些订书费。”章亮说，“那等一下再说吧。”

柳眉坐在办公室里，她打开画册，画面的独特形式使她耳目一新。她想，要走出一条路子来，毕竟不容易，校长兼画家的他，一直在探讨怎样使中国画摆脱困境与迷惑的问题，他在这样的道路上逐步形成自己的表现形式，似乎在强调一种现实的表现力，而又融入了当代人的视觉心理、方式，他一步步走自己的路，最终实现了一种坚持——用传统的水墨语言去表现物体，既不排斥西方艺术思维，又承袭了传统衣钵，这就是这位艺术家的追求。

“在想什么？”章亮轻轻地问。

柳眉从沉思中回过神来：“想了很多专业上的东西。”

“我们边走边聊吧，不知我能不能帮你解决一些疑惑。”

12月份的杭州，天空中除了一轮模糊的太阳，以及呜呜着四处乱刮的西北风，此外就是一地落叶，王一的旅行社刚刚搬了新家，离火车站近了些，出门拐个弯就是西湖大道。

早上的时候，王一驾着他的助动车沿南线飞奔，这是少有的礼拜天，他打算领略一下太子湾一带的风光，于是他开始放慢车速，打算一步步逍遥过去，就在长桥公园附近，他的车和左面来的一辆自行车撞个侧对。

王一赶紧停下车，把来人扶起来，这人一头褐色的披肩发，大围巾裹得严严实实的，一顶灰色棒针织的小帽儿被风吹得翻了几个滚。

“怎么样，没伤着哪儿吧？”

“还行，你以后要小心一点。”那个人的声音有些沙哑，像是感冒了。

王一分辨出说话者是个女子，他追到了那顶帽子递给她，还是问道：“要不去医院看看，这儿离第三医院近，你上车，我带你去。”

在医院里，医生检查了手掌和胳膊，说：“还好，擦破点皮，问题不大，另外就是右膝盖蹭破皮了，骨关节没多少事情。”

王一连声说了十多句对不起之类的话：“你看我这个人，真是毛躁，一心只想着看风景，却忘记了眼前的风景了！”

女孩子笑笑说：“你这人真有意思，没事了，你走吧。”

王一掏出自己的名片，递给对方，诚恳道："要是有什么意外，你就打电话给我。"

"旅行社经理啊，你叫王一？"女孩儿喜出望外，"你别走，我正好有事找你。"

一路上，女孩儿介绍自己说，她住在新加坡，这次回国，主要是来旅游的，下一站打算去黄山，她向他打听去黄山的路线和价格。

王一的旅行社暂时还没有去黄山的项目，他向他的朋友同行打听出路线，关照她说，在中国，购物时要学会砍价，不要乱听拉客的人安排，以免遇上危险。

女孩儿对旅游的热情让王一很感动，王一便向她打听东南亚一带旅游的情况。

"我叫王婧，我爸妈是上世纪70年代留学过去的，这几年，中国变化很大，旅游开发不错，我本来打算上半年五一来，那时候，中国闹'非典'厉害，我爸妈不让来。我外公外婆都在杭州，以后，我大学毕业了，很想来中国发展。"王婧滔滔不绝地介绍着，"东南亚一带的旅游，现在有几个理想的潜游点，年轻人比较喜欢，首先是泰国斯米兰群岛，那里的珊瑚特别好看，特别是明岛，那儿可以提供食宿，岛的四周有几处绝佳潜水点，在水底你可以看到尖鲨、啮鱼、海龟出没，还有海葵、贝类，挺丰富的，还有菲律宾的巴里卡萨，那儿的海底洞穴多，珊瑚礁生态良好，下潜到30—35米你可以发现一个海底花园。"

"海底花园？都有什么？"王一来了兴趣。

"那里有各式各样的鲨鱼和海鳗鱼，还有大海龟，就像……就像《海底总动员》，对，迪士尼最新动画大片里的样子。"

"还有没有其他地方？我要考虑旅行条件，比如交通、食宿、线路、票价等因素。"

"还有，比如Sipadan，翻译过来叫诗巴丹，位于马来西亚沙巴州东南，耸立在海洋中的600米的石灰石尖峰，状似蘑菇的诗巴丹仰卧在苏禄海上，水色浅蓝、湛蓝，颜色层次分明，岛上有许多饭店，饭店离海滩很近，不过20米左右，5米浅滩之后就是垂直落差达600—700米深的深蓝色海洋了。”

“还有没有？”王一追问着。

“有，听我爸爸讲，泰国的普吉，它是泰国最为人熟知的潜水点，潜水深度达30米，海洋生物有各类硬软珊瑚，还有鳗鳄、白斑鲨，搭乘汽艇到南边的koracha岛，巨大陡峭的海底岩石及珊瑚礁非常漂亮，我爸年轻时去过好几次呢。”

“这个季节里去的话，有哪几个地方可以考虑，水温怎样？”王一来了兴趣。

“菲律宾巴里卡萨及泰国的普吉，那儿的水温常年保持在20—30℃左右，随团出发的话，先要联系好当地的潜水社，本地旅行社可以联系上的，这可比宋城的泼水节和杭州乐园的‘戏水狂欢夜’过瘾多了。”

听着王婧滔滔不绝的介绍，王一的脑子里酝酿出一个新的旅游项目——潜水游。

“王婧，你今天有没有空，我请你吃饭。”

王婧眨巴着眼睛：“因为我长得特别靓吗？”

“除了你长得特别漂亮之外，我还要告诉你，你为我们旅行社带来了微观经济效益，那就是，你的点子被我们采纳了。”

“走，上哪儿去吃？”

“临味轩，我请你吃临安风味的海鲜，怎么样？”

“行啊，王哥自会有好安排。”

22 青春时光

外滩简直太漂亮了，毕竟是大城市，不眠的灯火辉映着天空，青青的草地，还有江风中送来的船歌，汽笛声……一切一切的和谐美感，让采芹觉得恋恋不舍。

坐在石条凳上，采芹问成名：“我想问你一个文学上的问题：作为70年代作家，前一阵子，诸多媒体追捧的棉棉、卫慧等一直被视为另类，招来骂名不断，有人还提出要‘重塑70年代’的口号，你怎么看这一现象？”

“前一阵子，我看过一本大型文学杂志《芙蓉》，我认为这个话题要慎重看待。我们生活在一个心浮气躁的年代，所以，这批70年代后作家们的创作难免带着拷问和不安。有一个叫尹丽川的青年作家，她说过一句这样的话：我同样庆幸选一个外观上相安无事的年代写作，因为文学的意义不在于记录某个历史事件而在于揭示现实生活，不在于为一个大风大浪的时代作答，而在于追问一个人的一生。”

成名继续他的话题：“你不能用大器晚成这样的论调来看问题，川端康成发表《伊豆的歌女》才26岁，海明威出小说集《在我们的时代里》才25岁，黑塞发表长篇《彼德·卡门青德》时才27岁，评论的依据不应局限在年龄上。什么是另类？另类相对于正统而言，它可能游离在主流文化之外，那么，请问：什么是主流？”

“不过，成老师，我觉得现在的作品，有思想、有力度的东西毕竟太少了，比如那些‘美女作家’她们展示的写作特点难道不应视为落俗和堕落？前不久，有个著名女作家把自己的小说更名为《拯救乳房》，还有一部莫言的《丰乳肥臀》，你看了这样的书名，你作何感想？”

“我觉得这无可厚非，有人说这是媚俗、暧昧、堕落，比如《上海宝贝》《糖》等，骂名不断，可是仍然有人在看，作家们爱取什么样的名字，没有违背出版法，这是舆论左右不了的。这是一个特定的时代，年轻人的写作，是触摸现实和亲近现实的，难免有个人的痕迹和时代感，现在，金河仁的《菊花香》很受欢迎，说穿了感情的波峰也像钱江潮一样，经过躁动而后回复到平静。这就是说：道德的防线还是牢固的，尽管它一度让人容易堕落和迷惘。”

采芹理理被江风吹乱的秀发，说：“我比较赞同那种纯粹的写作，对年轻人，应持比较理性的态度，比如卫慧、棉棉的作品，她们只不过胆子大了一点儿，把别人不敢写或不屑写的东西写出来了，有一点可以明确，那就是文学越来越贴近心灵了，它甚至可以是人们为了表达自我和展示心灵的记录本。”

“俗的也好，雅的也好，我们的文学应该宽容，允许另类，允许争鸣，言论是自由的，表达也是自由的。尹丽川说：一个敏感的人活着，就是一种苦难。外在的苦难并不能减轻他内心的忧伤，同样内心的悲剧感也不会因为生活的欢乐、祥和而泯灭。对于70年代后，我的观点是：理解万岁。文学的浮躁是暂时的，出作品的时代，并不能为一时的惶惑世相所抹杀。”

“其实，国内也有一些潜水点挺不错的。”王一说，“不瞒你说，我本人就是个潜游爱好者。”

“真的？什么时候咱们比画比画，我觉得潜游不仅仅为了猎奇，更主要的，它是体能和技能的训练，一般人潜过10多米已经不错了，我能潜40米深，你说说看，国内哪几个地方比较适合于潜游。”

“首先是海南的亚龙湾，珊瑚漂亮，绿油油的翠蚊王、花里胡哨的珊瑚虾，有一种虾，能发出笃笃的声音，叫腹鼓虾，还有蝴蝶鱼，毛掌梯形蟹，好看的地方太多了！”

“我要去海南！”王婧喊道。

“亚龙湾犹如一湾明月，海面似一面翡翠明镜，清澈透底，海滩上，细沙似面，算是海南最美的海滩吧，另外，如珠海东澳岛、西沙群岛、青岛等几个去处也不错的。”

“价格贵不贵？”王婧想想说。

“亚龙湾有专门的潜水机构，从三亚打车过去要25—30元左右，目前我们旅行社还没有这样的线路。不过，海外旅行社有海南五日游，吃饭在酒店里，贵是贵一点儿，消费嘛得学会砍价，潜水的公开价是320元一个人。”

王婧显然是有了兴趣：“我打算黄山归来，下一站就去，不知道1月份去会不会太冷？”

“那儿水质不错，冬季是最适合海底漫步的，因为有太平洋暖流回旋，平均温度在20℃以上，你放心去好了，安全系数为四星级，绝对可以放心的，我也是打算找时间去一趟，看能不能规划出一条更有趣的线路来。”王一说。

“要么咱们一起去吧，有个伴儿也好，跟着你去，至少不会被人家宰。”王婧伸伸舌头、扮个鬼脸。

“有机会的话，可以呀，别看我说这么多，其实我还没去过，都是朋友那儿听说的，骗骗你而已。”

“唉，其实刚才我说那么多国外的潜游点，我也就去过一两个地方，其他都是听人说的。”王婧有点不好意思地说。

“啊，彼此彼此，你吃好了？”王一笑笑说。

“嗯，吃饱了。”王婧说。

“那咱撤！”王一挥挥手。

王一决定晚上加个班，从跟王婧的聊天中，他有了新点子。他回到办公室，摊开几张旅游挂图，认真研究起路线来。

“你怎么才回来？饭吃过了？要不要我给你热一热？”桂萍见章亮回来，从沙发上站起，打着哈欠。

“啊，不用了，妈和阳阳呢？”章亮问。

“都睡着了。”

“我去看看阳阳，你先睡吧，他今天乖不乖？”

“中午有点发烧，到医务室开了点药，挂了瓶水就好了，没事。我去睡了。”桂萍向房间走去。

拉开房门，阳阳躺在小床上，手里还抱着只浣熊，旁边，桂萍妈一只手抱着阳阳。孩子嫩嫩的脸蛋红扑扑的，章亮关上灯，拉上门，向洗手间走去。

“章亮，咱们来杭州也三四年了，你觉得咱日子过得怎样？”桂萍没睡着。

“怎么样，还凑合呗。”章亮打了个呵欠。

“现在，存起来也有7万多一点儿，你不想买房什么的？”

“买房干啥？这不挺好的？过两年再看吧。”

“你看人家成名两口子，有了房有了车，也算是高级白领，日子过得多舒坦。那天，我跟馨月聊，人家一口气买了桑塔纳，现在银行里才欠七八万，三年多一点儿，人家净挣了六十万，你说，这一样过日子，人家咋过得那样富裕？”

“不都被你的头给看掉了吗？”章亮闷闷地说：“一次三万，两次六万，要不是你们学校给捐了点，咱永远也翻不起身。”

桂萍叹叹气：“唉——都是我这病给整的，不过，眼下有了阳阳，兴许这日子过得要安耽些。”

“不是说他那大款老爸要给买房子，怎么现在还不见风吹草动？要是买了，咱不就省了那笔房钱？”章亮翻个身子。

“说归说，这种话有几分值得信，咱自个儿先想办法吧，你明天跟成名打电话，约他谈谈看，要是有空，帮咱找套便宜一点的二手房，买下来，等阳阳的大款爸买房了，咱再把它处理掉，不好吗？”桂萍忽然有了个主意。

“这样也行，不过，我看啊，阳阳他爸是不可信的，我总觉得这事儿有点蹊跷，老婆，睡吧。”章亮伸出手抱住老婆。

阳阳的将来会怎么样谁也说不清，但是桂萍想着他的好，他的一个月千把块钱的生活费，以及她想象着那起码有成名夫妻俩购置的大套房子，也许不久，她就可以少走几年的攒钱路了，唉，要是章亮有成名那么能干，或者像王一那样，一个月能挣万把块，她就可以放放心心地待在家里带阳阳了。

黑暗中传来章亮的鼾声，桂萍叹了叹气。

一轮明月从窗外泻进纱窗，明天，地上又该下霜了吧。

“你睡了？我想肯定还没睡着，到我房间来，告诉你，我这儿有好吃的，过不过来？”电话里采芹说。

成名是不喜欢吃炸薯条之类的零食的，他唯一的爱好可能只有这杯浓而醇厚的葡萄酒了。

“李白饮着葡萄美酒夜光杯出行，今天，咱们何不小酌一杯不胜春？我说有好东西吧。”采芹冲他谐趣道。

“这还差不多，你能喝吗？当心喝醉了。”成名说。

“咱们浅酌即可，何必一定要醉呢！”采芹说。

“有没有什么趣事，说说看。”成名拉拉话题。

“有一个贼去有钱人家偷东西，财物到手后，他看人家柜台里有瓶俄罗斯的酒，一看不得了，1873年产的，这可是瓶上等酒，他正准备装入衣袋，忽然发现旁边有个酒杯，好酒得配好酒杯啊，于是他又拿了那个杯子，再一看，柜里还有盘子，盘子边还有勺子，勺子边是一张充满俄罗斯情调的桌子，屋子里更有洋味儿。小偷想，反正主人也睡着了，喝酒得有情调，不如坐下来好好地喝一杯吧，别的地方喝这种酒就没什么意思了，于是他坐下来，一杯接一杯地喝啊，结果你猜他怎么样？”采芹问成名。

“当然是被抓住了。”成名不假思考地说。

“没有，小偷一醉，直到第二天上午才醒来，他一看，主人还没醒呢，但是他得走了，明天再来吧，第二天，他又来喝酒了，他得意之余，干脆将主人家的老唱片搬出来放。他想，这主人也真是的，竟然这么傻。到天亮的时候，小偷还没醒，你猜他后来怎么着？”

“这一次肯定被抓了。”成名想想说。

“没有。第二天他醒来，唉——不行了，得赶快逃，于是他爬窗跑了。

等到晚上，他又进来，他想主人肯定不在吧，他放着唱机，喝着酒，奇怪，这主人家里的摆设，还有唱片，怎么都那么像他家呀，他看看主人挂的衣服，那风衣，那皮鞋，简直跟自己的一模一样。第三天早上他不得不走了，后来会如何？”采芹盯着他。

成名笑笑说：“你在玩什么迷藏，这人肯定在自己家里，他是不是有毛病？”

“第三天啊，他来到这户人家，喝着喝着酒，突然，有人进来了，是一女的，唇红齿白、身材苗条，小偷可迷糊了，他瞧着想，这下完了，主人不会饶过他的，小偷决定翻墙出去，他攀着窗沿往上爬，那女的把包往桌子上一放：死鬼，酒喝多了，厕所在左边！”

“哈哈——”成名笑得把酒都喷了。

“那女的是谁？”采芹又卖个关子。

“当然是他老婆了！”成名跟着说。

“那女的说，几个晚上都不见你人影，我还以为是小偷呢，所以，我把你的衣服裹在被子里装个假象，想骗骗贼。小偷一听，气坏了，你想吓死我啊，要不是我胆子大，我还真被你吓死了呢。女人说，就是要吓吓你，平时，你老婆不让来，我一个人过着也没意思，所以，我才买了些好酒、将这屋子里装修了一下，这几天，屋子里油漆味儿太重，所以我出去住了几天，没想到你会来。”

“原来这女人是他情妇啊，哎哟，笑死我了，采芹你个死丫头，真会说笑话。”成名笑得眼泪都流出来了。

“来，咱喝了这一杯？”采芹说。

“好，干！”成名放下酒杯，说，“太晚了，我得回房间了。”

“别走！”采芹拦住他，“成老师，知道我为什么会讲这个故事吗？”

“为什么？”成名低着头。

“因为我爱你！”采芹一把抱住他，“你就是那个傻傻的小偷！”

闻言，成名一愣，下意识地推开她，只是慌乱地说了一句“你会后悔的”

便夺门而去。

“我爱你！我不会后悔的！”采芹并没有追去，只是看着打开的房门，喃喃自语。

23 浪漫之旅

“章亮还没回来？”桂萍妈在水龙头边洗着手。

“兴许是跟别人换值班吧，不等他了，咱们先吃饭。”桂萍说，心里头有点腻歪。

“阳阳，别玩了，咱吃饭。”桂萍叫道。

“我不要吃饭。”阳阳正在地上摆弄着一架飞机，这是一架银色FF-988型飞机，飞机的两翼下各带着两枚尖尖的导弹。

“隆——轰炸轰炸——”阳阳开心地叫着，另一只手拿的玩具车正拼命地逃窜。

“哒哒哒——”阳阳模仿着机枪的声音。

“谁打赢了？”桂萍妈故意问。

阳阳说：“今天银鹰队员胜，福克斯队输了，他们两次遭到轰炸。”

“阳阳，别玩了，先吃饭！”桂萍哄着孩子。

“我要玩，我要玩！”阳阳拼命想挣脱桂萍妈，“外婆，让我玩。”

“再淘气，外婆就打你屁股！”

章亮回家时，已经快10点，上床的时候，他轻轻地揭揭被头，还是弄醒了桂萍。

“你就那么忙？这家你还要不要？”桂萍没好气地说。

“说什么话，我值班了，这不回来了？”章亮说。

“章亮，这个家不是我一个人的，家需要两个人的肩膀去支撑，你不能不管这个家！”桂萍说。

“我怎么不管了？我不是单位里有事吗？我总不能不上班陪着你吧？”章亮反驳着。

“说实话，你这段时间都干吗去了？”桂萍问。

“我能干吗？我要管五十八个孩子，你就管阳阳一个人，你说谁忙一些？”章亮来气了。

“咱俩过不到一起，这日子没法过了。”桂萍说。

“没法过就不过呗。”章亮也来了气。

桂萍侧过身子，呜呜地哭起来：“你这没良心的。”

章亮抱起铺盖到客厅里，天凉，他用铺盖严严实实地裹住自己，尽管如此，他还是觉得冷。

这是怎么了？他从来没有这么糟糕过，学校那头，因为一节公开课没上好，挨了主任一顿说，这好不容易回来可以睡一觉了，又被媳妇数落了一通。自从这一段时间学校忙，不怎么按时回家，桂萍一天到晚就念叨不停，现在终于给点着了。

桂萍也没有睡着，她想自己哪儿出问题了，自己整天地往家里跑，一会儿安排早晚餐，一会儿洗衣洗被盖，这个临时的家被她收拾得齐齐整整，还有一个阳阳，要不是她顾及章亮，她会答应人家的要求？孩子有了，妈也在，多好的家呀。这人都怎么了？以前，章亮是很听话的，自从到了杭州，几年下来，夫妻生活显然单调了些，也贫乏了些，但日子不是过得也挺滋润的？是不是自己没体谅他？他确实挺忙的，又要挣钱又要忙事情，也挺不容易。

想着想着，桂萍迷迷糊糊睡过去了。

因为上次跟王婧的认识，王一一直在做海南潜水这条线，但毕竟没有亲自去过，仅仅凭资料和跟当地旅行社的接洽，做出来的旅游线路始终不太满意，要不就是项目不够吸引人，要么就是成本费太高，而团费又收不起来。

后来，又跟王婧在QQ上联系了几次，他觉得王婧在这一块比较熟悉，正好那几天她也在海南玩，应她的邀请，犹豫了一下，他便将自己的年休假调整到12月25日。

冬季的亚龙湾最适合潜泳了，20℃左右的水温，王一和王婧经过教练稍加点拨便下了水。

他们随着潜水教练的身影向前潜行，大约在20米深度，他们目睹着形形色色的海床珊瑚，王婧手势比画着“太妙了”，确实，鸡冠花一簇簇开放着，芙蓉怒绽，仙人巨掌，简直太奇妙了！王一以前只是在电视中见过这样的景观，这让他十分惊喜和陶醉。

水底世界简直让人震惊，就说这奇形怪状的鱼吧，扁扁的，颜色各异，它们在珊瑚礁里穿梭，还有那展开双翅像蝴蝶似的鱼，恐怕，只有这里才真正称得上是可看的去处。

一串串水泡浮起来，三只蛙人在泅泳，王一觉得十分惬意，他看见王婧衔着氧气嘴的样子很滑稽，脚上的鞋子像鱼尾鳍，像鸭蹼般在水中飘曳，背上的氧气罐衬托出装扮的夸大。

王婧又在朝他打手势，一只长满了绿毛的蟹，正从珊瑚洞里爬出来，大大的蟹钳挥舞着，看那十足一支梭子般的身形和背上的花斑，王一想肯定是只梭子蟹。

教练发出手势说时间到了，王婧伸出手拉着王一，三只蛙向上浮，不一会儿他们已经爬上岸，卸下行装，王婧兴奋地说：“这里的珊瑚实在太漂亮了，就是没见着腹鼓虾。”

王一第一次在海边潜水，他感觉到这水的奇妙，他想要是能在水底举行婚礼，肯定过瘾。

“喜不喜欢游泳？”王一问。

“当然。”王婧说：“我从小就想当水手，我爸老反对，说女孩子当什么水手，可是，潜水实在是件让人快活的事，你怎么样？”

“我确实喜欢游泳，但并没想要当一名水手，现在，我想要是自己长在这里，我肯定也要做个潜水员。”王一答。

“其实，做潜水员很辛苦，每天要出几趟水，下水的时间有四五个小时，你们以为这像是旅游一样轻松啊。”潜水教练在旁边插话说。

“好了，咱们去吃中饭，今天，可以过足海鲜瘾了。”王一建议。

他们告别了教练，相互留下手机号码，换回衣服，向餐厅走去。

“西沙群岛也是个潜水的好地方，我问过教练，距这里有180多海里，那里平均水深1212米，南端有5000多米，据说海石花和鹿茸珊瑚特别漂亮，你想不想去？”王婧游兴正浓。

“你敢去我也敢去。”王一回答说。

“那太好了，我跟你说，这里晚上也可以潜水呢。”王婧神秘地说：“想不想过夜潜瘾？”

“当然。”

“那咱们晚上见！我已经跟教练约好了，咱们晚上七点半出发，游两个小时，怎样？”王婧说。

“没问题。”

晚上的水底是另一番奇妙景象，很多鱼儿一动不动的，显然已经进入了休眠，然而，还是有五彩斑斓的鱼，随着头顶上的灯光和手里的照明灯在飞快地蹿动，一束光跟着鱼，鱼跟着光在游动，动与静的画面，组成了水底的世界。

王婧伸出手，王一拉着她，随着光线和鱼儿汩汩向前，除了水泡的声音和鱼儿拨水的响动，耳膜里仿佛有自然的天籁在奏鸣，他们从来没有过在海底夜行的经历，对于他们来说，这也许是人生里最难忘的历程了。

当他们上岸后，一轮明月高挂在天顶，水上的世界又是另一番面孔。

月牙似的沙滩向外延展，海风将椰树的叶子吹得招摇着，海浪轻轻吻着沙滩。沙滩上，已经有游人三三两两在走动，有的人，在沙滩边撑开了帐篷，将沙滩椅摊开，坐在那儿享受夏夜。

这哪里是冬天，王一有点不敢相信，要是在杭州，空调已经开起来了，所有的人裹紧风衣，在风中战栗着，顿着足，嘴里呼出阵阵热气，然而这是海南，穿着一件夹衣就能过夜的海南。

“想不想到沙滩椰林里过夜？”王婧说。

“好啊！”王一表示赞成。

王婧很快和老板说好了价，他们租了两顶帐篷，便一同在沙滩上散步。

“你觉得水里的感觉和岸上有什么区别？”王婧说。

“水里吗，水里的世界是世外桃源，而岸上呢，更加真实些。”王一肯定着。

“知道我为什么邀请你一起来玩吗？”王婧看着他。

“因为咱们是朋友。”王一说。

“不，朋友，每个人都有很多，高兴的时候，大家一起出来玩玩，过后，便谁都不认识谁了。”王婧沉思着。

“可我们不同，我们都姓王，你就像是我妹妹？而且你正好知道我准备做这条旅游线，需要考察，顺便帮帮我。”王一说。

“不只是这样，那天我本来是去净慈寺求签的，那签上说，你会遇上你所要找的人，后来，你把我给撞了。”王婧认真地说。

“那算咱俩有缘呗，老天让我找到个妹妹。”王一开心地说，“叫我王哥好了，得感谢那支签。”

“你看那远处的灯光？是不是有船过来了？”

“那肯定是座灯塔。”王一说，“我跟你讲个故事吧？”

“好啊，来，咱们坐这儿。”

“传说在哈里希岛上住着姐姐和弟弟两人，弟弟自行航海去了，姐姐爱尔克就每夜在窗前点燃一盏孤灯等弟弟归来，可是弟弟一直没回来，姐姐在失望中渐渐老去，一直到最后死去。”

“太一般了，讲个更悲一点儿的，最好有爱情的。”王婧还不满足。

“传说有一位侍奉爱神阿芙洛提的女教士，她的名字叫希洛，希洛长得太美了，以至于有位塞斯塔斯城对岸的小伙子爱上了她，这少年生活在阿拜多斯城里，叫利安得尔。希洛每晚在楼上挂盏灯，利安得尔顺着灯光游过达达尼尔海峡，来和她相会，可是，在一个不幸的暴风雨之夜，那盏灯被吹熄了，利安得尔淹死在大海里，第二天海浪把利安得尔的尸体冲到对岸，希洛悲痛万分，也投海自尽了。”

“多美的故事，好听。”王婧偏着头指了指王一的肩膀说，“我有点累了，借你肩膀靠一会儿，你看，南边的天空，那颗星星好亮！”

“那是启明星吗？”王一说。

“不对，启明星在东边。”王婧说。

“要么是牛郎织女星。”王一猜测。

“我小时候，爸爸妈妈常给我讲牛郎织女的故事，我跟你讲好不好？”王婧问。

“你说吧，我听。”王一打了个呵欠。

“从前，山里有一人家，家里住着两兄弟，哥哥结了婚，嫂子对弟弟不好，提出要分家，哥哥没办法，就答应了。弟弟说，他只要那头牛，其他都不要。弟弟就是牛郎了，因为他整天放牛，同牛有了感情。有一天，他把牛放到山上，来到树林里，发现有一群女子在洗澡，他看上了一个长得最漂亮的女孩，可是他不敢去找那女孩儿，那些女孩洗完澡，到岸边穿了衣服，一下子都飞走了。牛郎回到家，他的家就只有两间草棚，牛郎自言自语地说：‘要是能找到那个仙女做老婆就好了’，这时候，那牛忽然说：‘牛郎，你想要娶到七仙女吗？我有个办法……’”

王婧说着她的故事，王一认真地听着，月光如银，沙滩上一片银白，椰风阵阵，吹送着海的气息、海的呢喃。

“这个故事太美了。”王一由衷地感叹：“我要是那牛郎就好了，我就可以飞到天上去和织女约会。”

王婧说：“那王母也真够狠的，织女嫁给牛郎，那就让他们去过好日子就行，这样的父母真是太可气了。”

“现在没这样的事了吧，毕竟，那是两个不同的世界。”王一说。

“我要是织女，我就和王母斗一斗。”王婧有点愤愤不平。

“斗不过怎么办？”王一问。

“斗不过，我就跑。”

“跑不掉呢？”

“跑不掉我就跟她断绝母子关系！”王婧冒出一句。

王一愣了愣，打趣道：“你这个织女可够现代的。”

“咱们去睡吧。”王婧说。

躺在帐篷里，王一在想，人生要是这样多姿多彩就好了，和一个人相约，去一个地方玩。

10天假期很快过去了，王一的收获颇多，心中已经有了好几个针对不同游客的旅游计划和预算情况，只等回去后完善即可。

在和王婧道别时，他们相约彼此以后可以常联系，甚至王婧说若她去杭州工作，会选择王一他们旅行社，她喜欢旅游这个行业。

24　风云突变

馨月回来了，走在杭州的街头，她明显感到这个城市冬天的凉意，大街上缩手缩肩，人们把自己埋在厚重的衣服里彼此找不到对方，她第一次感觉到自己对这个城市有些陌生。

单位里人事安排发生了一些变化，王婕坐了她客房部经理的位置，王总则上调到了董事会，赵勇回来后，升任为办公室主任，没有像她预想的那样做副总，她不明白也不愿去想其中的缘故。

王总约她吃了顿便饭，王总对她的到来表示欢迎，言语间，王总也流露出遗憾，要是馨月不走的话，这家大酒店副总的位置非她莫属。

馨月表达了感激之情，她说她做这样的决定情非得已，她的生活出现了一点儿小插曲，杭州是个好地方，说不定日后有一天，她还会回来。

王总接受了她给他带的礼物，一瓶俄罗斯的“虎头牌”洋酒，他说她要是愿意回杭州的话，只要他还在，她原来的位置还能保住。

元旦节前两天，馨月烧了几道丰厚的菜，成名早早回家，他将报社交给他的事情办完后，便拎着他那只破手提回来了。

两个人破例喝下几杯干红，都有些醉意。

“我们的事情，总该有个交代。”馨月说。

“什么交代？反正，我不可能去广州的。”成名说，“你看怎么办？”

“那……我们分开吧。”馨月说，“这房子归你了，车子也归你，我只要你一句话：同意离婚。”

成名觉得很突然，他有点不敢相信自己的耳朵。

“你觉得咱们还有没有可能？我是说不离婚，我不同意！”成名说，“假若我有什么不对的地方，请原谅。”

“不只是你的事，是我们好似走不到一起去了，而且，是我主动要求离的。”馨月语气缓和一些，才说，“你跟这事没什么关系！”

“不可以商量了？”成名仍不死心，他知道这段时间他做得不对，是伤了她的心，可是她也没给他解释的机会，两口子之间有矛盾可以，但不能一有矛盾就离婚呀。

“是，我们之间，没必要再商量了。”馨月说，这几个月，她对成名是失望吧，所以，她不想跟他争吵了，若是往日，或许她不会这么决绝，可现在……

成名有点犹豫，他实在不愿意看到这样的结局，但是他隐隐地感觉到他们之间确实出现了什么裂痕。

“咱们去江边走一走吧。”成名说。

“行。”馨月答。

成名驾驶着桑塔纳来到江边，馨月下了车，两人沿着滨江大道往前走。

“潮水涨起来了？”馨月问。

“涨过了，今天下午五点一刻左右。”成名答，“你看，这里江风很大，你冷不冷？”

“还好，我这衣服很厚。”

“记不记得以前我们住美政的时候，经常来江边看潮？”成名说。

“记得。”

“你真的考虑好了？”成名问。

“是的。”

他们沿着滨江往回走，没有月光，风异常凛冽，江岸上仍有一些淘砂船，在向码头边靠近，一盏黄黄的灯，在江上飘摇。

“回去吧！”馨月说。

成名抱紧了馨月，他感觉到这一刻的沉重，馨月笑了笑，说：“你这又是何必呢？这几个月，没有我，你似乎过得更好，既然你都不记得有我这个妻子了，现在又何须如此？后天我就走，我们好聚好散吧。”

“对不起，是我对不住你，可我想留住你。”他抱紧她，低声说着，他感到他整个身子爆发出的失望，就像一只困兽，在失望的边缘挣扎，他想挽留，却不知道怎么做才好。

馨月似乎也不想跟他再多说什么，甚至连她曾经以为她会愤怒地大骂他不关心自己，对自己这个怀孕的妻子不够好，不是个好丈夫，都怪他才让他们走到这一步等等指责他的，这些她在回来之前想过的很多话，在这一刻都说不出来，也不想说了，只剩下无奈和酸涩。

终究，她还是伸手推开了他，他整个人蔫儿了，像一座城在瞬间被击垮，回到家后，成名躺在床上，就那么看着她收拾行李，过很久，才开口问道：“孩子呢？”

“呵……你还记得那个孩子？”馨月闻言，动作一顿，冷哼一声，心中原本强行压制下的平静，终于有些翻涌，几乎是嘲讽道：“之前，我还以为自己怀的是别人的种呢，不然，孩子的父亲怎么会不在意，既然没有爹的孩子，还留着做啥，我打掉了。”

仿佛一声惊雷响过大脑，成名觉得整个人几近虚脱，他爬起来，冲到她面前，狠狠地看着她，可终究一句话也没说出来，转身跑出去，“砰——”的一声，重重摔上了卧室的门。

馨月收拾好自己要带着的东西，去客厅的时候，发现成名抱着被子躺在沙发边抽烟，她默默地坐在对面，看着他，说：“给我一支吧。”

点燃烟，馨月说：“有些事，已经这样了，你现在才后悔？又是何必，后天我就走，你不想再说一点什么？”

“我同意离婚。”成名说。

第二天，他们去民政局，办理了协议离婚。

“好好的，为什么要分呢？”四十几岁的办证大姐说。

“哪那么多废话？过不好了，得离，就这么简单！”成名语气很冲。

“你怎么这个态度？明天都快放假了，今天我办了那么多的结婚登记，离婚你们算是我今天办的第一对，年轻人，好好想想，别那么冲动！”大姐说。

“大姐，现在办离婚的多不多？”馨月问。

“也多，不知怎么了，人现在有钱了，婚姻却越来越淡薄了。”

“那就是了，还有什么好说的呢！”成名说。

“来，这是你的，这是她的。”大姐说。

他们各自揣着证，出了民政局大门。

“明天我送你吧。”成名说。

“咱们找个地方吃点东西，我早餐还没吃呢。”馨月说。

“要不要约约章亮和王一？”成名问。

“算了，有什么好聊的。”馨月头也不回地说。

“明天单位组织去海宁、嘉兴玩，可以带家属的，你去不去？”章亮问。

“潮水有什么好看的？我要去了，阳阳谁看？”桂萍说。

“妈帮忙看看不行吗？机会难得。”章亮继续说，“你最近也累，出去走走当休息了，何况，我们俩也好久没出去玩了。”

“还是算了吧！”桂萍想了想，还是决定不去。

见她实在不想去的样子，章亮也没有再劝说的心了。

单位的车停在西湖大道旁，早上8点钟光景，章亮到车边的时候，画油画的小朱老师说："嫂子怎么没带？"

"她正好有事，走不开。"章亮笑着回了句，便上车了。

这时，柳眉已经在车上，看见他上去，招了招手，示意他过去。

章亮来到柳眉身边刚坐下，后勤主任在车下喊着："人都到齐了吗？"

"还差校长。"小朱看看车上的人说。

"校长坐别克走，退休老师也坐那辆，你们先出发吧。"主任说。

大巴沿着高速往嘉兴方向走，半路上堵车，司机问问前边，说是发生撞车，大卡车把一辆小中巴撞翻了，大卡车司机受重伤，小中巴司机脸划破了皮，问题不大。

到嘉兴已经是中午时分，车子停在嘉兴电视台投资的酒店里，据说这家酒店曾请学校的一个雕塑老师做了些头像，大家比较熟。

柳眉头有点晕，章亮帮她提着行李，到酒店后狂吐了一阵，从洗手间里出来，她才精神好一些。

吃过饭，大家领回房间钥匙，工会主席通知两点出发，两点半去南湖参观。

柳眉要章亮到时打电话叫醒她，她说怕自己会睡过头。

冬天的南湖，雾气已散开，但是由于上午的一场雨水，船到烟雨楼的时候，还有点湿漉漉的。

导游介绍说，南湖地处太湖流域水网地带，气候湿润，一年之中阴雨天居多，晨烟暮雨，云气缭绕，"烟雨迷蒙"是它的独特之处。

烟雨楼就在湖心岛上，亭台阁榭，假山回廊，疏密相间，错落有致。

柳眉站在入口处，先是满口夸赞这烟雨楼的气势，上得楼来，凭轩临湖，又赞叹起造化神功，大有灵感突至的景象。"好一幅山水画！"她喃喃自语。

"清弘历（乾隆）六下江南，八次到南湖，在烟雨楼上题诗十五首，四面波光烟雨意，无边春景咏吟材！便是他对这里的印象写照。"导游在旁边介绍着。

“南朝四百八十寺，多少楼台烟雨中。”章亮随口吟道。

“说得好！”导游小姐赞同道：“当初取这名字时也就基于此考虑，相传烟雨楼始建于五代，由苏州节度使广陵王钱元璙在南湖边建造，这里的楼是明朝时重建的，当时的嘉兴知府赵瀛在疏浚城河时，无意间把河泥填于南湖之中，垒成了一个小岛，在岛上广植榆柳桃杏，始有今天的湖心岛和烟雨楼。”

“这几个字是董必武题的？”柳眉问。

“是的。”导游往前一看，说，“董老1964年4月视察南湖，还题了一首诗：革命声传画舫中，诞生共产庆工农，重来正值清明节，烟雨迷蒙访旧踪。”

“章老师，你也赋诗一首，留个纪念如何？”小朱在旁边凑合着打趣。

“人家乾隆皇帝留了那么多诗，把烟雨楼都写尽了，我哪里还有诗兴？”章亮说，“依我看，小朱倒好画一幅山水，留给嘉兴人作纪念吧。”

“我们去纪念馆和游船上看看吧。”有人提议着。

“你们去吧，我还要看看那些碑、字。”柳眉说。

其他人纷纷坐船回去。临走时，小朱说：“五点半在车场集中，回宾馆去，别忘了。”

“没事，我们保证赶六点的饭局，你放心好了。”章亮说。

在鉴亭北面墙外的侧壁内，柳眉像淘宝似的捧读着一块碑：“米元芾的真迹，快来，章亮，我发现墨宝了。”

章亮则关心米芾诗的内容，他比较欣赏诗的第三联：玉庭浮瑞色，银榜添祥微。

“这里的玉庭肯定指的是烟雨楼，银榜是不是指皇榜呢？”章亮有点不解。

“米芾师承王献之笔意，你看这‘龙’字，起笔沉稳、流畅，行书的这笔很讲究，米体的格调高远，堪称一绝。”

“我觉得‘艳、妆、云、假’几个字结构和走笔较有本人风格，米芾的拓帖我看过一些，单看这几处便可下结论。”

“是的，我曾临摹过米体，在宋代四大家里，他的字算是能拔头筹的了。”

柳眉说。

“看不出来，老米倒算是你的偶像了。”章亮开着玩笑。

“我不行，我爸临起来，几乎能以假乱真。”柳眉说。

“你爸不同，他是书法家嘛。”

“以前，我爸让我学书法，我不太用功，现在想想，挺后悔的。”柳眉不无遗憾地说。

“我带你去看几幅画，肯定会大开眼界。”章亮神秘地说。

其实是宝梅亭的清代画家彭玉麟的《横梅图》和元代梅花道人的《风竹图》。

“能说说两幅画的特点吗？”章亮建议。

“彭玉麟的画面走势不错，你看他利用原石的裂缝来画树干，取法自然。吴镇撰画的竹子是摹本，我见过几幅原作，他是元代四大画家之一，他的竹子，叶与杆劲朗，这一点传达了韵意，相比之下，我比较看好后者，两幅画共同之处是他们的细腻，但风格迥异。”柳眉认真地评述着。

“你的鉴赏力不错嘛，这方面你可以当我的老师。”章亮夸奖她。

“岂敢，岂敢，小女子才疏学浅，还望大人海涵。”

“真酸！”章亮揶揄着。

柳眉忽然皱皱眉头欲吐，忙捂着嘴说：“我去厕所，给我取一点纸巾！”

章亮赶紧从口袋里取了一包纸巾递给她。

柳眉急匆匆地往洗手间走去。

章亮等在宝梅亭里，一阵风刮过来，看看天色，乌云密布，恐怕要下雨了。

柳眉从厕所里出来时，脸色更苍白了。

“你怎么了，要不要紧？”章亮关心地问。

“没什么，大概是还没恢复过来，我坐车老晕，今天坐了四个小时的车，不定要哪天才能恢复，咱们上那边去吧。”

25　茉莉花开

“我得走了，别送。”馨月拎着皮箱朝队伍走去，广播里播着飞机起飞时间。

“天冷，大衣穿上，别着凉了！”成名大声喊着。

“知道了，再见！”馨月撂下几句话。

回去时成名开着桑塔纳往三杭方向赶，手机忽然响起来，是馨月打来的，她说：“我快要上机了，天色黑，快要下雨，窗边的那盆兰花，忘记浇水了，你回去后，赶紧浇一点儿，晚上有台风，要不你把花钵拿进来。”

“我知道了。”成名说：“还有事吗？我挂了！”

“你身体不好，以后少喝酒！”

“好！”成名关上手机，眼睛一酸，蓦然间，他感到泪水沿着脸颊缓缓地淌下。

这是一个难以安静的夜晚，当馨月在白云机场时，还没有从梦里回过神来。

飞机上她梦见自己在长满青草的山坡上放羊，羊群忽然四散，原来是一头狼追过来了。

馨月挥鞭向狼打去，那狼一会儿变成许仙，一会儿变成成名，馨月举棋不定，那狼忽然一下子扑上来，她被那狼拖着走，狞笑着，但是它的腿很快踩空，狼的身后是高崖绝壁，馨月抓住一块石头不放，那狼死死咬住她的腿不放，眼看着就要掉下去。

馨月醒的时候，空姐提醒说，飞机接近广州上空，透过机窗，她看见许多羊群似的云团，仿佛挥手即能抓住似的，这是多么惬意真实啊。

云在身边游移，云团是那么洁净，阳光在云层之上照耀着，云团是那么轻盈，它们透明的纯净的色泽使她联想到神话中的天庭，9000多米的高空，如坐云端，这样的时候真的会飘飘欲仙。

飞机在下降，能看见云层中雨点晶莹下落，风把雨水吹散，漫天的水的线条在挥舞。

太美了，飞机下面的城市和楼群依稀可辨，山脉，平川、珠江三角洲的大片平原从眼底掠过，这意味着什么？意味着旧梦的结束，新故事的开始，新生活的打开。

许仙接过她手里的皮箱，关切地问："怎么样？还好吧？你真考虑好了？"

"是的，一切都过去了。"馨月说。

"好吧，你想好了就行。"许仙说，"为你接风洗尘，咱们去哪儿搓一顿？"

"翠绿大鲜鲍，稻草鸭，浪花干香鱼。"馨月报着菜名。

"不会吧，这好像是那个花中城大酒店的杭州品牌菜，我得打电话去杭帮菜馆约一约。"

许仙拨通了菜馆电话，对方说有这菜。

"来，欢迎你来广州开启人生新生活，干杯！"许仙举起杯子。

"好，咱们喝，不醉不休。"馨月爽快地说。

"喝醉了，就不能出去玩了，你不想去看电影？记得在济南上大学的时候，每到周末，咱们一起去看电影的情景，第一回，我连你的手都不敢摸。"许仙说。

馨月记得那样的一刻，大学的时光至今仍记忆犹新，那时候，她也喜欢许仙，但是，她们的初恋是那样含蓄和纯情，他关心她，帮她打打水，买买饭菜票，除此之外，就是两个人一起去图书馆看书，似乎有一种默契，每一回他们总是能碰到一起。

大四的时候，他死皮赖脸地非要跟她去她在鲁西的老家玩，虽然说的是同学关系，但她的父母自然对这个他们以为的准女婿十分热情。白天，馨月的爸爸把运回的肥料搬到家里去，许仙便上去扛，当时，他虽然有一米七八的个子，但是搬100斤的肥料还是显得力不从心，她就在旁边取笑他说：十足的资产阶级公子哥。

许仙有点恼了，争着要去地里撒肥料，馨月妈便让他给花生施肥，馨月在前边挖，许仙在后边撒肥料，馨月妈在后面做扫尾的活，一天下来，许仙的脸和膀子全被太阳晒红了。

许仙晚上陪馨月爸喝酒，两个人喝得大醉，划拳，说笑话，弄得全家人哈哈大笑。

后来，馨月的二姐也出嫁了，那一年的夏天，有很多事情让馨月记忆深刻，又怎能忘记?

香港佐敦地铁站A出口，王一没想到他会再一次碰上王婧。

“浪子燕青。”王婧故意叫着他的网名，“你老兄怎么跑到香港来了？”

“沧海一笑。”王一也叫着她的网上名字，“你个菜鸟，又跑到香港来玩酷了！”

王婧告诉王一，自己是到香港搞社会实践调查的，快放假了，为了修满这6个学分，没办法，想想看，香港是中国的特区，经济那么发达，肯定有写头、有材料。

“你来男人街干什么？”王婧问。

“我在地图上看到的，据说男人到这里能买到自己所想要的任何东西，我就来这里了。”王一说。

“那我带你去逛逛，跟你说，这儿的东西呢，多是多，还是要会砍价，另外，就是要会一些广东话，否则要吃亏。”

王婧帮着他找到了玩具店，王一替儿子买了一盒兵器玩具和地球卫士，自己则购买了打火机和领带。

天渐渐黑了，王婧还是兴味盎然，直到9点，他们观看了地摊上唱戏表演的节目，王婧一个劲儿地说自己好想像小燕子一样行走江湖，可惜没什么本事。

他们在小摊儿上吃了晚饭。

“你住哪儿？”王一问，“我住在九龙那边，是旅行社朋友介绍的，我也是过来做考察的，另外，还有一个年会，已经开了两天了，明天就结束。”

“是不是海港城那边？”王婧说，“我也住那边，咱们一起回去吧。”

他们坐地铁的时候，还在聊着这次的巧遇，王一说真没想到又会遇上她，王婧则坚持说这是杭州庙里的菩萨灵，让她又一次碰上他了。

更巧的是，他们住的地方居然也是同一家，而且是同一层楼，王一住的是东6号，王婧住的是西6号。

“哪有这么巧的事？”王婧喊道，“我快要幸福死了，你说咱俩有没有缘分？咱们一定要庆贺一下。”

两人先是在酒店餐厅里吃了点夜宵，又在歌舞厅里蹦了一个小时迪。

从南湖回到酒店，柳眉感觉到身体稍稍恢复了些。

晚餐进行得很顺利，校长在劝酒中喝得很在状态，这同样也感染了几位酒鬼，他们举杯四处渲染气氛，这给这所古老的学校酝酿着一番平和假象。

在酒气熏沉里，章亮被灌得头昏眼花，当柳眉在旁边拉他的衣袖时，他仍然我行我素地坚持说自己没醉的胡话。

工会主席宣布说，舞厅和卡拉OK厅被学校包下了，吃过饭后大家可以去潇洒一把。

教电脑的薛老师开一句玩笑，那康乐球好不好打。

校长已经被酒浇糊涂了，你们喜欢玩什么，大家就玩吧，学校全包了。

章亮回了酒店一趟，准备再出去跟同事玩儿时，路过柳眉的房间，发现柳眉一个人在看电视，笑着说道：“柳老师，怎么不去唱卡拉OK，或者去舞厅也可以呀？难得出来，大家都在玩，别一个人待着了。”

柳眉站起来说：“那行，咱们去跳舞吧。”

来到舞厅，一些年轻老师蹦得欢，朱老师将身子扭成一条蛇，引得几位女老师尖声地叫。

柳眉不怎么喜欢这样的环境，跳了一曲探戈，她便跟他来到卡拉OK厅。

校长和副校长高歌一把之后，躺在沙发上睡着了。

年轻人放开喉咙嘶吼，他们要柳眉唱一首好听的，他们都知道柳眉是学校的歌手。

柳眉唱起了许茹芸的《单身日记》：写这首歌时，刚好是春天，看风吹窗子的东边吹到西边，我的快乐可以说上一千遍……

26 爱情海湾

柳眉唱完歌，其他人都在鼓掌，只有章亮沉醉在想象里，没有感觉到她的靠近，柳眉用手在他眼前一挥：“你真的喝醉了？”

“哦，没有，跟你说，我也挺喜欢她的歌，我们合作一首怎样？”

“好啊，咱们唱《恒星》好不好？”柳眉开心地说：“我一唱许茹芸的歌，就觉得自己是许茹芸了。”

“我觉得你也挺像许茹芸的，头发、脸蛋、笑容，就是牙齿有点不像。”章亮开玩笑说。

“真的？”柳眉问。

“真的，许茹芸右边的一颗牙齿有点难看，你的牙齿比她好看得多。”

闻言，柳眉“哈哈”大笑出声，知道他开玩笑，倒也没当真。

轮到章亮和柳眉唱了，柳眉唱：My love不要给我回忆，回忆总暗示着失去，我不要失去你，你不要闭上眼睛，我必须看见我自己与你合二为一……

章亮接着：总是怕来不及，来不及拥有更多的你，时间正滔滔流去，能多爱一秒，我贪心……

两人合唱着：My love请让我的爱情，成为你天空的恒星，永远灿烂着你，你请做我的恒星永恒让我爱你，物不换星不移……

“唱得绝对经典！”校长忽然大声夸奖说，“今晚上，柳眉和章亮的节目可以拿头奖了。”

校长的提议加上同事们的掌声，使柳眉有点飘飘然了，接着是校长邀请柳眉唱了一曲《敖包相会》，工会主席邀请她唱《沙家浜》，副校长邀请她唱《东方之珠》，柳眉快成场上的明星了。

章亮跟她开玩笑说：“大明星，给我签个名吧。”

其他几个年轻老师也凑在一起开玩笑说要柳眉签名。

直到晚12点10分，大家才意犹未尽地散去。

因为章亮的教学和管理一直都是优秀的，这一点校长和书记都十分赞赏，柳眉作为新老师，到了一个新单位，他经常帮助她，因此她对他有点崇拜，这让章亮在跟她的相处中难免有些志得意满。何况柳眉办事态度和修养很高，是个典型的淑女，办事认真，体贴别人，又带有一股子才女的灵气，不可否认，更是吸引着章亮，在不知不觉间，在他的脑海里，已经慢慢有了柳眉的影子，只是他不愿意承认而已。

尤其是最近，每一次回家，桂萍的啰唆和追问都使他非常厌烦，即使是桂萍妈怎么打圆场，他也显得十分生气，和桂萍打冷战，不愿意像从前一样先退一步。

何况，还有就是他对阳阳的在乎和怀疑，阳阳真能够和他们融在一起吗？每一次的争吵，章亮对这个问题的追问都使桂萍恼火不已。

一直以来，章亮似乎都觉得，他生命里需要的应该是那种睿智、温顺、美丽、优雅、有修养、有文化底蕴于一身的女性，只是他遇到的都不是，而现在，这个人竟然真的出现了，她就是柳眉。

躺在床上，想着这些，章亮失眠了，他不知道这算不算自己对婚姻的背叛？在他两次婚姻失败后，竟然真的遇到了他曾经梦想中的人，他不知道这算是他的幸运，还是不幸？

他的脑海里飘扬着许茹芸的歌：你就是我的恒星，就让我永远爱你，物不换星不移……

他想，对于一个正常的男人来说，只要稍微行差踏错一步，就可能在道德和感性之间做出荒唐的选择。难道，他要又一次结算他的不幸感情?

章亮明白，最初，他只是出于职能的原因在关心她，他给她解释工作中的困惑，但渐渐地，两人相处愉快，并且很是聊得来，又彼此觉得对方很优秀，那种熟识中竟多了一点点暧昧，那便是现在的状态。

她心情不好，他便在她烦闷时开导安慰；他烦闷不顺意，她便善解人意宽慰，这一切潜移默化之中使两人在不知不觉坠进了一个旋涡里去了。

当然，这其中，有的是无奈，也有的是不可选择。

副刊部组织几个编辑抓专题，成名要求让自己去，主任见他心思沉沉的样子，便对他说："你也不用太难过，就当散散心，我批你几天假，你去吧，听说最近桃花岛旅游很火。"

成名忽然有了一个念头，去桃花岛采访。

元旦过后不久，成名有意避开旅游高峰，从杭州买了张车票到沈家门，再从沈家门坐快艇到桃花岛。

冬天的桃花岛显然不是旅游的旺季，除了强烈的海风和赶海的人们，这里只有礁石和海水，成名算不上是个金庸迷，但是他慕名去了一趟桃花寨，拍完《射雕》之后，这里增加了"弹指峰""东海神珠"等景点，这时候游人不多，成名独自一人沿着小径往前，倒感觉到自己颇有点黄药师的落寞感。

褒贬不一的《射雕》播出后，成名几乎在每个晚上都看浙江台文化频道播出的该剧，每晚两集，他知道馨月是个金庸迷，平时他跟她开玩笑时便说："为什么金庸不收你做弟子？"

那时候馨月便回击他说："我要考上了，我就去桃花岛当岛主。"

成名比较喜欢岛上的桃花石，这种石头表面光洁，上面有一些天然的墨痕，墨痕呈现桃花植株的样子，相传宋代术士安其生在此修炼，经常将墨泼在这里的石上，久而久之，便成了桃花纹。

成名想，这人文的东西总得有些来头，金庸毕竟给这地方带来了经济的复苏，这是他始料未及的，此刻再没有专制的黄药师了，宝岛成了游人休憩把玩的地方，否则，他怎么会有机会来呢！

成名也思考着自己的命运，从四川到浙江30多年的人生路也实现了自我的超脱和跨越，他的成功与他的奋斗分不开，从上世纪90年代中期到如今的浙江，他知道自己已然跃入了这个秀美的国际名城，并且进入了他认为的主流社会，过着一种小康般的日子，他赢得了爱情，成了家，而现在，他又像赌博般，输掉了他的婚姻，他觉得有一些东西是自己根本预想不到的。

有人说，也许婚姻是一座坟墓，它为庸常所填塞，或者说是为两个人的磨合不来而冲淡，他从来都没有想过自己会为这样的事而焦虑。

当馨月提出离婚的要求，成名确实感到震惊、痛心，可更知道，他不是一个好丈夫，甚至没有做到一个父亲应有的责任，甚至从没去关心怀孕在外地工作的妻子，没有多关心过那个他们一直想要的孩子，这份无责任心是他们离婚的导火索，但绝对不是他们婚姻走到这一步全部的原因，否则，不会连她放弃了那个孩子都没跟他说一声，所以，当她说孩子没有了那一瞬间，他才相信，两人的路已到了山穷水尽。

“去年今日此门中，人面桃花相映红。人面不知何处去，桃花依旧笑春风。”成名突然想到这首诗时，他心底里的惆怅更深更浓了，当年崔护写下这首诗，无意中博得了一段姻缘，然而现实毕竟是现实，今日的姻缘，哪有郭靖、黄蓉一般邂逅神奇。

成名捡起一块石子，细细的桃株脉络印于石上，仿佛是一个人心上的脉络，他似乎感到这石子所潜伏的生命的内蕴，情感也一样，当它的心脉虬曲成一株千年老桃，它便成熟了，它便沧桑了。这脉络又像老人脸上的皱纹，他曾经在丽水采访的村庄里见过这样的老人，他们在夏日的夕光中小坐，他们的脸上便有这样一种印迹，他们知道这沧桑的内涵吗？

成名呆呆地握着石子，他似乎想读懂它背后的东西，大自然本身是一本难懂的书，生活又何尝不如此？ 30多年了，对于一个百岁老人来讲，似乎已走过了三分之一的时光，他走得有些蹒跚，有些木然，可是，后面还有三分之二的路在等着他呢。

“成名，我看见你了，你在那儿，我马上过来。”采芹在手机里喊着。

他看见她了，斜背着熟悉的坤包，像一只燕子，一阵风似的，朝他跑过来。

“你怎么知道我在这儿？”成名有些诧异。

“这里的风光不错吧？我有个同学，他家就是舟山的，所以大学里我来过一次，我就知道你这种人喜欢呢——有诗意的地方，人面桃花嘛，是不是想到这里等什么人呀？”采芹猜测着。

他觉得采芹的眼似乎在刺探他的心一样，便撇开话题：“影视城去过吧？”

“那时候正在建呢，记得在拍《射雕》，当时我们拼命追周迅，总算让她签了一次名，还有李亚鹏，那家伙真帅哦，难怪周迅会爱上他，很男人的那一种。”采芹夸奖说。

“采芹，你有没有想过，要找什么样的男朋友？”成名试探着问。

“这个嘛，不告诉你。”采芹一下子跑远了，“来呀，我们去海滩边玩。”

采芹像个孩子似的奔走在沙滩上，她指着周围的几个岛屿介绍着：普陀山、朱家尖。她说：“海潮扑过来的时候，会带来很多鱼，有跳跳鱼、有海蟹，舞着钳子四处爬，若夏天来，可以在沙滩上浴沙，去海里游泳，在潮水边捡贝。”

“你看，这是上一次我捡的，是一只螺，它的口子开得很好看，螺纹也很漂亮，送给你吧，将这只小海螺吹响。”采芹递给他。

一根细细的红丝穿着的小海螺，它的纹路有点怪怪的，不过它一圈圈的螺纹，最终都归结到一个点上了，在这一点上它们完全统一了。

“看见了吧，这就是海，海是宽容的，海是博大的，我喜欢海。”采芹说，“成老师，你的事情我知道了，别灰心，岂不知，天涯何处无MM的道理？”

“唉——采芹，你怎么能了解，要割舍掉一些东西，其实很不容易。”

采芹说：“你把手摊开，我给你算算看。”

成名摊开手。

“不，那一只。”小姑娘说。

“感情线嘛，这里变过去了，呀，你看，你的智慧线和感情线在这里交叉，你要跨越，你看，你跳过去，那边，你一路走到底。”

“这说明不了问题，生活是生活。”成名笑了笑。

“你相信命运吗？”小姑娘严肃起来。

“命运，怎么说呢，我不太相信。”成名说，“人得靠自己。”

“可有时候，你得这样想着。”采芹看着他，“成老师，你年长我将近10岁，可是有些道理，你不一定会像我一样清醒，你现在是栽进去了，一根筋，过了这阵儿就清醒了，也就没事了。”

在租住的岛民家里，他们吃到了地道的海鲜，采芹忙着采访赶材料，成名则整理着自己的稿子。

第二天，采芹约他去攀岩，看谁能赢。成名穿上攀岩鞋，戴上无指手套爬了十几米的距离，横移的难度虽没有上攀那么大，但是礁石的抓手不规则，过于锋利，不得以只好告吹。

采芹只走了几步便不行了，风力较猛，成名赶紧叫她下来。

他们沿着沙滩往前走，分塔湾、安期峰，两天的时间跑了两个地方，采访了十多户岛民，在一个岛民家里他们发现了他满院的树根和植株，岛民说他培养过的20万株苗木，采芹很受启发，他们合影、留念。

“你觉得这里怎样？”采芹问。

“好啊，简直是世外桃源。”

“可是皮肤会晒黑，海风又那么大，夏天还好，这时候肯定不行。”

“我很想住到这儿来。”成名说，“这里太美了。”

“难道杭州不美吗？”

“杭州太柔了，像个温顺的女子，生活时间长了，人会变成一只皮蛋。”

“我在杭州都24年了，我爱杭州，可是我也爱这里，这是两种地方。”采芹说。

晚上，采芹约他出来漫步，在迷蒙的天顶上，他们发现几颗星星在闪耀；月亮在云层后，时隐时现。

采芹说她喜欢有月光的晚上，她会时常在阳台上赏月。去年的中秋，可惜只能吃吃月饼。

成名一直都喜欢观月，在杭州，他在宝石山、雷峰塔、吴山一带赏过月，可是他从来没有在海边赏月，今天是头一回。

总有拨云见日的时候，成名对采芹这样解释着，他们跟着月亮的影子，在沙滩上，走过一个月牙似的豁口。

海浪在脚边，海风吹拂着，一次次浪头扑打着沙滩，风中传送着远方航船的马达声。

采芹笑着说：“你现在好些了，我看得出，真的。没什么，嗨，年轻人，走一走，别回头。”

“对，前思后想，没必要。”成名回答说，“风大起来了，你冷不冷？”

“有点儿。”

“那回去吧。”

27 拨云见日

新年即将到来，王一认为自己这一年的规划是成功的，旅行社的效益不错。年关来临，财务员小陈告诉他，每个人有2万多元的奖金，另外就是投资老板那儿的分红，当他从股东黄威那儿拿到20%的红利一共是10万元的时候，他已经做好了一套房子首付的准备。

惠英说，要不，先买一套房子。这话正中下怀，所以，当王一早餐时宣布去滨江区看房的时候，全家人都被这一消息振奋了。

王一妈说："盼来盼去就盼这一天了。"

王一爸说："咱们总算可以当名正言顺的半个杭州人了，儿子买房是件喜事。"

惠英妈用眼泪来表示对这喜讯的态度。从此，她不用再为水费的事同房东打交道了。

房子在滨江区桥南，叫龙华·碧水豪苑，王一买的是套别墅，面积为220平方米，每平方米4500元，总价约100万元。王一办了个30年按揭，首付20多万。

他算过一笔账，半年多攒了8万多，加上自己的分红奖10万，年终平均奖两万，加上以前的存款，刚好有首付的数。装修的20万是父母给的12万加上岳母家借的6万，还有4万元是向成名借的。

至于车程，他也算过，客观地说，目前，那边的交通不是很发达，一个月要花交通费800~1000元，可是王一这样想，以后有了一辆自驾车，四桥修通了，只要十几分钟就可以到城站附近他上班的旅行社，现在，可以坐315、522、317等，走三桥要40分钟左右，走一桥要30分钟到市区，如果将来地铁一号方案通过，那地方（江南大道）就有地铁出口站，到时候，也许更方便。

一家人坐315路车到工地的时候，工地上一期已经彻底清理完毕，有一些家庭已经在开始装修，大门口附近有一些材料商和建筑商正在招揽生意，一张张方桌儿排开着，老板，老板叫得勤。

王一爸妈忙着问装修行情，王一则在小区里转悠着看绿化和环境，他发现了一些不足，就是离火车铁轨近一些，有噪声，但物业的人说，这条道以后会拆除，因为一桥的年代太长了，以后为了安全，会取消这条火车道的。

王一转回来时，他的父母已经说好了一家装修公司，等王一过来时，他便向他们打听一般装修的标准，王一打算至少也要个中档的，那人说，非得20万元不行。

王一觉得这价钱和方案还不错，就让他们跟着去房间里看一看。王一买的房子在三幢靠西的那一套，上下两层，装修公司那小伙子一番布置让王一有点动心，怎么省钱，怎么出位虚处，说得有模有样。

但王一还是决定等等看，因为他听人说，装修官司实在太多了，他怕自己也弄了个花钱住着憋屈，便决定多问几个地方再说。

一家人掩藏不住内心的兴奋，在空旷的房子里走上来走下去，甚至连王小军也提出要住楼上能看得见中心花园的那一间。

王一心里想，王小军你个鬼灵精，老子不住好的先让你住!

他早想好了，把父母安排在楼下最好的两间，一间是父母住，另一间客房，住惠英妈，以后，或者是客房，至于楼上的三间，一间小一点儿的给小军，另一间是卧室，一间做书房用。

尽管累，全家人回到杭州的租住房里还是很兴奋，王一甚至觉得这100平方米实在太拘谨了，每个月还要3000块房租呢，房东还一直嫌便宜，要不是看在馨月面上，都涨价了。

听说成名跟馨月离了，他决定周末去成名家看看老同学。

新年前的第二天，农历腊月二十八，许仙将车停在路边，一边刷交费卡一边说："现在的人都落后了，安排个车位还要交问询费。"

"这叫做市场经济，明白吗？我没来广州时就听说这里车匪路霸多，果然不假。"馨月在旁边附和着。

"是啊，繁荣昌盛嘛，人家说广州有'三多'，鸡多假货多人多，你觉得如何？"

"此言不虚，1998年我来广州，问路的时候差点被人给骗了，还想要我10块钱问路费。"馨月说，"咱们往哪边走？"

"咱们往巷子里，左边，那儿人少些。"

一路上许仙介绍着这花市的情况，广州是个温和的城市，夏无酷暑，冬无严寒，所以四季绿树成荫，特别是农历年终三天，一年一届的迎春花市最负盛名，每逢此时，市民必阖家外出一睹花容，万人空巷，颇为壮观。

用长街似锦来形容鲜花之多简直太恰切了，馨月顾不得许仙在后面唠叨，人堆里飞快地穿插着，因为是第一次逛花市，满眼繁花实在太让她感动和兴奋了。

她默数着这些花的名目桃、梅、朱砂桔、金蛋果、茶花、兰花、玫瑰、牡丹、菊花、剑云、银柳……简直让她眼花缭乱。

许仙说，这花出售得有分类：一类叫枝头，如桃、梅、卖的是枝数；一类叫盆头，如金橘、茶花、卖的是盆数；一类叫散花，不大讲究，有盆卖的，也有其他形式的。

“广州的市花是什么？”馨月问。

“木棉花。”

“为什么没看见？”

“木棉花又叫英雄花，3~4月份开，它的花盘大，可食用也可入药，所以现在还没到时间。”

“过年了，咱们多买几盆花吧。”馨月说。

“可以订，人这么多，再说咱也拿不动。”许仙提醒着。

其实许仙是个爱花的人，空暇的时候，一个人经常摆弄些花呀草呀的。

回到家里，他们订的花也陆续送到了，大红橘、茶花、兰花、玫瑰、水仙、代代果，房间里能摆上的都摆上了，花瓶里梅花傲雪，桃花绽放，菊花则争妍斗艳。

“太漂亮了！”馨月说，“我从来都没有这样的满足，把天下鲜花拥为己有。”

“以后，你也会变成个花痴，跟我一样。”许仙忙着摆弄枝叶说，“得天天伺候它们，要时间也要耐心的，你有这份耐心？”

“当然，难道比伺候孩子还麻烦？”馨月说。

“反正，你以后就知道了。”

晚上，两人点了北国酒家的煲仔饭及烤乳猪，另外还有几道小菜，两人都沉浸在新年的幸福里，渐渐忘了烦心事，日子倒是过得轻松和惬意。

网络公司越到年关越忙，因此，许仙每天都是一大早起床往公司赶。而馨月也是个忙人，昨天前厅部和客房部搞了个酒店常用接待英语竞赛，请她当评委。

“Hello，may I order my breakfast for tomorrow morning？（喂？我可以预订明天早上的早餐吗？）”

“I wish to turn on that light；where is the switch？（我想要开亮那一支电灯，请问开关在哪儿？）”

……

“不错，这次的竞赛活动花样蛮多，我个人认为客房部的表现要好些，这要感谢两位主管的努力，许经理干得不错，辛苦了！”

“哪里，秦总，我们多亏韩馨月主任的帮助，培训阶段她挺辛苦的。”许经理谦虚地说。

“哦，对，要感谢她，到咱们这里才三个月，就已经为酒店提出了许多好的建议。”秦总顺势说。

馨月站起来，轻笑着说：“要感谢这些员工的努力，酒店服务员的素质高低，直接牵涉到咱们服务质量和经营效益，当前咱们白天鹅的优势就在于优良的经营和以顾客为本的服务宗旨，所以开展这种竞赛活动尤为必要。”

“韩主任的话说得好，客人是酒店的衣食父母，真正的老板不是我们这些人，而是客人，我们酒店的商务外宾较多，服务员的英语水平好坏，直接影响到咱们的信誉，客人付款是干什么的？是用来购买酒店服务的，这一点一定要明白。”秦总说完话，向许经理打了招呼，许经理宣布发放奖品。

作为评委，馨月也拿到了一份礼品：一套讲究的润肤用品。

成名的腊月二十八是在采访途中过的，从桃花岛回到杭州，紧接着又去了绍兴，他们的目的是搞一个酒文化方面的专题，所以回来的时候，他特地买了一罐女儿红五年醇。

回到家里已经是晚上10点半，成名打开电视，眼前一片眼花缭乱，地方台都在搞《春节联欢晚会》，无意中他翻到广州台的新闻节目，正在播广州花市，记者带着他浏览了一番花市盛况，他才想到那盆兰花，早该浇浇水了。

他拿起一个杯子，到水龙头那儿接了点水，打开窗台上的纱门，果然，那盆原先还郁郁葱葱的兰花，已经叶卷枝缩，几乎没有活转的希望。

成名还是将水洒向兰花，兰花似乎像吸了灵气般，一下子精神起来了，成名分明感觉到花叶的呼吸声，他惊呆了。

兰花在一瞬间张开了花苞，香气幽幽，挺直了躯干，枝叶舒展开笑脸，仿佛一个醒转的婴儿，笑盈盈地面对年关的北风。

一阵风扑面掠过，兰叶纷纷随风婆娑，似仙子起舞，他扶弄着兰叶，沉浸在对馨月的想念里。

不知她在广州好不好?

电话响起来，成名赶紧回到房内，抓起电话："馨月，是你吗？"

"成老师，是我？怎么，又想你老婆了？"采芹笑着说。

"嗯，你还没睡？有事？"成名忙问。

"是有事呀，跟你说，明晚到我家吃饭，我爸妈跟我说了，一定要我请你过年的，明天你等我。"

"行，明天去你家。"成名答应着。

28　潮涨潮落

王一的电话稍微在后一点，成名一接通电话，对方便嚷嚷着："你小子都死哪儿去了，我给你打了好几次电话，都没人接。"

成名笑了笑："老哥，有事吗？"

"没什么，想跟你聊聊，有空吗？要不，明天中午怎么样？"

“哪儿？”

“杭州人家。”

“两位先生吃点什么？”服务员问。

“我们这里有一道招牌菜，叫‘外婆神仙鸡！’”

“说说看，怎么来的？”王一来了兴趣。

“我们这里专门在富阳鹳山投资承包了50亩山地养鸡，这种鸡只吃山上虫子和谷子，一般养8个月到一年的样子，所以鸡能上树停憩，我们还专门请了一位60多岁的富阳老阿婆掌勺，每天只烧50只，要不是你们预先订座，今天肯定是吃不到的。”

“别听她吹的，有那么好吃吗？”成名心不在焉地说。

“好，来一只这神仙鸡！”王一又点了几道菜。

成名夹上一块鸡肉吃后，点头说：“嗯，不错，我以为没多少汁水，原来都到鸡肉里去了。”

“我说嘛，人家这不是吹的。”王一嚼着鸡肉，“还有股子特别的香味！”

两人边喝啤酒，边聊着王一的工作，王一说最近旅行社算是比去年好一些，但竞争也激烈了，游客对项目特色和价钱越来越在乎了，前一阵子搞的海南双飞游，抓了一把回头客。

“你跟馨月怎么回事？怎么都不打一声招呼？”王一把话题转向了成名和馨月离婚的事。

“这种事现在又不算什么，知道中国每年有多少人离婚吗？120万！”成名回答说。

“老弟，结婚是件大事，离婚不是儿戏，前几天，惠英老给馨月打电话，这电话就是不通。”

“她可能不想接。”成名说。

王一知道两个人认识不易，何况还共患难这么好几年，劝成名再找馨月说一说看，但成名始终没吭声。

见此，王一颇有几分感触地说道，当年是他和惠英当介绍人才撮合了他与馨月的婚姻，而现在，两人居然离了，实在让人遗憾。

而成名的回答是低缓、无奈的，他承认这几年自己工作忙，家庭生活疏淡了，尤其是前段时间馨月怀孕到广州去，他更是做得不够好，对她不够关心。但是男人和女人，在婚姻的围城里能撑着，有一种责任在发挥作用，他不是不关心孩子，他只是在孩子没有出生的时候，可能没有那么在意这个生命的存在，对此，他有愧，可难道馨月就没有问题吗？她那么决绝地背着他把孩子给拿掉了，就仅仅是因为他让她失望心寒了吗？

是不是还有别的缘故呢？成名不想承认这一点，但他不可否认，他知道两个人感情上肯定出了问题，外界诱惑太多，她身边有，他也有，不是吗？只是他们都不想承认是自己感情上的变故才引起离婚的而已。

王一想，也许成名有什么难言之隐，比如他自己，从来就没有在惠英那儿说起自己与王婧在外地多次相遇同游的事，毕竟就算他和王婧现在没有发生什么，但他心里对于能有美女同游也是很高兴的，可这话却不能说出来，因为每个人心里都有一个另外的自己。

王一只好放弃了自己的规劝，他说服不了成名，他让成名到他家过年，成名婉拒了，说他另有安排。

“是不是另有新欢了？”王一玩笑着说道，“虽然时间短了点，但反正你已经离婚了，遇到合适的就再找一个呗，现在这个社会，这也正常。”

成名只是报之以一笑。

校车到达海宁的时间是中午十一点半，在盐官的观潮坝上，导游介绍说：“钱江潮是一种潮汐现象，潮汐是有规律和周期性的，它是由月亮和太阳对地表的海水吸引力造成的，月亮离地球近，太阳离地球远，故月亮的引潮力大于太阳的引潮力，大致是10:45的样子，月亮和太阳的引潮力加在一起，潮水潮得就高，因此每月的初一、十五以后两三天，它们排列在一条直线上，潮水比平时涨得高。”

“盐官镇是杭州湾这只喇叭的瓶颈，最狭窄，只有3公里宽，潮水受地形和两岸地形影响，潮水涌来时，潮头越积越高，好像一道直立的水墙。”

“那为什么浪头会一道道推进呢？”柳眉插嘴说。

“那是由于泥砂在钱江口形成一个体积庞大，好像门槛的‘沙坎’，当潮水向钱江口内涌去时，被拦门沙坎挡住了潮头，就形成了一浪浪推进的奇观了。”导游在解释着。

“快看，那边——”顺着章亮手指的方向，果然看见一道浪墙向这边靠近，渐渐听到了轰隆隆的声响，潮头整齐地向岸边涌来，脚下仿佛传出地崩山裂般的声音。

“八月十八潮，壮观天下无，可惜今天是二十八。”章亮感慨着。

坝太高了，有一些青年老师追着潮头向远处挪，但是潮水隆隆前进，除了浑浊的江面和江上的雾气，似乎什么也没有。

柳眉和章亮在坝头边还找到了上世纪五十年代毛主席来看潮时写的一首诗，相互感叹着，惊诧于毛主席草书的潇洒俊逸和辞章的气魄。

“苏东坡、范仲淹、辛弃疾、陆游、孟浩然、白居易等人都写过弄潮诗词，可谓太多了，毛词能翻出境界，关键在于领袖人物的胸襟广博。”章亮评价着。

“弄潮儿向涛头立，古人就有这样的记载，每到八月十八，朝廷会操演水师，那时战船齐集，阵势变化，奥妙壮观，那些凫水健儿跃入水里，乘风破浪，迎潮而上，堪称奇迹。”柳眉感叹着，“毛诗令人浮思联翩，是不错。”

在回杭州的路上，柳眉豪气干云地说着自己的规划，要干一番大事业，做个弄潮儿，但是因为晕车，不一会儿便睡了。

她做了个梦，梦见她在水里泅泳着，忽然潮水涌来，她拼命想要挣脱，但还是被潮水冲向了海口，她抓住了一块木板，漂呀漂，好不容易登上岸边，忽然发现自己置身于无数恐龙的世界，那些恐龙朝着她怒目相向，恐龙的牙齿很锐利，当恐龙的尖牙快要刺着她的胸口时，忽然，一只巨爪伸向她，她被带上了天空。因为太高了，她不忍向上看，就在她以为自己会成为巨鸟的美食时，巨鸟像受到什么攻击，松开了爪子，她夸张地下坠，她尖叫了一声掉在地上，她感到自己落在一个开满野花的原野上，一个跑动的牧羊人把她搂住了，她和那少年一起躺倒在温润、松软的野地里，那个少年人好似很熟悉的样子。

柳眉醒来的时候，发现自己的头靠在章亮的肩膀上。她显出几分慌乱和羞涩。

“我做了一个梦。”她擦着冷汗说。

“美梦吗？”章亮问。

“说不清。”她扒开窗帘，往外看了看，问道：“几点了，到杭州了吗？”

“快晚上七点，估计到萧山了吧。”章亮说：“你要困的话，再睡睡。”

柳眉抬头看了看前面，车内的人几乎都睡着了，从海宁到盐官，又回到海宁逛皮革城，一直到5:50上车，6:20发车，将近40分钟车程，她完全被一个梦占据着，而此时，她特别想动一动。

“有好的CD吗？给我听听看。”

章亮递给她两只耳塞，她塞进耳朵，是许茹芸的歌《恒星》。

“你就是我的恒星，就让我永远爱你，物不换星不移……”伴着许茹芸的歌，7点20分，车子终于停靠在杭州西湖大道边。

春节在期盼中到来了，馨月远在山东的父母知道了女儿这场突如其来的婚变，很是激动，原本嚷嚷着要馨月和成名春节回老家一趟，最后没法，馨月只得接受许仙的建议，先把父母从山东接到了广州，对于婚变，馨月的父母经过决定先到广州过几天再考虑，算是冷静了下来。

老人到广州后，许仙更是以新婿的身份，鞍前马后，让两位老人足足享受了贵宾级待遇，加上馨月又跟自己父母聊了几次，她的婚变，在父母那里算是默许了。

对馨月爸来说，许仙更知道如何讨好他，例如知道他空闲时喜欢去黄河的一条支流钓鱼，带他去挑了三根满意的钓竿，喜得他都合不拢嘴；知道他好酒，更是给他准备了三瓶茅台，希望他每天小酌一杯，说三瓶刚好够一个季度，如果他能坚持每天只小酌一杯，下个季度还给他寄三瓶，这样还养生，对他身体好，这是以前成名从来不会做的事。

馨月妈考虑的则是新婿的才貌人品，许仙符合山东人的审美标准，而这种美表现在许仙身上尤其突出，一米八的个子，150斤的体重，另外就是许仙的研究生学历，一个计算机硕士，怎么地也比成名的本科强，另外有一点就是许仙的山东方言，这相当程度上为短时间内获得馨月妈的满意奠定了基础。

许仙的大套居室在广大路一带，走出小区就是小食街，一条马路上有二三百家小吃点，这里的糕点花样多，除夕这一天，许仙老早就点好了菜：鸡丝燕窝、牡丹鲜虾仁、龙虎斗、冷脆烧雁鹅，再加上山东的饺子、艇仔粥，这样的安排让馨月父母十分满意，吃着广州菜，就着山东面，既新鲜又地道，迎合了老人们的心，原本来时的那点不满意，在看到有人对女儿如此上心，也就真正释然了。

可怜天下父母心，于父母而言，自己的孩子总是没问题的，只要自己的孩子过得好，他们还有什么挑剔和不满的呢。

央视的春节联欢晚会很快开始了，馨月爸对赵本山和宋丹丹的小品最满意，其次是湖南大兵的一个小品，老头乐得歪了嘴。

许仙和馨月则欢喜一年一度的歌手新秀上台亮相，比如胡兵、张咪的合唱，刘欢和孙悦的宝刀不老，郁钧剑的老歌，还有就是相声里的搞笑和杂技的锦上添花。

许仙准备了一堆焰火，广州破例在路边的小区庭院里搞了个准放区，许仙带着馨月去那儿放烟花，老人们则趴在阳台边，看千奇百怪的烟花是如何渲染出美丽的羊城岁夕。

而此时，远在杭州的成名应采芹相邀去她家过年，跟着采芹上了楼顶陪她放焰火，而空旷的楼顶也是放焰火的最佳妙处，焰火升腾，天空中呈现出彩色的图案，有的似金菊绽放，有的如大伞撑开，有的如桂花朵朵，有的像百鸟朝凤。

放完焰火回到家里，采芹妈已经准备好了水饺，要每人都尝一尝，晚

11:40，央视的李咏、王小丫、赵忠祥、倪萍、朱军、周涛等主持人已经集体亮相了，李谷一可能已经在准备出场了。

采芹爸激动万分：“幸福生活来之不易，来年必会有更好的成绩。”

成名在采芹家这个年过得很是高兴，让他抛开了暂时的忧虑，采芹爸对这位有才气的记者非常满意，他甚至许诺说，只要他不退下来，至少过年后的上半年他会向出版部门推荐他去做编辑。

“成功得由自己一步步争取过来，三十几岁，正是出成果的时候，要干好自己的本职工作，敬业、勤奋，则前途无限。”他送给成名这样一些勉励，并且让采芹要向自己这位师长兼才子学习。

采芹的妈妈属于贤淑而又有修养的妇女，对于女儿的这个同事，她没有过多地去追溯，她正在研究普希金的作品，她翻译了一些普希金的东西，这让采芹的爸爸这位专家也感到吃惊，只是跟成名说，她遇到些诗歌方面的问题，等有空时要向他讨教。

显然，这只是一种谦虚的说法，成名知道她是高校的讲师，正在评高级，不久就要升副教授了，她的论文使成名不得不刮目相看。

在这样的一个家庭里生活，成名突然觉得，这才是自己所期望的，这与他之前所遇上的上一辈没文化的老人不太一样，他的爸妈，或者是以前馨月的爸妈，从来不会跟他讨论诗歌什么的，如果他提起类似话题，只会是格格不入的。

29　普天同庆

新年的晚上，王一带着一大家子去浙北泰县了，那儿有他生活了近两年的朋友、同事、亲戚。

王一的新年之夜是在岳父岳母家里过的，岳父是典型的乡下农民，本分、朴实，话不多但随和。

小舅子人特别憨厚，刚刚从技校毕业，学的是汽车修理，已经在小镇上开了一门面，生意红火。小舅子特喜欢王小军，而王小军回到外婆家，就成了“宠物”，外公疼，小舅子喜欢，好几次王一的命令都视而不见。

对此，王一特别火，他想，小子等你回杭州吧，看我不揍扁你。

王一的新年之夜特别热闹，他与小舅子猜拳行令，乐在其中，而他的父母也着实感受到了浙江人的热情好客，但是他们仍然对清淡的浙江菜爱理不理，他们认为菜还是秀山的好，当年贺龙带部队过秀山解放成都，从那儿过境，好客的家乡人端出的辣椒面，解放军战士说这才是典型的中国菜呢，那个辣味哟，真让人过瘾！

王小军放焰火时候，不小心把小手指儿给炸伤了，王一觉得这是个小插曲，从此他认为这小子以后会服帖一些，不听老子言嘛，吃亏在眼前。

噼啪的鞭炮和升空的焰火，使岁末的小镇笼上了祥和热闹。

王一爸是不大听得清楚的，他把惠英妈让他吃饺子的话听成了“吹哨子”，于是他满脸地狐疑，问道：“他们放鞭炮，我们在家吹哨子，浙江人还有这样的过年习惯？”

这句话乐得大家都笑咧了嘴。

王小军说：“爷爷，外婆让你吹哨子，你干吗不吹啊？”

王一爸说：“我们那儿没这习惯，还是小军吹吧。”

小军让这话给堵回去了，大家又是一阵开心地笑。

章亮的除夕是在阳阳的哭声中度过的，这孩子不乖，让他不玩电动火车了，他一会儿又趴在地上打滚呜呜叫了，弄得桂萍妈直抱怨，已经换了三身衣服了，这冬天洗衣服多费劲呀。

章亮刚刚杀完一只鸡，一瞧，他果然又趴在地上滚，那张脸又成了大花猫，气得不行，冲进客厅，将阳阳像只小猴般拎起来，摁在凳子上，在屁股上啪地拍一记大手掌，这小家伙儿对付大人的一套立马就奏响了。

“哇——”声音像泄闸的水，一发不可收，弄得章亮哄也不奏效，骂也更揪心，这小孩横竖就不吃他这一套。

这时，桂萍妈拿开水往水盆里一浇，那只鸡竟然跳将起来，歪着脑袋跑进房来。

“快拦住，快拦住。”桂萍妈亮着嗓子喊着。

章亮从厨房追到客厅，从客厅追到卧房，这鸡张开翅膀台上台下，床上床下一阵猛飞，弄得地上、桌上都淌血，最后，还是阳阳小小的身子钻到床底下，终于把鸡给逮住了。

桂萍看着章亮和阳阳一脸鸡血的样子，忍不住扑哧一声笑开了花。

桂萍妈一见，也笑得苦瓜脸绽开了。

章亮怎么能忘记这个除夕呢?

吃完饭，章亮带着阳阳去门外放鞭炮，焰火映红了半边天，房东虽然是农民改居民，门槛上的对联居然贴倒了，章亮提醒他说：“老哥，你家的对联贴反了。”

这老兄大概喝高了，他歪着脑袋一读：“春风送爽福气临门，燕子归巢财运昌盛。”

摸摸脑勺儿，朝章亮油油一笑说：“章老师，没什么不对啊？不是我……我说……说你，当老师的，今天一……一定是喝多了，要不，到我那儿再喝……喝一杯去。”

这老兄伸出手来拽章亮，章亮只一推，整个人就像只睡袋塌下去了，章亮只得把他拉起来，半拥半拖地送回到他家去。房东住一楼，章亮住二楼，桂萍在上面喊：“怎么了，房东大哥？”

“没……没事，我要和章老师再喝几杯，我……我家里有好酒，五粮液！”

房东的老婆出来了，一脸的猪肝色，骂道：“你个死鬼，我让你去接我妈，你接到阴沟里去了？”

然后，一把接着人，笑着说：“谢谢你，章老师。”

“阿……阿蛮，咱妈她到大哥那边过……过年去了，我去迟了，赶到大哥家，他们就拉我喝酒，还好，大哥那几杯酒量能和我……我比，我一斤酒就把他给整趴……趴下了。”房东说着两腿一软又瘫在地上。

这时，章亮的手机响起了嘀嘀声，是短信，他掏出手机一看：昨夜梦见自己，长了双翼飞向前去，在每一个你出现的地方，徘徊不已，只因为没有你，The city is so empty，可是我依然相信真爱无敌。

章亮想谁这么无聊，肯定是平时哪个哥们儿拿他寻开心，于是也不管了。

焰火升起来，天空中异常的热闹精彩，整个杭城的夜都被烧红了似的，咚咚的响声不绝于耳，孩子的欢呼声，电视里朱军、李咏倒计时的声音越来越响，鞭炮声如雨，焰火的色彩越来越多，万家灯火时分，章亮手机的嘟嘟声又响起来，他打开：正月初六晚8点我在庆春电影大世界门口等你不见不散。

他愣了许久，恍然大悟，是柳眉的短信，犹豫了一下，回复：谢谢，这是我新年收到的最好的一份礼物。

章亮看看表，午夜12:30，新的一年已经来到。

“阳阳，咱们回家吧。”

阳阳朝着天空，笑呵呵地喊道：“爸爸，你看，那一朵烟花，真红！”

章亮拉起阳阳的小手，低声说：“是啊，今年烟花特别多，也特别红。”

趁着春节10天大假，许仙还带馨月父母游览了越秀公园。

之所以要到这儿来，许仙考虑到这公园里有广州的标志性建筑——五羊石像。

“俺们县里也有一座雕像，不过是个人，俺就想，山东的羊肉汤全国闻名，俺们县产羊，那儿的羊肉又鲜又不膻，为啥不刻几头羊上去呢？”馨月爸纳闷儿着问。

“爹，广州城又名羊城，这五只羊是城市标志，相传有一年天旱，五谷欠收，当地人祈求天神保佑，有五位仙人身着五色彩衣，骑仙羊，执谷穗，驾雾而来，把谷穗赐给人们，并留下了五只羊，从此，广州人五谷丰登，那羊化成了石头，保佑人们风调雨顺，所以就有这名字。”许仙介绍说。

“是的，俺们那县里头的雕塑是单父像，单父是舜的老师，他教给舜农业技术方面的知识，可以算得上是位农家大师了。”馨月补充说。

许仙用数码相机给两位老人和馨月拍了张全家福，接着又请人给他们四人留影。

爬上越秀山顶，在镇海楼登楼远眺，广州的高楼大厦一览无遗，其实说无遗是不可能的，广州光市区就有1400多平方公里，340多万人口，如今人口这个数字还在扩大，谁能说得清呢，看看就更看不出了，广州的高楼越来越多起来。

粤菜是清淡的，许仙这几年算是习惯了，馨月也一样，杭城的菜也比较清淡，但是馨月的父母还是坚持要回山东，那儿有他们相依为命的大片土地。

“春天的麦地要耕出来，种上麦子，羊要放出去才会长膘，还有肥料，要买回家，活儿多着呢。”馨月爸临走的时候说，“你们既然决定要在一起，那就跟许仙的父母也好好说说，然后扯个证，早点生个孙子，爸年纪大了，以后怕抱不动了。”

馨月妈在一旁直抹眼泪：“闺女，你可得好好对人家许仙父母，结婚后，给妈争口气，生个大胖小子。”

“好！”馨月点头，她刚离婚的时候，没想过这么快会跟许仙在一起，可有些事，好像不知不觉间就这么发生了。最开始她和许仙是有点过于亲密，超出朋友界限，可始终还是以朋友定位，但她父母这次来广州，许仙完全是以新女婿的角色在对待她父母，让她觉得很幸福，也没什么好再拖拖拉拉的了。

馨月含着泪把父母送上了车，父母还得从济南转车，一来一去，要两天多时间呢。

许仙也被老人的话感动了，他对馨月爸说：“往后钓竿坏了，就给我打电话，酒记得要适当地喝，身体要紧，地能少种就少种点儿，别太累了，下次放大假，我们回去看你们。”

馨月爸伸出一只手拍拍许仙：“中，俺记上了，俺要是钓上了鲤子，俺就做成鱼干，到时候给你们一齐寄过来。”

火车向西北驶出站台，广州站永远都是那么拥挤，门外的站台地上，全是枕包卧地的打工人。

“等咱们扯证后，我帮你把户口从杭州迁过来，你就成名副其实的广州人了。”许仙在车上说。

馨月不答话，她又在回忆杭州的日子了。春天，西湖边，她与他沿着新南线漫步，雷峰塔依稀在湖南侧，金碧辉煌，不知怎的，她总觉得那塔有点太亮眼了，倒是树，湖边那些高高低低的柳树，那些大樟树，让她觉得灯火的绿意有些神秘，这种美是非常有意蕴的。

唉，明天的服务素质比赛又要开始了，白天鹅宾馆这家知名涉外酒店，确实让她工作起来既紧张又充实。

“在想什么？”许仙将方向盘往右一带，“要转弯了，当心！”

“没想什么，就是有点累。”馨月说。

“没压力不行，压力大了也不行！”许仙说，这几年，他受到的压力又岂止是如此呢？在竞争中他力保自己的经理职位，在强手如林的网络企业里，一个企业的生存又何尝不是如此，七年了，他跳了两次槽，一个外地人要迈入城市的主流是何其难，这一点他深有感触。

30 镜花水月

“这日子没法过了。”章亮从学校回来，桂萍就冲他嚷嚷着。

阳阳又一次生病，住进了医院，现在正是杭州流感高发期，这孩子一不小心就传染上了，每天得来来往往地吊盐水。家里活多，桂萍妈那边，学校安排的班又多在晚上，抽不开身。

“你不想过，我还不想过了呢。”章亮没好气地说，“当初就跟你说过，这孩子咱不接，后面麻烦事多，你非不听，现在好了。”

其实，章亮在说这话的时候，心里是有点心虚和愧疚的，春节过后的日子，他大部分的时间花在跟柳眉见面闲谈诗词歌赋上，哪有时间来料理家中的事情。

桂萍本来说的是句气话，章亮要是没吱声，也没事，但是章亮顺着她的话头挑开了，就像是一张纸，风吹多了自然就破。两个人的关系原来虽然平淡，但胜在两个人过日子简单，就算吵吵也都小事，但后来因为阳阳和桂萍妈的到来，烦恼的事一多，两人是见天儿地吵吵，这都快吵一年了，谁都被磨得有些心累了，再加上柳眉的出现，让章亮越发动了心思，这也就顺势而为了。

桂萍呢，她也发觉章亮变了，哪怕是一丁点儿的琐事，她唠叨一下子，他就负气地走开，根本不听她说话，而且再也不像以前那样子，下了班就往家里跑，现在，对家里的事也逐渐淡漠起来。有几次，她都放下语气想跟他商量商量家里的事，而他总是推脱说让她自己做决定就好；另外，就是阳阳，这小孩自从到他们家里，孩子虽然确实不太懂事，也经常生病，麻烦不断，但她知道章亮一直也没有真心接受他，他有时候也哄哄孩子，不过是逢场作戏，演给她看的，例如阳阳生病了，他爱理不理的样子，让她心寒，还有就是，只要她一说累得很，他就说是她自找的，这样的话更让她心酸。

但是桂萍始终觉得，章亮总不至于会视三四年的夫妻感情不顾，而坚持要跟她离吧，可是她错了，这次吵架后，章亮不顾孩子和老人在家，跟她开始了长达一个月不说话的冷战。

直到这时，桂萍才知道，章亮是铁了心的，这样的冷战已经不容许她再等下去了。

桂萍跟妈说，她准备跟章亮离婚，桂萍妈向来是由着女儿的，母女俩特别团结，干脆说那就是一条心吧，桂萍妈想：该不是章亮嫌桂萍不会生小孩吧，可就算如此，现在有了阳阳，他应该想想，两件事总得考虑周全才好吧。

“你现在是不能生的人了，要考虑好。”桂萍妈劝桂萍。

“我有阳阳，总够了，咱不怕。”桂萍说。

“要是以后找不到男人，怎么办？”桂萍妈说。

“我不嫁，我把阳阳带大，反正有盼头。”

“也行，章亮要是有良心，你病成这样子，他就该更疼你，没见过这么绝情的人。”

“唉——他要是跟我说一句，算了吧，我也许会考虑考虑，可是，看他那样子，是真不想过了，那又何必勉强。”桂萍忽然有些淡淡地说。

3月份，章亮和桂萍进了民政局，出来的时候，每人手里多了一本离婚证。

离婚协议书上写着：阳阳归桂萍抚养，章亮每个月出200元抚养费，夫妻共同财产8万元归桂萍所有。

章亮搬离了他们的出租屋，准备暂时住在学校的临时房子里，他将被褥抱出门，在车上，他接到桂萍的电话：“以后你高兴时可以来看看孩子，至于抚养费，你工资不高，出不起的话就算了。”

章亮只管答应着，他不敢回头，他要是回头，又怕自己心软下来。

王一打开邮件箱，是王婧的一封信：浪子燕青，你怎么那么久不上网聊天，五一出不出来玩？跟你说，现在东南亚出境游挺火爆的，你们旅行社可以考虑往新马泰的新线路发展，要帮忙的话，尽管跟我说好了。沧海一笑。

自从在香港碰面分开后，他这是第二次收到王婧的信，换成是别的网友，他想老早就拜拜了，可是这女孩不同，她有股子洒脱劲儿，看似大大咧咧的，却又挺聪明，而且对旅游很有自己的想法和见解，每一次跟她聊天，都让他有一种发现新灵感的感觉。

他给她回了封E-mail：沧海一笑，一年未见了，很高兴收到你的来信，要是有空的话，欢迎你回来杭州游玩，前一阵子去张家界的电梯——世界第一电梯又开放了，登上电梯，饱览水绕四门和天子山风光，你应该会感兴趣的。浪子燕青。

王一召开了一个会议，就是讨论开辟东北游的可行性，从杭州包机到哈尔滨，一方是春江水暖，一方还是冰雪世界，玩冰上舞蹈、滑雪、坐雪橇正是时候。

这个提议招来了其他人的反对，小陈说旅行社的线路要少而精，盲目扩张会带来负面影响；小王也反对，他认为这段时间短线游可以抓一抓，经济效益好，稳妥得多。

由于有相当一部分人持反对意见，会议的结果自然是取消了这一线路。王一感觉到仿佛被人浇了一盆冷水似的，他的热情骤然降温，他想要一个人敲定这件事，又担心有人向黄威打小报告，听说黄威有几个眼线在社内，是不是小陈和小王两个呢？

他记得，他有几次报销考察费用，都遭到两人的质询，他觉得这两人太不给他面子了，但是，俩人的话也有一定道理，让他没有多少反驳的借口，王一想，得考虑成熟一点儿。

这年3月8日，在所有人都意想不到的情况下，采芹和成名居然向所有人送了结婚请柬，如此突然，让他们周围的人都大跌眼镜，可后来一想，那些原本认识他们的人又觉得正常，两人是工作搭档，向来是同进同出，现在两个都是单身，走在一起再正常不过了。

婚宴是在金色阳光举行的，很隆重。

婚宴散场后，王一和章亮陪同着把成名和采芹送回了家，也在帮忙招呼客人，算是留在最后的客人。章亮说他是第一次来金色阳光，开始找地方找错了，先是往左边，进了麦当劳，后是往下面钻，进了家乐福超市。他想，成名再一次结婚不会选择在超市里吧，这么大方，要拿随便拿，然后在结账本上签上喜庆报销的字就走人，这也太荒唐点了吧。

“惠英呢，还有王小军，你爸妈呢，对，还有桂萍，桂萍妈。”成名问。

“惠英有事，吃完就走了，我来给你道别，你们好像已经喝得差不多了。”

王一说。

“我们那是装的，我们喝的都是掺水的可乐！”采芹笑着说。

“桂萍也走了，她要带着阳阳，不方便，吃完就走了。”章亮敷衍着。

“你呀，还是该去送送她的，怎么能让她一个人带孩子走呢？”王一叹着气对章亮说：“真不打算过了？要离婚？”

“我……我们，我们上个星期已经离了！”章亮敷衍着说，心里有点讪讪，自己前头已经离过一次，现在又说离了，总觉得不太好，不是很想说。

成名有点惊讶：“什么？章亮你离婚了？我怎么不知道？”

“这么快，还以为你之前说的气话呢。”王一说，“唉——你们也是的，生活哪能这么潇洒，离婚又不是上菜场买菜，随进随出，还是要考虑好呀。”

采芹想到成名也是离婚后跟自己在一起的，听他这样一说，难免有点不舒服，也就打断道：“王哥，你喝多了。”

“都怪我。”成名说，“这几年我很少过问大哥和三弟的事，我这个人太不近人情。”

“二哥说哪里话。”章亮赶紧说，“主要是我不太想打扰你们，上次二哥二嫂离了，我也是最近听王哥说的。”

“来，咱不说那事了，今天，二弟结婚，是件大事，咱们再好好喝一杯，这回可是来真的了，不许耍赖！”王一大声喊着。

而同一天，馨月和许仙在广州举行了婚礼，不知道这是缘分还是缘分呢？他们两人之间没有联系，但却从各自曾经的朋友那里或多或少会知道对方的情况，也不知是谁故意或存心，反正就是挑了同一天在不同城市办了婚礼。

馨月和许仙的婚礼订在北园酒家，许仙看中了这地方的岭南建筑风格，亭台楼阁、假山池石、小桥流水，很是幽静，大家一边喝酒，一边聊天，既联络感情，又欣赏风物，并没有大操大办，只是简单地请了几桌。

婚礼上的客人多为双方单位的朋友、上司，如白天鹅的老总，中层干部，网络公司的几个头头儿还有就是几个跟许仙要好的下属部门员工。当然，许仙的爸爸妈妈也来了，还有馨月的哥哥嫂子、爸爸妈妈，其中，还有个很重要的客人，就是许仙的爷爷，这位老人是离休军人，曾经南下参加过广州解放运动，他说当年自己是管后勤的，部队在广州驻扎期间，他到过广州好多地方，后来，他有好多战友都留在了广东，成了南下干部，现在，他们都退休了，有的不在了。

许仙爷爷很健谈，快80岁的人，腰板儿挺直，头发银白，但脸色红润，就是牙有点不好使——都掉得差不多了，现在镶了一口烤瓷牙。

馨月悄悄对许仙说："我相信你爷爷说的那番话的可信度，唯独那口牙，我一看就知道是假的。"

"为什么？我爷爷年轻时很帅的，我已经过世的奶奶就是在广州期间找的。"许仙说。

馨月神秘地笑笑："不告诉你。"

其实，馨月想到的是成名的妈，成名的妈年轻时把三颗门牙给磕掉了，后来装了三颗烤瓷牙，成名和馨月一回到秀山，她说话时露出三颗牙，这让馨月记得很清楚，虽然，许仙爷爷包的是本色牙，可还是让人看得出来。

馨月突然想起了成名，她与杭州的一个朋友通过一次电话，知道他三八节结婚，于是她坚持要这一天结婚，许仙心想，三八节结婚，尊重老婆呗，于是很爽快地就同意了。

"来，咱们祝愿这对有为青年恩爱不渝，白头偕老！"白天鹅的老总用这句话替这次婚姻画上了圆满的句号。

双方家长不久就回山东了，许仙父母邀请馨月父母去济南玩玩，但这对老人推说农忙要紧，一回到菏泽便马不停蹄地往县城赶，一回到乡下的家便挽上裤腿到地里扒草施肥去了。

倒是馨月的哥哥，盘算着去济南了解电动车行情，他要让馨月嫂子开一个电动车行，因为她娘家人给了她5万块钱，这样，加上家里的3万块，馨月她嫂子便可以当老板娘，整天地在店里做生意了。

31 花落花开

尽管王一的东北之旅项目没有落实，但是考察东北的念头却一直没有放弃，他打听到了成名的晚报社要组稿，于是，在成名坐上去齐齐哈尔的火车到东北采访的那一刻，他把自己这番意思在电话里详细交代一番。

采芹是唱着“俺们那旮都是东北人”上车的，一路上她如数家珍地说着东北的美食，什么翠花酸菜，什么炖大肉等，严格来说，她还没有真正意义上吃过一顿东北菜。

在火车上，采芹跟几个东北商人聊得投机，他们说，去年温总理是在阜新煤矿深井下跟工人一起吃饺子过的春节，5月底，温总理再赴辽宁，8月份，视察吉林、黑龙江，中国经济发展的第四场战役打响了。

“你们认为，制约经济发展的瓶颈是什么？前不久网上调查认为，一是制度；二是观念，还是人才、资金和资源？”

“我觉得还是制度，东北老企业多，沈阳就有些大企业，市场占有率不错，技术在全国也领先，可是财务结构有问题，这样的企业在辽宁那边有的是，只是现在需要改制。”一个胖子说。

“我到南方来做的是布匹生意，我家在黑龙江，人家说黑龙江有三宝：人参、貂皮、乌拉草，真正把它们开发出来，比如跟俄国人合作办个养殖场，貂皮好卖啊，西伯利亚貂皮是世界上最好的，我们把貂皮卖给巴黎或者米兰商人，就赚了。”一个瘦子说。

“都瞎掰的，要我说辽宁是制造业基地，咱来个北边生产南边销售，比如那边弄成分厂啥的，然后在海宁或者义乌、杭州找个地方再设个总厂啥的，两边联合，优势共享，现在就差找个杭州老板了。”另一个貌不惊人的大汉说。

“依我看，做小本生意保险，一来咱拉大旗做虎皮是瞎吹，二来咱也没那本事去吸引外资啥的，至于振兴东北，那是政府考虑的，咱老百姓，图个自家发财，管别人干啥？”旁边一声不吭的小伙子说话了。

“你瞧你这德行，一看就不像咱东北人，雪村咋唱的？俺们那旮都是活雷锋！”胖子骂道。

“俺们那旮猪肉炖粉条，俺们这旮都是活雷锋……”几个人没腔没调地哼起来。

成名则想着游览的事，这可是王一交代的，零下20多摄氏度的快乐是什么？走大兴安岭，在雪地里寻找火狐，他突然想起巩汉林主演的一部叫《火狐》的电影，他认为那才叫感觉，冰天雪地，一脚一拔地走，顺势来个前滚翻，坐狗拉爬犁，在冰封的江面上疾驰。

东北啥最有乐头——滑雪，亚布力滑雪场，头顶是乌蒙蒙的天，雪花垒厚的长长滑道，一米长的滑板，从北纬45° 45′ 的高山上往下溜，那才叫来得个爽！

“亚布力是什么意思？”采芹不解，在她印象里，似乎是个外国人名字，或者外译词，成名猜她想到了俄罗斯，马上说：“你一定想到俄罗斯人了，这个名字和俄语有关联的，俄语名叫亚布洛尼，原来是‘果子园’之意，清朝时成为贵族及皇室的狩猎围场，位于尚志市东南，距哈尔滨市190公里，不仅是我国最大的综合性滑雪训练和比赛基地，也是亚洲最大的滑雪场。”

“好是好，可就是太危险，跟摔跤没什么区别吧，我们南方人去玩滑雪，就等于在雪上滚沙包，花钱找摔呗。”采芹不以为然地说。

“那不一样，你看过007系列吗，詹姆士·邦德在雪地上飞驰，犹如雄鹰展翅，前滚翻、后滚翻、360度滚翻，可带劲儿了！”成名兴致勃勃地介绍。

在采芹看来，这种玩法无非就是找刺激而已，又不保险，她说：“如果有跑马场，我宁愿选择赛马，就想骑着大马去狩猎，骑着骏马去奔驰，也像一只丹顶鹤，展翅高飞。”

“你不会像一只母老虎，在东北的土地上发威吧？”成名开玩笑说。

“去你的，你才是东北虎呢！”采芹没好气地推开他。

“东北虎也挺好的呀，珍稀动物，躺在动物园里，眯着眼晒太阳，等人看过后，便有猪肉当晚餐了。”成名说。

“那有什么意思，东北虎应该到大兴安岭的山林里奔跑、觅食，是人类把它们赶下了山，它们已没有了家。”采芹有些伤感地说。

在古城依兰，他们参观了慈云寺、关帝庙、五园城遗址，这座1200多年的古城吸引了许多慕名而来的中外游客。

在长白山，成名和采芹领略到杜鹃花的雍容华贵，长白山是座宝山，有人参、高山雪莲还有奇花异草。

在大连，面朝大海，春暖花开，这座港口城市的现代化进程日益加快。大连是座花园般的城市，更是座现代城市，喜欢足球的城市青年是最好的主角。海风荡漾，水光接天，习习春风和遍地繁花的公共园林、广场绿地，使他们留恋不舍。

大连的时装节给了这个城市时尚的解释，2002年世界模特大赛上留下了东北名模的身影，东北男人的硬朗威武，东北美女的热情奔放，使他们展露青春豪情。

从东北回来，成名不啻是圆了一个梦，更理出一条让王一满意的旅游线路。

采芹的东北之行，则让她抓了一组丰厚的专题材料，东北人的时尚元素，普通话和酸菜，孙楠与雪村，那英与孙悦，以及穿着东北皮草在服装节上的漂亮模特。

沈阳五里河的名字让成名记忆犹新，仿佛是鏖战前的摇滚音乐，使成名至今内心澎湃，在沈阳这块地方，中国足球冲出亚洲，中国队2:0击败伊朗队，中国队拿下亚洲冠军。

而他们俩都惦记着的是东北的小鸡炖蘑菇、大丰收、酱骨架，以及在炕上围着桌子吃猪肉炖粉条，喝大碗酒的东北风情，还有就是手里攥着几根冰糖葫芦满大街探宝找采访对象的惬意与浪漫。

采芹说，得感谢金主任，让他们度一次蜜月。

成名说，得感谢王一，他给他们出了个好点子，并给了他们一笔辛苦费，找个地方足足搓了一顿。

报社马上利用星期版发了个专题，题目叫作《东北的热情》。

成名和采芹领到不菲的一笔稿费，两个人凑份子，准备买一台优惠价的索尼DSL-P10数码相机。

自从和章亮离婚后，桂萍的日子过得紧巴巴，好在单位给她安排的时间还算充裕，没有晚上的内容。

桂萍一下班便在幼儿园门口接阳阳，桂萍想，下学期阳阳便可以上小学了，而且最近阳阳似乎比以前懂事一些，每次小朋友问他，你爸爸怎么没有接你，阳阳就说，我爸爸出国了。

桂萍抱着儿子好一阵心酸，她想这孩子的命比自己还苦，生下来才几个月，亲爸亲妈都不敢把他接回家，于是便请人带着，直到把他送到幼儿园，又让她领回家，才有了名义上的爸爸妈妈，可现在章亮走了，孩子又没了爸爸，她越想心里越不自在，母子相偎，都哭得泪流满面。

“妈妈，爸爸真的出国了？”阳阳还是不相信地问。

“你爸爸在国外，以后会回来的。”桂萍胡编的话算是给小孩儿一点儿安慰，她无意中也道出一丝真情。

而阳阳从此有了一个充分的理由，那就是——他爸爸出国了，要好几年才回来。

桂萍的妈，想到女儿如今的不易，工作起来简直可以不要命，整个小学部的宿舍从一楼到三楼都归她一个人扫，孩子回来迟一些，她还要管管孩子的入睡，无奈之余，桂萍才退掉了原来那一个大套，租了一个小套，40多平方米的地方，在江干区，坐车到学校有20分钟就到了。

倒是让人意外的是，每天还是重复着这样的生活，让桂萍反而过得很充实，再也没有了牢骚和诉说，晚饭后便带着孩子去江边看船来船往，或者骑着车带他到学校体育场玩玩小皮球。

每次车到一桥的时候，桂萍将车停下来："看，那是铁路，火车便要过来了。"有时候，真就碰上了一列火车，风驰电掣般，发着声响，从远方奔来，桥边就能感觉到火车的巨大的震动。

章亮和柳眉并没有像他在离婚前以为的那样发展，她是爱他的，可是都离婚这么久了，他们之间，还是如以往一般相处，工作是同事关系，下班是谈得来的朋友，却又比朋友关系多了一丝亲密和暧昧，但也仅此而已。

可能是身份自由了，两人平时相处更多，了解也就更多了，章亮发现柳眉生活上其实很随意，作画才是她生命的重要部分，有时候，柳眉整宿整宿地画，章亮会时常劝她身体要紧，别光顾着那画。

可柳眉每完成一幅山水，都让章亮去欣赏并谈谈看法，章亮一本正经地说些不着边的评论，有时候也能获得她一些认同，章亮便高兴，柳眉鼓励他以后为她的画搞些评论。

闲暇时，章亮比较喜欢书法，这一点得到柳眉的肯定，她认同从颜体开始练，她得帮助他，使他在这些方面有一些造诣。

一段时间之后，章亮果然进步不少，后来，柳眉的画展在杭州的画室里推出，艺术学院的领导去了不少，系里领导提了些意见，也表扬她的勤于钻研。

显然，有些意见提得多一些，柳眉便看得很重，她认为自己的画不错，但是学校的那位校长大人却认为她的画没有创意，手法上太刻意，严谨是好事，勤勉也没有错，但是不懂得创造又有什么意思呢！

就像当班主任一样，弄不出一点成绩，没有自己的东西又怎么行，章亮打着比方跟她说，要她注意总结，关键是别人的意见。

柳眉喝了些酒，她伏在他怀里哭了，她忽然有一些强烈的愿望，她让章亮站在靠窗的位置上，她要给他画一张像。

章亮知道这叫真人模特，他笑着说："前不久听说学校画室招聘真人模特，200元一个小时，柳老师，你准备给我开多少工资？"

柳眉也笑了，说：“别动，对，手这样伸，一只手叉在腰上。”

章亮像模像样地站着，一直站了三个小时，他问柳眉，好了没有。

柳眉投入地画着，她想，这样也许会找到一些东西，那叫灵感。

吃晚饭的时候，柳眉对章亮说，你那姿势有点像阿Q上法场。

“怎么说？”章亮有些不解。

“样子嘛，是不错，但没有肌肉，还有啤酒肚，所以，只能画个肩膀以上勉强看了！”柳眉咯咯笑着。

卖了一批画，积攒了一笔钱，柳眉说：“五一假期陪我去一趟丽水，我们去那里体验一下生活，换个环境，也许能让我画出一些东西来。”

这期间章亮在美术报上发表了几篇评论，着实让柳眉夸奖了一番，她说他那几篇写得还不错，其实都是瞎掰。

“我们结婚吧。”章亮突然说。

柳眉看着他，笑了笑，说：“你像个小孩，蛮可爱的，怎么开这种玩笑？”

“我没开玩笑，不然，你说咱俩这算什么？”章亮有些不解。

“这叫朋友、知己啊！”柳眉一字一句说。

章亮让这话给震晕了。

32　别有洞天

“我们酒店里那个姓商的前厅部经理太差劲了，没什么水平，又成天指手画脚的，说她几句吧，倒给我顶起来了，有人说她就是长得漂亮，还跟李副总有关系，也不知道是真的假的。”馨月说。

“别去管那种人，知道吗？广东这边，一个公司里，有关系的再平常不过了，何况是长得漂亮的，更是吃得开。”许仙不以为然地说。

“照这么说，能力不是最重要的，长相才重要？”馨月有点不可思议地说。

“话也不是这么说的嘛，只是长得漂亮也是资本。”许仙感叹着。

“这倒也是，我们酒店招聘信息上写的是五官端正，但能力如果都差不多，长得漂亮的肯定先录取。”馨月也讪讪说完，又说了白天她差点跟商经理吵了起来的事，起因是前厅部的那份月报告有很多失实之处，她去查，结果商经理不给面子，顶了几句，这女人40岁样子，涂脂抹粉，根本就不像个搞管理的，倒像个白骨精，成天就在李总面前晃来晃去。

“客人的投诉怎么处理你知道吧？你看这一段，客人让我们代办机票，一个月下来，账目这么不清楚，昨天，客人投诉到办公室来了，这么简单的事情，手续费多少，这账上要写清楚。”馨月向商经理说。

“我在白天鹅都12年了，以前就是这样报的，没人说三道四，没想到在你这儿，倒说是不清楚了，要么，我们去问问李总看。”

这个女人扭着细腰去了副总室，回来时便煞有介事地说：“李总说了，没问题。”

馨月不信，给李副总打了个电话，结果那边的意思颇让她不高兴：“这事我知道了，以前就是这样的，商经理没错，就这么办，希望韩主任不要再责怪她了。”

许仙为了缓和气氛，劝道：“馨月，别为这事太较真，现在哪个单位不一样，要不，星期天咱上白云山风景区玩怎样？”

“好吧。”馨月无奈地说。

“你这个职位，说白了就是给领导泡泡茶，跟下面的经理搞搞好关系，这很重要。”

星期六，许仙驱车来到白云山风景区，俩人登上山，南边就是广州城区，望过去是大大小小高高低低的建筑。

因为来得早，山上古木繁密，林间氤氲着一股白色的雾岚，摩星岭一带，这会儿游人还不太多，几个老年人在树间打着太极拳。

“待会儿咱们从云台花园那边走，看看山，看看湖，再坐缆车下去吧。”

许仙说。

“不，咱走下去，锻炼锻炼自己，坐久了，连走走路都脚软，人是越来越脆弱。”

公园里的山水果然有一番特色，馨月喜欢这些人工湖泊，因地势而建，秀水明澈，一些水池更是设计得巧妙。

他们来到滴水岩景区，这里有全国最大的天然鸟笼，在5万平方米的笼内，养殖着150个种类5000余只珍禽。

馨月喜欢看孔雀，虽然它的叫声有几分恐怖，但开屏的孔雀，那样子实在太漂亮了。

其次是亮翅的白鹤，一只只款款而来，雍容华贵，颇有几分绅士风度。

天鹅在湖内戏水，显得浪漫而有诗意，许仙对鸳鸯情有独钟，他说他喜欢这种鸟，成双结队，假若有落单了，必然会气绝而死。

“骗人的吧？”馨月说，“这么痴情。”

“真的，禽类中还有好多这样的传奇，大雁是群飞的，有一只落伍了，必然会找不到家，于是其他的雁就会放慢速度，它们也很绅士的，就是保持队列，你要是射杀一只，其他的又会重新凑上去，形成一个新的雁阵。”

“这就是说，鸟类比人类还懂得团结，适者生存，劣者淘汰。”馨月感兴趣地发表见解。

“是的，老鹰要抓小海鸥，鸟类中同样也有厮杀和竞争，这也是残酷的。”许仙说，“人活在世上，太平庸了会被挤兑，阴险的人终会被正义降服。”

“问题是世间有公理，但也有邪恶和愚弄，人性的弱点就在于它的自私。”馨月说。

“去过黄花岗吧，孙中山先生就有一种品格，那就是他的大气和磊落。”许仙说。

“都三点半了，咱们回家吧。”馨月说，“回去，我开车，你休息。”

半个多小时的车程，因为堵车，花了近一个小时，这期间许仙已经睡着了，馨月将车上的CD音量调小了些，以免影响他。

馨月一路上在想，自己也许该成熟一些，这个环境在变，人与人之间，多了一些表面的东西，可是，人确实比较自私，为了一己的利益，有时候连朋友都可以出卖，甚至感情，甚至友谊，小人难养，她得防着那个姓商的，免得让她钻自己空子。

“妈妈，我要尿尿。”阳阳的这种叫唤总让做母亲的觉得不是时候，桂萍心里装着的是告假后的事，和章亮离婚，让她不得不思考自己这是怎么了。

“我一定是老了，要不就是太不对味、太土、太俗，或者太不懂什么是城市。”桂萍看似平静地过着日子，但心里很迷惘，“这世界多让人捉摸不透，想想还是那样，不如回趟老家将这些好好想通了再说。”

带着这种种疑虑，桂萍向私校小学部校长请过假，然后带上阳阳和老妈，一齐回老家秀山了。

桂萍妈显然是不高兴的，桂萍爸死后，她就一个人在老家过日子。最初儿子在广州那边替人开车，日子过得还算殷实，后来，桂萍生病了，在广州开刀割脑瘤，儿子还算大方，花光了自己的积蓄，替他妹妹治这病。现在，儿子的老板出事了，车子被查出来扣下，那老板因为作假被抓，儿子也被关了20多天，好歹才让厂家的律师给保出来，老板出来时拍拍他肩膀说，有种，等老子发达了会找你，然后，老板就人间蒸发了。后来，桂萍好不容易托馨月的关系在酒店里替他找了份月薪还算将就的保安工作，至于那媳妇，自个儿在温泉浴场找了份桑拿按摩的差事，这会儿总算杭州会合了，可现在呢，女儿又倔脾气上来了，非要回老家，她放心不下，也只能陪着！

“阳阳，外婆带你去厕所。”桂萍妈既担心外孙，又牵挂女儿，谁曾想章亮这个忘恩负义的人这么不是东西，桂萍妈一边帮阳阳解裤子，一边在心里骂着女婿。

“外婆，弄错了，还是我自己来吧。”阳阳将外婆的手扒开，自己解裤子，好在车厢里的厕所是蹲坑式，这孩子一边尿尿一边还在卖弄他的唇舌：“外婆简直太糊涂了，我是男的，却让我进女厕所。”

“阳阳，火车上不分男女的，外婆没弄错。”

“外婆弄错了！”阳阳坚持着。

“吵什么吵，好了没有！”外面的男人已经憋得不耐烦了，大声拍厕所的门。

“阳阳，快点，外面有人在等了。”

“外婆，好了，我去开门！”小孩子麻利，裤头一拉，拉开门便人小鬼大地说：“吵什么吵，没看到我是小孩子嘛，这么没礼貌！好了，外婆，我们走。”

桂萍妈从后边走出来，“就是，这么大的人了，还跟一孩子争，真是的！”

“唉，这一对婆孙——懒得跟你们理论。”三角眼将门一把关上。

“妈，那边发生了什么，吵声这么大？”桂萍对坐下来的桂萍妈问。

阳阳机灵，抢着回答：“一个大个子坏叔叔太讨厌了！”

“阳阳，你怎么骂人？小孩子要懂礼貌，不能这样说别人。”桂萍沉下脸呵斥儿子。

“妈，妈……”阳阳拉着她的手，卖乖道：“我错了，下次一定改，妈，你原谅我吧，不要把我送回幼儿园好不好，那儿没有人接我，也没有爸爸妈妈，那儿不好。”孩子说着说着便号啕大哭，一把鼻涕一把泪的，这哭声让桂萍觉得心酸。

“好了，阳阳不哭了，妈妈不生气，你看，影响旁边叔叔睡觉了不是，多不好。”

听到她这样说，阳阳才止住了哭，抓起他喜欢的变形金刚玩，孩子的悲伤是短暂的，不一会儿，车厢里便充满了阳阳的笑声，一车人因为有了这个孩子的天真，便都开心起来，纷纷逗他玩。

回到老家后，桂萍先去了一趟章亮家，一见到她，章亮父母很是高兴，章亮妈拉着她的手便问：“媳妇啊，章亮怎么没回来？”

“他学校有事，这次没回家，他让我给你捎话，要你好好养病，身体不好，少操那份心，家里头安耽，不要去赌那几个钱。妈，这儿，我给你带了500块，你儿子让你一定要买点儿补品吃吃。”

“哎，好好，这个小孩是谁的？”老太太问。

“快叫奶奶，阳阳。”

小孩子便口无遮拦地“奶奶、奶奶”地叫起来。

老太太以为自己眼花了，急切地说：“什么？媳妇，你哪时候生了个5岁多的孩子了，你倒是说实话。”

尽管有桂萍妈的劝说，桂萍的解释，老太太还是听不进去，5岁多的儿子，肯定不是章亮的，现在章亮又不回来，叫人更疑虑，老太太坚决不肯认这个孙子。

小孩子不懂事，一会儿便和章亮大哥的儿女们混熟了，堂前堂后追追打打。

一顿回家饭吃得不是滋味，桂萍妈劝女儿：“桂萍啊，好心当成驴肝肺，要不，你们娘儿俩还搬我这儿来住一段时间，反正你哥又不在，宽敞着呢。”

“也好，反正这一段老太太身体比原来好多了。”

第二天，收拾了东西，桂萍便带着阳阳离开了章亮家。

老太太还不知道儿子媳妇离婚的事，看桂萍回娘家住，还有点儿不高兴，在他们走后，嘀咕着：“哼，有什么了不起的，不声不响就带个外人来，还说是章亮的，这名分不明不白的，谁相信呢，走吧，我也不留你们，有本事你就走吧。”

阳阳在一路上不停地问：“奶奶为什么不肯要我呢？”

“你奶奶啊，和你爸是一样，都不是东西！”桂萍妈对阳阳说。

“妈，你胡说什么。”桂萍下意识地吼了一句。

“好了好了，以后啊，你们的事，我懒得去管，真是的！”

“妈妈，你和外婆别吵，我饿了，我要吃饭。”阳阳在一边连忙撒娇道。

“哎哟，小祖宗，外婆替你去弄，到外婆家，外婆天天给你做好吃的。”桂萍妈倒也没真跟自己女儿生气，说完便往厨房去了。

桂萍这才蹲下身，伸手摸了摸阳阳的头，笑着说：“奶奶她不是不要你，她是生病了，又没有见过阳阳，还不认识阳阳，以后就知道阳阳乖了，所以，阳阳是乖孩子，不可以生奶奶的气，好吗？”

她的话让阳阳皱起了小眉头，真的是妈妈说的这样吗？他不是很懂，但既然妈妈这么说了，他还是乖巧地点了点头。

桂萍看着妈妈忙前忙后，有些如释重负，她相信，阳阳这个孩子以后一定会让所有人都接受、喜欢的。

33 心照不宣

“沧海一笑，最近在忙什么？旅行路线规划，有没有什么好点子？给哥拟一个。”

“不是欧洲二十六国已获准任意游了吗？价格在万元以上，这个价位适合于那些白领阶层。”

“我已看到了，前一阵子，开出过三条线路，就是投诉多，客人说，十来天下来，每天坐车要8小时，去一个城市就是走马观花，上午看埃菲尔铁塔，下午便在柏林逛超市，你说这好不好玩？”王一感叹着说。

“王哥，别着急啦，这还不简单，你自己出去把你们的线路走一圈，就知道具体情况是怎么样的了？再调整一下线路情况，不就可以避免类似投诉事件了。”

“办法是不错，可也得有机会呀。”王一敲着键盘，继续说，“我们单位出团考察，去欧洲，但我留在杭州。”

“哈哈……你这够惨的呀，正好，我五一要去杭州，到时候去你家做客，拜访拜访嫂子，欢不欢迎？”

“真的假的？”

“五一见，拜拜，我要下线了，不跟你聊了。”

屏幕上闪出“我出线了，沧海一笑”的字头。

“王一，早点休息，明天还上班呢，明天我要到奉化去，回头跟你买点什么。”惠英在后边说。

“你吓了我一跳，给妈他们买点什么，我用不着了，你先睡吧。”王一说着关了电脑。

次日，惠英醒来后的第一件事便是管王小军的早餐，其实，这一打事情自从王一父母来后就再也用不着她操心，但惠英还是牵挂着这一切。

王一妈已经准备好了早点。

“妈，您怎么不多睡一会儿。”惠英关切地问。

“年纪大了，睡不着，这不，晨练结束就顺路买点回来，吃吃看，这烙饼挺酥的，王一起来了没有？”

王一在里屋嗯了一声，迷迷糊糊起了床，直进卫生间，还问着：“妈，今儿早上有什么好吃的？”

“你看，还像个小孩儿似的。”王一妈打趣着说，“小军呢？”

“小军还在睡呢，今儿个星期六，学校不上课。”惠英边嚼着饼，喝着牛奶说，“王一，快一点儿，我都急了。”

“好了,好了,女人家就是沉不住气,不知道上楼去方便？”王一漱完了口，坐到餐桌上，一手拿着饼，一手抓起牛奶杯，喝着说，“啊，好香。”

“是沧海一笑啊，还是温柔一刀，是小龙女，还是红笺？”惠英半开着玩笑问。

“怎么，你都知道？”王一愣了愣，没来由地有些心虚。

“我只是随便问问，某些人晚上自己说书来着，可若要人不知，除非己莫为。”惠英漫不经心地说。

王一拿烙饼的手有一会儿僵在那里不动，怎么，惠英真是当我说梦话了，他想着。

“哎哟！这饼还真烫。”王一松开手，烙饼掉进了盘子。

“当然了，刚买的，新鲜出炉才叫好吃呢，又酥又软。”王一妈炫耀着。

“妈，还是稀饭馒头好吃，烙饼这东西，闻着香，开始吃着新鲜，可放凉了就难吃不说，吃了还容易拉肚子，稀饭馒头吃了多少辰光，就是禁得起考验，还是不要像有些人，吃着碗里的，想着锅里的，容易吃坏肚子。”惠英煞有介事地说。

王一觉得喝到口的牛奶也没了味，讪讪地笑着说：“牛奶怎么这么甜。”

说完，一只手去拎他的公文包，一只手去掏香烟，这才想起香烟放在书房里，顺便打开电脑，将聊天的邮件全都删掉，方才出门，开着自己的捷达，一遛儿往单位赶。

成名从来没有感觉到像这次会议的沉闷，以往作协的讨论会上，还能与前辈同行聊聊天，如今，会场上的气氛让他觉得有些窒息，讨论仍在作协沈主席的说话中不紧不慢地进行。

“为什么浙江作家写不出畅销作品？我觉得，这几年许多作家还没有从以前的状态中回归，如今是个什么样的年代？利益时代，一味地沉迷于自我的蓝天小屋、青山白水，而不考虑市场，也许该清醒清醒了。”

“我不赞成沈主席的观点。”省少儿出版社的梁天说，“从出版的立场上讲，是要讲求经济效益的，但是，殊不知，作为一个部门，特别是文学，它应当担负起什么责任？它首先要传达和反映人的丰富而复杂的精神世界，畅销不等于经典，这几年，图书市场文艺类的确实出现过不乐观景象，但我想，不应该只以占有市场和取得巨大回报为指向，否则，我们的写作者们就变成了敛财的工具，让文学去向市场低头。”

“不然。”站起来的是宁波一家杂志社的编辑，他说，“我们《东港》这几年的路可以作为见证，作为一本纯文学杂志，这几年我社的效益一直不好，但自从向生活类靠拢后，发行量突破了10万份。而且，在青年读者特别是大学生阵营里占有影响，让作品畅销和作品质量并不矛盾，《哈利·波特》的艺术水准，一点儿也不比严肃作品差。”

“其实这个问题不能一概而论，我觉得写畅销和作家低头与否不是相矛盾的，比如盛子期，他的作品就很畅销，但是他一样也写出了像《麦地》这样有影响力的作品，观念要变，不变则会被冷落，但是，作家的文品和人品是统一的，写一点儿更受人欢迎的作品，对于我们的作家创作提出了更高的要求，并不是说写畅销就低头了，也不是说不写畅销就崇高了。”说话的是省文学院的钱塘院长。

著名作家王昉在总结中认为：今天提倡文学深入生活，去写大众化受人欢迎的作品，市场和销量可以作为一个参照，艺术要回归，这与市场概念是可以统一考虑的。作家的人格要维持，没有尊严，就很难说作品的质量，他个人并不反对严肃的写作，作家的写作是严肃的，这是一个基本态度问题。

……

会议在一片讨论声中结束，成名是在结束后才碰上采芹的，采芹显得很兴奋，她一见成名就大发感慨，说什么这个问题讨论很有意义，作家难道就非得端起架子摆谱，一本书连读者都不想看，那还叫写作吗？在市场经济高度发展的今天，文学是该放下尊严去应对这个处于市场调整下的社会了。

末了，采芹发现成名一直不说话，问：“怎么了，大作家？”

“你问我的态度，采芹，打个比方说，4月份每公斤鸡蛋六块三，5月份六块一，7月份又是六块三，你说，物价是涨了，还是落了？”

“当然是落了。”采芹说。

“不对，这只是一种表面现象，你问我怎么看，我说，这代表一种趋势，不能简单以涨落来定论，我说它涨了，是的，起初是跌的，后来不涨了？所以，纯文学只是属于少数人的，要是所有人都在看纯文学，那才不正常哦。”

“我还是不赞同你的观点，文学当然是给人看的，要说它那么阳春白雪，作家写出来难道只是为了自恋，不是为了给读者看，而没了市场，这就证明你的创作是失败的，你还有什么资格说三道四！”采芹依然坚持着自己的立场。

“好了，采芹，”成名笑着说，“你觉得我们俩争这个问题，与报道问题有矛盾吗？没有吧，那么，我们先把它发出去怎样？”

采芹没话说了，在报社，两个人一直都不吭声了，临近中午，还是成名拉拉她，问：“今天到哪里去吃中饭？”

“我想吃慧娟面馆的猪肚面。”

“行，我请客。”成名一口答应。

许多天没有光顾这条老街了，清河坊，一块僻静的地方，成名拉着采芹从停车的地方向前走，现在，拉洋片的人换掉了，似乎更年轻，还有一家皮影戏馆，要10块钱一个人，采芹拿出她的专业特长，拉着皮影戏卖票的就问长问短。

成名有些不耐烦，就说我前边遛儿去，你在后边跟着，这样才让采芹打消了到里边看的念头，嘴里嘟哝着。一路上，吹和平管的人最有人缘，这个扎着马尾辫的男子用他的音乐向人们展示着《花园之春》等名曲，成名站在那儿听了一阵子，采芹都已经钻进一个丽江小商品店去选购小东西了。

华灯初上，走马观花的人此时都在寻求着感官刺激，成名很想找个地方坐坐，比如茶楼，最好是安静一点的，要是能在伙计表演的倒茶工夫中陶醉一阵子，倒也是件可以打发时光的事，可是采芹偏喜欢游山玩水，时间上不允许，生活节奏的加快让人们将散步也当成了快餐文化。

在梵呗音乐中去选购佛教用品，念珠、香盘，以及云南的少数民族饰物，比如那种伞，用布做的，有点许仙当年拿着它去和白蛇相聚的味道，这在采芹看来，无论如何是件奇妙的事。她对店里的玛瑙石很感兴趣，还有那种琥珀玻璃，一只甲虫被包围着，周围是坚硬的玻璃，透明、浪漫，采芹花钱买下其中的一块，里边盛放着两只蝎子，它的头和刀片似的尾都那么突出，在采芹看来，简直太生动，太可爱了。

采芹把它拿到成名眼前：“看，我选的有眼光吧？”

“有什么好看的，我觉得是在欣赏囚禁，活生生的东西，就那么一下子完了。”成名不无揶揄地说。

“你就不会这样想——两只求爱的蝎子，相互摆动着尾巴，一只对一只说，沙漠多好，那是属于我们的天地，而此刻，只有我们两个人。”

“不错！真有想象力。”成名点头说，“在我来说，这是两只什么也不知道的蝎子，在沙漠里相遇了，它对它说，兄弟，幸福和不幸是个什么概念？幸福的情景各有各的特点，不幸的结局几乎个个相似。这时候，突然有人把它们罩住了，它们以为是飞碟，原来是人来了，有个商人把它们陈列在摊位上，拿它来蒙骗善良的采芹小姐——我的老婆！”

“你——你个谎言家。”采芹伸出一只手，想要抓住成名，成名便有意让她在背上捶了一拳。

“太晚了，咱们回去吧。”

那个晚上，她对他说：“记得吗，咱们结婚多久了？”

成名摇头。

“六个月零一天。”女人愤愤地说。

生活就是这样，成名想着河坊街的情景，馨月喜欢听那里的曲子，那时候，他便买了一支笛子来吹，吹会《牧羊曲》，馨月又说喜欢听二胡，等到好不容易会拉一段《江河水》，馨月便提出离婚；而采芹喜欢逛那里的所谓特色小店，然后买回一堆在他看来毫无用处又无价值，还贵的小东西，而他却不敢阻止她。

与馨月从认识到结婚才五年多，两人每个月去餐馆吃上20块钱的菜，便觉得奢侈，最多是两个人上奎元馆，要上一碗8块钱的面，两双筷子一只碗，便觉得吃来吃去是那么惬意。可命运好似开玩笑一般，现在，他和采芹几乎每餐都是在外面吃，而且是挑好的、有特色的，每餐人均从来不会低于20块钱，但却觉得正常。成名不知道是不是该开始庆幸自己没有让生活失望，日子越过越好了。

34 丽水风情

“是得有点脑子了，这几年，成名他们作协一年到头没出什么东西，会倒是开了不少，拿得出手的作品却没几部。”章亮看完报纸，随手往沙发边一扔。

柳眉在摆弄她的画框，下意识地说：“这几只有点松，做得太粗糙，不好，哦，你在说什么？”

“我的二哥，这位仁兄这几年算是折腾得够厉害的了，但是，要说像样的东西，可没有什么值得恭维的。”

“协会只不过是个组织，艺术家的人格和这是两码事，我们美协，每年只开几次会，大家就感到疲倦了，然后继续合作，聊聊天，侃侃各自的艺术观，再然后呢，各自走各自的路，仅此而已。”柳眉架起画板，问：“嗨，今天我去罗村画油画，你去不去？”

“我要到大港头巡视，看看学生，聂小倩的腿伤还没好，待在医院里肯定很闷的，我过去陪陪她。”章亮说。

“学生比朋友还重要么？章亮，你可真是个好老师！”柳眉哼了一声，背起画框，收拾好画箱，往外就走，不再理这个她口中说着朋友却比朋友更亲近的人。

章亮骑着自行车，漫不经心地往大港头走，正逢赶集天，小路上挤满了做生意的人，地摊一溜烟儿摆开处，他发现学生倒还好，集中在几个十字路口处，学生见了他，礼貌地招呼着。来到中心医院，院里头，聂小倩躺在躺椅里。深秋，阳光冷冷地斜洒下来，仿佛一道幽兰的断面，章亮想起一幅油画——《秋韵》。

聂小倩想从躺椅上爬起来。

“别动，你现在伤还没好，注意休养。”

“我现在这样子像个废人，丑死了。”聂小倩说，“老师，中午你回去吧？我想让你把我的画册拿来，我要画几张素描。”

章亮有些感动：“你生了病，却还能想到学习，不错啊！”

“不要说好听的话了，我不是小孩，这条腿也没有那么娇嫩，我能挺住的，姜菲菲已经画了20张了，我一共才三张，到这里五天了，我除了养病，什么都没做，我感到自己是个废物。”

章亮心里叹气说：“何必自怨自艾呢，关键是腿要养好，然后才能跟着去画画，不是吗？”

聂小倩答应着，朝他笑笑：“老师，你去看其他同学吧，我没事，中午饭我就在医院里吃了，下午，我也在这儿画画。”

章亮想了想，问：“你要不要上厕所？”

“没事，我可以叫护士，刚才菲菲来过，已经陪我去上过厕所了，她也在那边画病人呢，没关系的。”

这时手机响了，章亮接起电话，是柳眉打来的，说有一个同学被狗咬了，叫他快过去。

章亮交代了一些事，在派出所旁边的老年协会里，他委托专业老师老李帮忙去取画册，便急匆匆地向罗村走。

罗村都是些小路，自行车无法走，章亮只得放弃自行车，穿过一片稻田往最近的地方前行。

从基地附近到罗村，沿着一条水渠往前摸索，水声淙淙贯耳，路边橘子园成片成片映入眼帘，金橘将枝头压得快弯腰了，枝头上的秋意是那么惹眼，一些山鸟，叽叽喳喳叫得脆亮。

拨开野荆枝，章亮沿着一块大石的后侧往前赶，野蒺藜纷纷钉上他的鞋帮，有的还挂在鞋带上，经过一片回水湾的时候，发现有一片清澈的水域，可惜现在不是游泳的季节，否则怎么好浪费这一片乐水。

小时候，章亮记得自己生长的那个村庄也有这么一条溪涧，水势随地形起伏，弯弯曲曲形成一道道坎儿，每一道坎儿都有一汪清潭。傍晚时分，黄昏的日头渐渐落到西山岙去了，村里的人挑着柴火担儿，碰上一处潭水便不愿走了，找个僻静角落，牛在下，人在上，相互各得其好，牧童与砍柴人，在清亮的溪水里聊开了。

“晚上有什么好看的电影？”

“徐放家的牛与老张家的开始大战，结果你猜谁家的赢了？”

“谁家的？徐放？”

“老张家的！”

“母牛也会打架？”

“想不到吧，凶着呢。”

……

章亮赶到罗村时，时间快中午了。

“被狗咬的同学在哪里？”

“嘻——啊啊……”柳眉和几个同学笑成一堆。

“笑什么？在哪里，危险不危险？”章亮追问着。

“哈——章老师好可爱哟,这么容易上当。”一个女生扮着鬼脸,开心地说。

“你们！你们这些——”章亮想骂人，但话到嘴边便咽回去了。

“别生气。”柳眉朝他笑笑，说，“你这种人，太傻，但是傻得可爱。”

柳眉的油画已经完成了快一半，画面跟村子里乱七八糟的房子有关，油画是讲究用色的，章亮费了好大工夫才看懂她渲染了一些杂驳的意境，实际上跟写意的山水画有根本区别。

柳眉解释说，她在追求一种对比，用褐色表示一种垂暮，用橙色来表现秋天，她说在她笔下的乡村就是虚掩的门扉和小孩的稚拙与天真。

章亮的脑海中，又浮起了关于乡村的回忆，经历了乡村到城市的跨越，他觉得柳眉的画里缺少这么一种色彩，用大红的色块与灰色咬合，去表现一种暧昧，他想到那些村庄的夜晚，男人们在乡场上闲聊，说着的野话与粗野的调侃，那才是一种真正的村味。

他把这一想法告诉柳眉，但柳眉有些不屑一顾，背地里骂他俗气。

“你这个人比较梵高，或者更高。”她专业地评价他。

章亮说梵高怎么了，整个儿我都是一朵向日葵，这话让柳眉笑弯了腰，指着他说：“你？向日葵？哈哈哈，我看，你倒是像它，对，像那麻秆儿！”

章亮许久没有看到柳眉的笑脸了，两人来到村边的小溪，他对她说：“你不明白我对小溪的感情，就像你没有一段乡村的经历，也不明白什么才是真正的乡村，例如现在，眼前的景，会让我想起乡村的过去，以及那些童年的回忆，而你不会有那样的过去和童年，虽然我不知道这些对你的灵感有无关系，但我始终觉得艺术与人生有关。”

闻言，柳眉没应声，只是放下手中的笔，在清水里洗去手上的油垢。

“这水好凉！”许久后，她说，“我不明白，你说说，我想听。”

章亮告诉她，自己在乡村中生活了19年，他了解乡村，熟悉乡村，读得懂乡村。这乡村除了风景，也包括傍晚时的濯洗，清水里的浸泡，还有王寡妇和人对骂，以及谁家的猪下仔，为了一件衣服吵闹不休，过年里的晒鞭炮……关于这村子里的飞短流长。

柳眉从来没有这样的经历，她相信自己的笔墨不能表达这样丰富的人生，她年轻，有这样的潜质，她聪明、灵气，可是她缺乏经历。

乡村的夜晚悄然而至，章亮和柳眉跟着回基地的队伍慢慢往回赶。

“今天我要把画画完，然后美美地睡上一觉。”柳眉说。

夜虫的声音由稀而稠，基地里乳白色瓷砖镶嵌的房屋，这会儿只余下一些厚朴的剪影。

“行啊，晚上有讲座，你跟同学们讲一讲作业，然后，我去巡夜，你们就不用去了。”章亮说。

“陈老师那边，你问问明天去哪里？大家相互商量一下。”章亮交代说。

“明天再说吧。”柳眉一脸倦容地打着哈欠。

“那张画要完不成，明天再画吧。”章亮劝说着。

“晚上我早点下课，行吧，主任。”柳眉朝他莞尔一笑。

“这是镇海楼，五岭以南第一楼。”讲解员介绍说。

镇海楼始建于明代洪武十三年（1380年），距今已有600年历史，楼高五层，巍然耸立于越秀山麓，红墙绿瓦，飞檐重叠，瑰丽雄奇，故名镇海楼，登楼远眺，羊城景色尽收眼底。

许仙已有多日没有出来走走了，人在楼上，心却在馨月那儿。

“过来帮我照张相，”馨月忽然朝他挥挥手，“许仙，快来呀！”

许仙感到奇怪，想她是怎么了，从来没看见馨月这么开心过。

“明清时期广州手工业十分发达，广彩、广缎、广钟、广州牙雕、广式家具……广货罗列，洋洋大观。”

耳边飘着讲解员的话语，馨月沉浸在遐想之中，市井广州给了她并不太好的印象，特别是昔年第一次到广州时，那些问路的向她讨要价钱时的无赖，而现在不一样了，目睹着这些关于城市的记忆，她不得不对这里刮目相看。

“站好了，一、二、三，茄子！”许仙架着相机，朝她喊，“好了，绝对漂亮，晚上回去保证好看。”

“那是什么？”馨月指着一个盒子状的东西问。

“这是番禺漆盒，1953年出土于西村，据说秦始皇二十六年不久派任嚣往南任职，前214年在岭南地区分设南海、桂林和象郡，南海就是今天的广州，今天广州也以此为建城纪念。”

许仙在一旁插话：“所以我看，了解一个地方的文化，一定要像今天一样，参观这个地方的博物馆。”

说完，他指着一个陶船：“看见了吧，广州人的开拓意识就是以这条船为象征的，广州的繁华，应该以船作为标志才好。”

“这位先生说得有道理，广州滨江临海，造船业相当发达，1975年发现一处规模巨大的秦造船工厂遗址，广州汉墓中也出土有陶船多件。有一件东汉陶船，船头系锚，船尾设舱，有防浪篷，舱内宽敞，这种船吃水较深，负载量较大，较能抵御风浪，这证明当时的造船技术已达到相当先进的水平。”讲解员滔滔不绝。

“是吧，所以我说，广州有文化底蕴。”许仙总结说。

把博物馆安置在镇海楼内，想法是妙的，但其实这不算什么优越，杭州的很多地方早已有过先例，比如城隍阁，比如鼓楼什么的，把展览馆设在原址上，比如杭州的宋皇城根遗址，严官巷那儿的规划图，就充分考虑了这一功能，既让游客看到实物，又有背景材料说明，一举两得。

许仙还在炫耀广州的时候，馨月其实已经在想杭州了，她总能不由自主地想起那个让她留恋不舍的城市，想起她在那个城市的足印和情感所依。

35　家长里短

“广州是个开放的城市，比如它的兼容，比如它的文化、经济，你想想看，生活中哪一点和它没有联系，衣服有广式服，电器有东莞、佛山的，粤语成为我国第二大方言，大街上的靓哥靓妹，引领着时尚和口碑，你还别说，说起来，这个城市在全国的时尚，也堪称一流。”

“广东人腰包是鼓的，但是广东的文化是不怎么样的。”馨月对许仙的评价不以为然，许仙也不在意，反而问道，“人之所好，第一大好，是什么？”

“当然是吃了，对，我才想到中饭还没搞定，去哪里？”

“当然吃老山东牛杂好。”许仙大声嚷嚷着，“快点，我的胃在喊饿咧。”

许仙点了小锅仔，不贵，45元，一会儿服务员端上一小锅牛杂来，筷子扒扒看，挡不住馥郁茴香牛卤味扑面而来。

“哎哟，我的胃快唱歌了。”许仙忍不住要夹一块往嘴里送。

“别忙，等火开了再吃。”馨月用筷子把许仙的架回去了，一本正经地介绍着："这汤呢，是山东高汤，里边含着多种名贵中药材，时间、火候，等等都得讲究，即使重复加水，味道也不会减哟。"

"我知道，你妈就会烧山东菜，是吧，熬时肯定要放八角、陈皮、茴香和辣椒，这叫垫料，上次你妈烧的炖鱼，就是这口味。"许仙夹起一块牛百叶往馨月碗里放，说："下次我们自己烧烧看。"

"嗯，不错，味道跟家里比，还是稍微淡了点。"

"跟家里的能比？"许仙说，"家里烧的那个叫农家风味，那叫纯粹，什么时候，老婆也烧烧给我吃？"

馨月啜啜酒，挑眉说："那得看你表现如何，要是让本小姐开心，是可以考虑的。"

是该鼓励鼓励老婆了，自从两人结婚后，一直就是吃百家饭，馆子上多了，吃什么都不对胃，牛杂是好吃，再吃一顿，未必就会说好，许仙决定从口味上改善两人关系，他想，使馨月彻底忘掉杭州的记忆是不可能的，从那一刻起，他仿佛找到一根可以打通心灵的稻草，以缓和两人看似融洽，实则难愈的关系。

从此后，每天许仙总是第一个起床，替馨月准备好早点，买一本菜谱，用中午时间不停地斟酌，口中念念有词"苦瓜一个，洗净，去瓤，切薄片，小锅里将水烧开，加点儿盐，把苦瓜片放进去烫一下，冲凉水，沥干水分。"

"许工，干什么呢，要去参加刘仪伟烧菜大比拼节目？"同事王如觉得有些奇怪，这小子怎么了，这段时节尽琢磨菜谱。

"别打搅，我正准备今晚的菜呢。"许仙仍沉迷在菜谱里。

"唉，现在的男人，可悲啊，瞧我们这位相公，一个月辛辛苦苦下来，赚钱不多，却基本上进了老婆的腰包，有时，连给马儿加油的钱都没有。"王如打趣着他。

"我说哥们儿，跟我学，去赚老婆的外快，老婆一高兴，昏头了，口袋里的钱便不容易被搜走！"许仙用菜谱敲了敲王如的屁股，问，"哥们儿，几点了？"

“5点差10秒、8秒、7秒、6秒、5秒、4秒、3秒、2秒、1秒，叮当——世界真可爱，我爱这一刻，下班啰！”

许仙回到家便按食谱操作：“鸡蛋2个，加盐、醋、味精打散，若希望口感滑嫩，可以加点水淀粉进去，一起打散。刷锅、倒油、加热、加蒜片炒香，倒入苦瓜，翻炒，对了，加盐、加芝麻，再翻炒均匀，倒入蛋液，摊匀，等鸡蛋熟了，OK！”

馨月下班回来，桌子上已经摆好四碟菜。

“瞧，这道芝麻苦瓜炒蛋，主打菜，是本人最新研制成果，请品尝，多提意见。”

馨月夹一口菜，吃完后说：“嗯，不错，太淡了吧。”

“这总比杭州菜好吧。”许仙有点儿不甘心，电视上在播《狮子王》第二集，老猴子在玩戏法，预测天气，只见满地飞舞着落叶，朝一个方向舞成了一个圆。

“杭州菜清淡，可是山东菜味道更浓，两者有两者的长处，老公，明天我给你露一手，说说，要吃什么？”

“炖鱼。”许仙喊道，他想，这一招见效了。在许仙来看，老婆就是一朵花，现在，好不容易追到手，就是要想方设法捆牢她。

这天，馨月亲自下厨，刷锅洗碗，能干的都干了，看着老婆忙上忙下，许仙真有点不相信自己的眼睛。

“其实吧，老公，我也不是那样的人，对吧，不干家务的人怎么配得上做人家老婆？来，给你一个任务：去擦地板！”

“上当！啊，我去擦家具。”许仙总算明白一个事理，女人总不会让自己吃亏。

又是按摩，又是敲背，腰酸腿痛，等到洗洗刷刷，快10点了，累成一头拉磨的驴儿，终于躺下休息。

“老婆，我想，我想……”

“想什么想，睡觉，我累了，明天吧。”老婆说话的声音已经变成了鼾声一片。

“唉！”许仙叹叹气。

许仙是听着挂钟敲响起床的，他收拾停当，发现馨月已经提前上班了，这一段时间单位事忙，来了几个美国团队，又接了一些会议，每年，越是接近大假，团队人多，酒店的生意就越好。

桌子上放着牛奶、面点，馨月留了张纸条给他：老公，我有事去上班了，今天让你当一回爷们儿，伺候你一次，晚上再回来，全方位伺候，怎么样？

许仙心里喝了蜜似的，宝马的威风尽显，开着靓车，春风满面，一路上逢人便打招呼：“啊……早……早……”

“许工，昨晚觉睡得好吗？夫人伺候可好？春宵一刻值千金啊，佳期良辰，夫人总是犒赏犒赏啰。”王如一脸媚态。

这还用说，许仙暗想着打趣：“王如，我说你快要结婚了吧，赶紧，哥哥我好吃你的喜酒了，什么时候？”

王如漫不经心地说：“急什么，先泡妞，泡够了再考虑，又不急的，广州妹妹比较实惠，咱也就先试试婚，不行拉倒！”

“你那德行哥还不知道，老实巴交人一个，当心女朋友把你给甩了，还是悠着点吧，什么时候把妹妹给带来，让哥哥给当当参谋。”许仙这样说的时候，手机忽然响了，接起来一听，是馨月打来的，说：晚上可能回不来了，单位忙。

“怎么，嫂夫人不回来了？那许工，晚上咱们一块儿玩吧，去银乐迪，K歌怎么样？”王如凑上来，一脸的关心。

“是啊，算了，晚上我还是回家，看碟片吧。”

“那有什么意思，真的，还不如逛酒吧，喝喝酒什么的，也好。”

许仙打开手提，他想起去博物馆的事，准备去买一架那样的钟，铜镀金亭式转人转自鸣钟，要是能买到，家里放放，指定是件不可多得的藏品。

把车开到越秀山，里边已经关门了，门市部倒还开着，花了500多元，买了一架仿制品，一路转着，像捧着个婴儿。

他想，馨月一定会很开心，在广州生活了七八年，居然连广州的历史都不知道，大都市就是大都市，它是宽容的，就像你一个外乡人的姿态去迎接它，它反过来也接纳了你。

感谢生活在遥远年代里的先民，他们创造了那么多的文化，他们用智慧、血汗及生命为今人构筑了一座叫南海番禺的城。他们的姓名已经不为人所知，可是他们的智慧、血汗乃至生命，却焕发了生机，甚至要感谢那些古代的王公贵族，如今，许多今天的文物都来自他们，这么多的陪葬品成了后人了解历史的真迹。

捧着一架古老的钟，许仙觉得，他所购买钟的价值比起钟本身来，简直太划算了！

秦王征战的戈，有“番禺”字样的漆器，楼阁式的陶屋，巧夺天工的挂钟，时光像一页页书，翻开在许仙眼里，千年文明滋润着他，许仙找到了做文化人的感觉，他知道，自己也许会呵护一件件广州的宝物，从此，他要学会收藏，这种想法使许仙的心情一下子徒涨起来，他兴奋之余，在高架上转了几个圈，车子才兜转进所住的小区。

馨月没有回家，为了打发时光，许仙开始上网查找广州收藏的信息，老婆最近忙，不能相陪，但还是得给自己订个计划吧。明天去买什么，后天买什么，先收藏挂钟，再收藏铜戈，过几天，再买个香炉，像曹操一样，要求大臣们用用熏香，瞧着不爽，再禁了它。

乱七八糟想了一个晚上，许仙觉得自己太失败了，生活没有规律，缺乏爱好，现在突然想起做一个文化人，又不知从何做起，要多了解这个城市，要干出一点儿事来，这个样子下去，会让馨月看不上他的。

“商经理，这是你的不对，客人提出这样的要求，怎么能骂客人，你要好好调教下面的员工，这次要扣半个月奖金，以违纪论处。”馨月这次真的发火了。

“那又怎么样？是的，她不该骂客人，可这毕竟也是客人的不对吧，哪有不给小费还骂人的道理？我不同意处罚，要不，咱们找李总！”

馨月知道，李总是会向着她的，说一说归说一说，说了就算了，过不了多久，李总的电话就来了，让她到办公室去一下。

李总倒是赔了个笑脸，说："这次的事就算了吧，像我们这样的酒店，难免也有照顾不到之处，商经理也批评过了，这事啊，我看就算了。"

"这样要毁坏酒店声誉的，饭店靠什么生存？质量和声誉。尤其是现在，快五一了，顾客那么多，如果不处理好，以后，人家会怎么评价我们酒店？如果这样的处理方式，我看，她这个领导也不宜在前厅部管事情了。"

"韩主任，这谁当谁不当，不能你说了就算，我们自然会考虑的，董事会要开，这个问题是由上面解决，不由我们说的，你还是管好自己的事吧，好了，我要到会议室开会去了，恕不奉陪。"

馨月离开总经理室，她只有一个念头，找董事长、总经理王总去说这件事，要是王总还这样，她便准备做最坏的打算——辞职。

36　风花雪月

这个春天的黄昏美得令人心驰神迷，而王婧的出现多少让王一有些惊讶和心虚。

这次的王婧，与以往有些不同，打扮时尚、大胆，刘海儿顺直平滑，其余部分则卷曲如旧，金色和铜褐色相间的发色平添了热力，黑色吊带裙、松垮的热裤透露着随性的波希米亚风格。她的唇色素雅，透着重金属的光，融合了高贵与华美，她的唇型是唯美的，小巧如月。在王一的印象里，她不再是他记忆中的那个样子了。

两人约在柳浪闻荫的亭子里见了面。

"没想到你真会挑这个日子。"王一说，"我还在想，沧海一笑不会来的，即使能来，也不会是这个时间，你总是让人不可捉摸。”

“是吗？”王婧淡淡一笑，说，“我怎么会让你失望，说过要去你家拜访的，总不能言而无信。”

闻言，王一的心也打起了鼓，并没有接话，反而问道：“你这次来杭州待多久？住哪里？有没有安排？”

王婧把头凑过去，她告诉他住的地方，王一觉得不可思议，这个小姑娘太神了，竟然敢住私人旅馆，这么有钱的富家女，竟然只住20块钱一晚的地方。

“你搬到四方大酒店吧，我跟他们营销部很熟的，我有优惠卡，可以打六折。”

“拜托了，不要那么多情好不好，你以为我来找你，就是想花你的钱，你也想太多了吧，之前遇到时你确实消费了不少，但是我不也帮你忙，让你顺利地完成了考察。”

“不是，我是说，你那么大老远来找我，我这个做哥的，不能尽一回地主之谊吗？好了，别跟我争，再争下去我连这点面子也没了，做男人还有什么意思！”

王婧看着王一的眼神，心里冷笑一声，这男人可真有意思，有贼心没贼胆，还虚伪假惺惺的，既然他都这么说了，何乐而不为。

王一将她的包拎起来，放进车里，这时候，湖边的灯在弱柳里显得更妩媚，灯光柳色，柳浪里有一些喧闹，而这一切在王婧眼里已经化为王一那虚伪、殷勤的脸。

安顿好后，王一特地将晚宴放在杭州人家。

五道菜一字儿排开，想象不出的神速，诧异得让王婧语塞。

“这一道‘西湖新十景’，你看怎么样？”

南瓜刻的三潭印月，萝卜上雕有宝石流霞，这西湖水是琼脂冻起来的，波澜依稀可鉴。

“太美了！”王婧说。

“芦苇编的竹筏，牙签撑起白帆，上面便是用芝麻和腌透的牛肉相伴炸出的牛柳，这就是‘西湖新十景’。”王一学着阿六头说新闻的腔调，以筷子当折扇状，一本正经地介绍着。

“这第二道叫爱情故事，你看，这是菠萝，这是牛里脊，看上去简单，你吃吃看！”

王婧用筷子夹起入口，眼睛闭上，好一会儿，情不自禁地说：“不错，酸酸甜甜，哦，对了，爱情的滋味。”

“是吧，整个一超级女生！”王一附和着夸耀。

“超级女生张含韵，我知道，那女生好可爱，我听过她的专辑《我是张含韵》，里面有几首蛮不错的，这女孩声线好，特清纯！”

“这一道陈皮牛肉丝，你看牛肉丝粗细长短相同，金黄娇嫩，可见手工、火工非凡吧。”

“嗯，是不错。”王婧边吃边说，“你吊起我的胃口了，真不错，哎，王哥，你好像挺会烧菜的吧，什么时候给我露一手？”

“行啊！改天抽个时间，你到我家，我烧几道好菜给你吃吃！”

“咱们可是说定了啊，不准反悔！”王婧开心地说，“我想看看嫂夫人长什么样儿，还有你的宝贝儿子王小军，对了，我该给他买什么礼物？顺便问问之前在香港时，我和你一起帮他和嫂夫人挑的礼物，他可还喜欢？”

王婧故作认真地说着，瞥见王一神色不定，又假装意识到自己不该说这些，连忙道：“瞧，我跟你开开玩笑，我不是那个意思，哎，王哥，别介意哈，开玩笑而已。”

闻言，王一这才缓过神儿来，刚才被王婧那信口开河的一通话说得心惊胆寒，王一想，他这不是找骂吗，虽然他跟王婧真的没什么，可她这话要是在惠英面前一说，谁相信啊？

“没事，你来家里，他们肯定高兴，我有你这么个妹妹，不是挺好的嘛！”王一讪讪地说着，扯开话题：“说说你家里吧，你爸爸身家过亿，你长大了，指定是女承父愿，搞管理吧？”

“爸爸希望如此，我后母也这样想，可是我不喜欢，以后，等弟弟长大了，让他去做吧。”

“你弟弟多大了？”王一问。

“十八了，下半年上大学，考上了斯坦福大学，下半年就赴美国留学，弟弟聪明，我呀，比不上他，我太贪玩了。”

王一的话引起王婧的心思，便将话绕回来：“你今后有什么打算？”

“我想做个旅游探险家，我不适合搞什么管理，我的志向就是遨游四方。”王婧说：“你怎么样？”

“我嘛，最大的要求是有一天能去南极，或者，去火星一趟。”

“你太可爱了！”王婧哈哈大笑，说，“你这个人，满脑子的浪漫，也不看看你的年纪。”

“是啊，都三十七了，还那么不切实际，但是我的心境还是年轻的，你说是不是？”王一大有感慨。

王婧打了个哈欠，说：“我累了，送我回去吧，改天再约你喝酒吧。”

王一用车送王婧回去，从延安南路到四方大酒店，还算顺路，只7分钟车程，四方的大堂造得富丽堂皇，开阔的大堂，一侧有几个老外在喝咖啡。

王一觉得自己还是不该去招惹王婧的好，这次碰面，她让他总觉得不安，感觉有不好的事发生。果然，这天休假，王一在家陪家人，门铃响了，他下意识起身去开门。

“你——”打开门的王一惊呆了，他简直不敢相信自己的眼睛，下意识低声说：“你怎么……”

“谁呀？”王一妈问。

“大妈，我叫小玲，是王经理单位同事，我今天来，也没带什么好东西，这些保健品，您拿着。”

“哎哟，多漂亮的女娃，几岁了？”王一妈接过礼盒，说，“来就来了，还买什么东西，别站门口了，进来，快坐，这儿坐。”

王一头上冒出了汗，赶紧去倒茶水，一不小心把茶杯碰翻了。

王一妈大着嗓子说：“王一啊，我来拿，你不知道放哪儿，早上我刚刚洗过茶杯。”

“在这儿，我找到了。”王一回答着。

王一着实吓得不轻，那天晚上把她送回酒店后，他都没有跟她联系过了，没想到今天这女孩居然真的来了他家，只是她来干什么呢？她可别乱说话呀……

王婧倒是一点事情也没有，和王一妈唠家常，说起贵州那边的旅游，她说黄果树瀑布很好，梵净山的猴子真缠人，你不给东西，它还抓着你不放，在铜仁，她平生踏过最美的软桥，车过乌江，她在桥上还照了几张相。

见她越说越多，说的还都是她旅行时遇到的人和事，尤其是想着之前她还拉着他一起拍过好几张合照，当时他没在意，现在可就惨了，王一有点坐立不安，心神不定，不断地瞟王婧，示意她快点抽身。

王小军对眼前这位时尚美女不表好感，倒是那套游戏软件让王小军迷醉不已，而王婧海阔天空的谈吐最终让他佩服得五体投地。

“阿姨，你去过非洲吗？那儿的狮子听说很多，还有非洲斑马，我想摸摸它，骑一骑玩玩哎，非洲的野生动物肯定比杭州野生动物园要好。”

“是的，非洲大草原，是世界上唯一的原始生态公园，那儿的面积很大。”

“有多大？”王小军睁大了眼睛。

“比中国的内蒙古大草原要大。”

“有没有塔克拉玛干沙漠那么大？”

“还要大！”

“阿姨，下回爸爸他们旅行社有安排，你带我去好不好？”王小军央求王婧。

“行！下次发团，我当导游的话，一定让你爸批准你去非洲！”

“好的。”王小军想了想，又有一些犹豫地说，“还是不去了，幼儿园老师不放假。”

"那，等你放假了再说。"王婧安慰他说。

王婧对王小军的问话回答得无可挑剔，对王一妈的询问也让王一找不出疏漏，这总算让王一心安了些。

晚饭桌上，王一妈不停地给王婧夹菜，王一妈开玩笑说："闺女，你也姓王，干脆跟我做干女儿吧。"

其实，王一妈已经有三个女儿了，加上已经夭折的小女儿，她一共生了四个女儿，王一妈认为，三个女儿都是那么孝顺，她真希望儿子再生个孙女。

老人家的心思是多女多福，这多少有点让王婧诧异。

"好啊，"王婧说，"干妈，要不什么时候，咱们要举行个认亲礼。"

"四姑姑，那我以后可以叫你四姑姑了！"王小军嚷嚷起来。

"小军怎么知道奶奶认女儿要叫四姑姑的？"

"嗨，咱家有大姑、二姑、三姑，现在又多了一个姑姑，这有什么奇怪的。"

这话说得王一也笑了起来。

"要看人家王小姐乐不乐意，认亲又不是大街坊打照面，打打哈哈就行的，也真是，哪有一见面就强迫人家认亲的？"王一爸给泼了一瓢冷水。

"没关系，其实，单位里，王一也管我叫干妹妹的呢，王哥，你说是不？"

"啊——"王一差点没愣住，忙说，"哦，是的，是的，同行都这么叫。"

王一紧张得满头是汗，借去厨房拿勺子，赶紧找毛巾擦汗去了。

王婧跟了过来，她在王一背后悄悄说："我这表现得不错吧？"

"不错，拜托你可千万别乱说话了，赶紧走吧，我媳妇儿可是我单位的，等下她回来了，你这话可怎么圆？我跟你无冤无仇的，也没对不起你，你也不用故意把我往火坑里推吧。"王一央求她说道。

"这样啊，那好吧，不过，你拿什么感谢我呢？"王婧趁机要挟道。

"我请你去东方魅力K歌吧。"

"就这样？"

"那你说怎么着都行。"王一合着双手不停地央求："赶紧走吧，拜托了，有啥事咱们再联系。"

这次，王一总算是知道什么叫自作孽不可活了，他明白，她这是故意的了。

“让我想想看。”王婧不紧不慢地说。

东方魅力果然魅力不减，用金碧辉煌来形容实不为过。

它高远，在标力大厦的层层高处，金字招牌赫然醒目，使人顿生向往。

它豪华，占据了五层的规模，电梯门后的景象超乎想象，罗马雕塑、水晶球、手感应门、佛陀像、熔岩洞，光怪陆离，音乐朦胧，仿佛置身于太空城，要不是推窗远眺，你还以为自己是移民到别样的空间去了呢。

服务员清一色的无袖大红长裙，翩若仙子，“您好”之声不绝于耳，帅哥服务生的殷勤使王一有点受宠若惊。

“我这是进了天堂，还是地狱！”王一大发感喟。

“今天，说好了，你作东的。”王婧大大方方地说，“不过，也就这最后一次了，或许我以后就不会再来杭州了。”

“怎么着，你要走了啊？”王一不无诧异地看看她，总觉得她这话不对劲。

果然，王婧收起了笑脸，突然变了个人似的说道：“就算是吧，我要走了，借此给你道个别，还有就是最近囊中羞涩，也不知道还有没有机会去其他地方游玩，如果没有，可能就只得在杭州这个地方多待一段时间了，不过幸好认识王哥你嘛，也不至于饿着了。”

如果此时王一还没反应过来，那他就是个大傻子了，不过，王婧的话，他倒是也不奇怪，要怪也只能怪他自己动了不该动的心思，否则，哪里会惹来这样的麻烦？

而王婧呢，王一之前觉得遇到的她，年轻、聪明、浪漫，让他每次跟她相处的时候，都觉得自己不是三十七，而是二十七，很是愉快，没有家庭琐碎麻烦，可他终究忘了，天使的另一面，也可能是个恶魔。

王一或许可以有很多种方法不被王婧拿捏住，甚至不被她威胁，可是，他终究还是选择了以借给她10万元作为她旅游经费的代价，看似风平浪静地送王婧走了，走时她跟他说：“王哥，谢谢你借给我的经费，放心，等我回了家就还你。”

王一当时心里想的是，他等下就把她的所有联系方式给删了，也不想着她还不还这个钱，只是以后再也不要心存侥幸，动这些不该动的心思了。

如果说王婧的这次造访给王一带去了10万元的负债，让他以后所有的私房钱零花钱都悄悄还债了，但更使他明白一个家庭里的和谐圆满意味着什么。或许他之前对自己这个家庭烦恼有诸多不满，可当知道有可能会破坏了自己这个家庭的和谐时，他是真的害怕了，也才真正恍然大悟他之前做得有多错，自己给自己埋下了多大的隐患。

要知道，他当初辞职来杭州开始新的打拼，再苦再累也要坚持，不就是让自己的家生活条件更好，家人过得更幸福，没道理现在好不容易日子好过一点儿了，自己就忘了初衷，要亲手去毁掉这个幸福的家。

虽然王婧的做法让王一有些震惊、失望，也不再深究她曾经说的那些话和身世的真假，但他应该庆幸她在这个时候就给他敲醒了警钟，没有让他真正犯下不可挽回的错误；冥冥之中，王一感觉到他与王婧算是最后一次见面了，他觉得谁都有寻求浪漫的天性，他自然也不例外，他忘不了那时与她同游的快乐，那已经够让他这一辈子去回忆了，也够提醒他以后该怎么做了。

外面的女人再好，可惠英跟他们不一样，她是那样顺着他，为他和他的家人考虑，由着他使性子，更重要的是，她还是他唯一儿子王小军的妈。何况，就算他真的跟王婧有什么，闹出来了，他也不会跟惠英离婚，他是爱惠英和这个家的，这一点王一非常清楚，既然如此，他又何必去给这份爱和家添上一些丑陋的伤痕呢？

这一刻，王一开始有些坦然面对王婧的事了，看似他损失了10万元，但他觉得自己是个幸运儿，幸运的是在还没有更大的伤害之前，及时悬崖勒马。

王婧让他意识到了一个男人对于家庭、孩子、妻子应该有的责任和担当，让他在面对以后的诱惑时能不再动摇，坦然应对。

而惠英呢，王一觉得，她其实是个很聪明的女人，有些事，何须明说，他以后对她更好即可。

37 小打小闹

“近日，武汉市有个中年女子站到长江三桥中部护栏外，情况很危险，当以为她轻生的警察闻讯赶来时，女子不仅向警察要纸擦汗还坐在台沿上打起电话来……原来她是在护栏外练胆量……”

“英国一保险公司最新调查证明，开车时有歌声相伴，司机更能集中精力从而安全驾驶，因为歌声让他们更平静，不过并不是所有的音乐都是良药，音乐心理学专家建议司机应避免可能让其情绪烦躁的摇滚音乐和重金属音乐……”

“在长春打工的女孩裴江近日很懊恼，就因为她的姓和赔字同音，她又被老板无故炒了，这已经是她一年中第7次失业了……”

“广州市海珠区一宠物狗汪汪，以前从未离开家门一公里以外，这个月趁新主人不备，汪汪偷偷溜走，跋涉五天回到前主人家，而当新主人再接回家不到一小时，汪汪又出走，这次回老家它花了十天……”

“英国布里斯托尔大学教师查尔斯·维斯特最近调查发现，鸟儿拉屎污染汽车时有颜色偏爱，他一共统计了2000起汽车被鸟屎污染的事件，结果发现，鸟儿最喜欢污染的汽车是白色的，而最不喜欢污染的汽车是海蓝色和黑色……”

“24日，从曲靖来省城昆明打工的周姑娘，遇到了稀奇事，她蓄留了14年长约50厘米的乌黑长发在乘公交车时，不慎被一男子悄悄剪去，姑娘伤心不已……”

“你说，你们编的这种周末专版有什么意义？”成名大加责罚道，“一张报纸，办到这种地步荒不荒唐？”

“这有什么？它本来就是休闲娱乐版呀，什么叫周末版？周末版——休闲版，为什么不可以办得轻松一点儿？甚至可以加上些漫画配白，例如这幅图，完全就可以配上：姑娘，有事好好说，我是警察——警察说；别！——小伙子说；来吧，长江给我力量，让所有的恐惧和胆小，统统逃之夭夭吧！——姑娘说。你看，这样的话，怎么不可以？”采芹有点生气了，继续道：“难道你办的那种东西就算好？整日的——你同我说，我在听呢，倾听什么的，要说也等回家去说，把隐私揭一揭、翻一翻，我看这叫自曝癖。”

成名有点懊恼了，直接怒吼道：“你说什么！我编的副刊不好！这可是文艺版的主打品牌，这栏目是主任钦点，主编认可的，关注度最高，一张报纸最有价值的声音，就是《倾听》！”

“是《漫画一周》！”

“是《倾听》！”

“是《漫画一周》！”

“是《倾听》！”

……

“好了，好了，小两口吵什么呢？现在有任务给你们啊，接令！”金主任突然现身在背后。

“什么任务？”两人异口同声回头说。

“采访浙大城市学院的‘创业人才孵化班’，关注大学生就业话题，这个角度应该比较适合采芹的哟。”

“我可以不去吗？”成名突然提出问题，又觉得有必要澄清一下，缓和了下语气说，“我想搞一个文化方面的综合报道，围绕当前创建文化大省的形势要求。”

“这样的话，你们夫妻档要劳燕分飞了。”

“没事。”采芹不置可否地说：“他要去，就让他去吧，反正人各有志。”

“你们夫妻稍安勿躁，目前，和平是一个基本趋势，内部不团结，可办不好事情。”金主任煞有介事地补充着。

“金主任，拜拜！”

“金主任，后会有期。”

两人已经走向电梯间，关门。

“这夫妻俩，哎真是的，不过办事倒是利索。”金主任摸摸光秃秃的后脑勺，打着嗝走向主任室。

王玮是工商管理专业三年级学生，采芹从这位小伙子身上，感觉到小伙子已经信心十足，他父亲有一个年销售额近千万的工厂，是个家族式企业，父亲一直希望他守家业。读大学前，小玮发现父亲家庭式企业的不足，为此跟父亲争吵过，后来在创业班的经历，使他明确创业不是简单地“创立一个企业”这样的概念。

“我现在更愿意沉下去，做一些基础工作，我父亲一直认为我吃不了苦，我想让他看看。”

法学系的叶子是个有想法的学生，去年暑假，他去了移动公司，今年暑假，他又将去淘宝网学习。

芦超有一个想法，想办一次数码产品拍卖会，他花了近一个学期的时间来策划，拍卖会办得很成功，将11000多元拍卖款都捐给了贫困学生。

从企业基层做起，杭州一家电器厂蒋老板说，儿子毕业三年了，第一年，让他直接在车间里当工人，让他熟悉产品，了解工序，经营一个企业不容易，儿子很理解自己。

创业难，守业更难，浙江民企在市场上如何巩固自己，必须打破“子承父业”的惯有模式，重视基础教育，允许犯错误，我想，这也许是现实遗留下来的问题及解决之道……

正在这时，采芹的手机响了起来。

“你在哪里？”他发短信问。

她知道是老公成名，直接把手机盖合上，不回，一会儿，震动又响起，还是他的短信。

“我在鼓楼花江狗肉店，要不要过来？去晚没时间了，不来拉倒。”

“给我占个位置，我要吃的，我打的过来，具体位置在鼓楼吗？”

“是的。”

从城北到城南十五奎巷，花了近30块打的费，采芹将条儿扔给成名。

“你替我报销车费？”她朝他嗔了一句。

“对不起，我付主编才好签字的，我签了也算白签。”成名拿出笔，装模作样要签字，打车票还是让采芹给抢回去了。

“我要狗肉锅仔。”她嚷嚷。

“大热天吃锅仔，这想法倒是有创意的，怎么，材料抓好了？”成名关心地问。

“当然，标题我都想好了，‘全国首个民营二代孵化班是如何从学生到创业的’，这个标题是不是太烦琐了！”

“我看还要加主标题,《‘少帅班’纪事》或者《创业班纪事》哪一个更好？”

“我赞同《‘少帅班’纪事》比喻生动，可是还是意犹未尽嘛。”采芹说。

“要不要加？”成名提议。

“加什么？”

“加点酱和辣椒，或者醋。”成名看着锅内的狗肉。

“我饿了！”她说，“去他的采访稿。”

“民以食为天，对！”成名附和着。

“先吃为妙！”

“我后来居上！”成名抢着夹起一块肉。

“我当仁不让！”采芹把成名筷下的肉据为己有。

“唉——”成名无奈地说，“有妻如此，汗哪——”

“什么？”采芹嘴里嚼着狗肉看看他，问：“成大才子，又在发哪门子呆？今天有没有抓到选题？”

成名得意地端架子，说：“我吧，足不出户，也能把稻草说成黄金，本司令我游山玩水走一遭，回头照样能受勋领赏！”

“又吹上了，早上还嫌我瞎编呢，我看，你才是瞎写！”

“你听：田歌成为嘉善宣传中央政策的好工具，南浔嘉义堂的父子守楼人，在人心愈来愈浮躁的今天坚守这份书香，2003年鲁迅故乡鲁迅文化被产业化，2005年杭州书城成了杭州文化品牌的又一试题，剧团解散20年了，淳安人还在唱睦剧……”

“这些无非都是纸上谈兵，你看到了什么？”采芹不以为然。

“杭州皮市巷50号几十户人家在漫漫50多年时间里始终割舍不断那份邻里情，经常聚在一起吃饭、喝茶——我看到了文化道德与规范在民间的生存力量。”

“庆元县月山村的全体村民每年都要齐心搞一台本土春晚——我看到了晚会的意义在于它整合了村民情感。”

“仙居县白塔镇高迁古村，村民们在为一幢古建筑的去留进行全民公决——我看到了民间文化的基因在传承。”

“宁波鄞州明伦村，在断指之痛后，自觉地寻找‘基层民主’向上的方向——我看到了政府真正成为法治政府、服务型政府的发展方向。”

“萧山村航民村，外来打工者与一座村庄的融合，让外来民工在民工村实行自治——我看到了政府创设‘和谐创业模式’的观念嬗变。”

“有意思，往下说。”采芹听出里边确实不一般的意义。

“精神文化从来不是凌空踏虚，价值观的形成有自己的经历和它来自民间的土壤，浙江精神文化的探索在美国哈佛大学约瑟夫·奈提出‘软实力’这一概念的同时，它也在悄悄起步，浙江的文化是在潜移默化中发展的，它沉淀得太久了，报纸作为一份精神产物，怎么能对这些民间文化现象熟视无睹！”成名说着激动起来，一只手抓起桌上的酒杯摇了一下，将固体酒精的火焰一下子激发起来。

“服务员，快过来！”采芹禁不住喊了起来。

“没事。”成名漫不经心扶正酒杯，才说，“这就好像火焰需要点燃，政府的行为刚好是一把火，烧到了点子上。”

“是的，我觉得你这个报道比较有价值，回去抓一篇文化专题报道，指定是个好点子。”

成名征求采芹意见：“这回，你替我想个专题如何？”

“你看，‘文化是什么？是推动社会前行的方向盘’，还是舵手好？”采芹建议说。

“都有点别扭，比喻不太妥……”成名想着该拟什么名字好一些。

“有了！‘是推动前行的软实力’你看怎么样？”采芹灵机一动。

“有意思，我看可行，不过要再斟酌一下，要感谢你，咱们的周末选题搞定了！”

“来，喝一杯！”采芹提议。

“好，收工回家。”成名说，“各自出发，比比谁先到家如何？”

“怕你不成！好，谁后到家，谁拖地！”采芹提议说。

“行！”成名答应着，“谁怕谁？”

自从和馨月分开后，成名从城南的茗佳苑搬到了城西的金桂花苑，从社区成熟条件来看，成名还是留恋在他与馨月组建的那个家，在成名看来，家首先是一个窝，方便就行，所以他对布置要求也不苛刻，好在馨月也属于那种单位严谨回家安闲的人，从来不在这一点上拿三捏四，两人倒是意见颇为相仿的。

而现在他家这位女主人不同，大家小姐、名门闺秀的采芹欣赏的是欧陆风格。饭桌要选原木的，追求本色，床选的是苏格兰风格的大床，褐白相间的枕头、被套、靠枕、床单、被子，简直是锦上添花。沙发换了4次，开始是橙色，后来是天蓝色，再后来是大红，现在换成一种涂鸦似的说不上是什么颜色的“顾家工艺”，实际上制造地址在本土，名气倒是不小，算不上正宗的欧洲货色。扶手椅就更特别了，是一只五指状的海绵体，估计大多数人都愿意做孙悟空，坐上去触感不错，休息时犹如港湾小憩，靠在大手掌里，一会儿便云里雾中登仙了。

杯茗方面，采芹选了几种腰瘦两头圆的透明插花杯，花一插上，房子倒是春光满眼，有鲜花就有好心情，但是自从看了那个小姑娘贴上金鱼缸就留油渍的广告，采芹就把金鱼缸给退了，理由是有损玉女形象，恨物及屋，着实让成名三天睡不好觉，养几只热带鱼，要知道这是成名唯一的爱好呀！

你要个性，他要随便，为了白色大理石地板，装修时两个人就大干了一场。

“你说它一尘不染，摊开来好在上面睡觉，我说它干净得让人恐怖，每次我的脚踏上去，我就生怕听到你的尖叫，拜托，心脏病要发作。”成名直喊累。

“你要那深棕色的木地板，我怎么瞧着就犯晕，你实在也不老啊，怎么那么保守、落后，我看不像你的为人嘛。”

“装个浴缸好，下班回来泡泡澡，待在浴缸里，舒舒服服躺着，我惬意！你就是不要装，说什么站着洗最卫生，我看你就不懂什么是格调。”

“站着有什么不好，还不会得病。”成名没好气地说。

“你说谁呢？这会得什么病？我看你才有毛病！”采芹火了，腾起来扇了他一记耳光。

“我有毛病，我什么毛病，我是说，容易得病。”成名捂着火烫的脸，不甘心地还骂，“我看你真有毛病，你神经病啊你！”

“你才神经呢？”

“你神经！”

“你神经！”

“我不神经，是你神经！洗个澡能洗出病来？”

“我不神经，你神经，就知道享受，我倒胃口！”

“你刚才骂我，我才说的！”

“你刚才打我，我才骂的！”

“你先骂！”

“你先骂！”

所以今晚的剧情又一次上演，当成名抢先一步进入家里，以为可以躲掉烦人的拖地板赌约，而采芹的执意又成了一根导火线。

“怕你不成，谁先到家，谁拖地。”采芹说，“我先说的。”

“那好，现在开始，你先说。”成名倡议，再说一遍。

“谁先到家，谁拖地。”采芹说。

“啊？你说错了，谁先到家，谁后到家，你说错了，该你拖！”成名抓住了她的证据。

“我说什么了，谁先到家，谁拖地！”采芹脸红脖子粗，哼哼着，“我没说错，你错了。”

“我没说错，我只说‘怕你不成’，我没说‘谁先到家，谁拖地。’”

“你说了。”采芹强词夺理。

“我没说，我说了吗，谁先到家，谁拖地！”成名脸红了，低吼着，“反正不拖。”

“要你拖！”采芹命令说。

“不要拖！”成名答。

“分床睡！”采芹拿出了撒手锏。

“分就分，谁稀罕谁！”没想到成名被激怒了，直接跟她嚷嚷着，“有什么了不起。”

“不稀罕拉倒。”采芹说。

结果是成名抱着被子，睡了一夜的沙发，而那个说错话的人，不仅没有拖地，反而睡了一夜大床。

“唉——世界不公平，男女分床睡，欲悔无灵药，遗恨到天明，到天明。”成名大发感慨，这一夜，他彻底失眠了。

比起馨月的固执，他觉得采芹有过之而无不及。以前，在生儿育女上，馨月和他为了工作达成了共识，晚一点儿要孩子，但至少从来没有过不要孩子的打算，只是不急，可现在，采芹干脆说：咱们做丁克族，咱不生了！

在生与不生的问题上，两人越来越远，两颗有事业心的头颅否定了对方，如今，两个心境不一，理想一致的心又发生了碰撞，在成名的理想世界里，这家简直成了包袱。

是得找采芹好好谈谈了。

是得找成名好好谈谈了，采芹在床上折腾，不能原谅女人小小的无理，这叫不理解女人，不懂怜香惜玉。如果说以前的他在自己印象里还算文质彬彬、儒雅、博识，那么现在的他，则成了一块不懂得生活、不懂得呵护的大傻蛋！

这样一个曾经留给采芹光辉印象的男人，而今在她印象里越来越模糊了，表面上看似对她很好很关心，但实际上，她总感觉他对她毫不在乎；还有就是夫妻两人的生活观念，他既保守又开朗，一会儿赞成不要孩子，一会儿又以父母之命为托词，一遍遍在她耳边磨牙，要生一个，年纪太大了，不生不行了，等等。

采芹想着这些就觉得很烦躁，她从来没有过这种感觉，但现在，除了无数次小吵之后的平静，两人可以和平共处几天，她觉得，她根本就找不到一个丈夫真正对妻子的关心和爱护的那种感觉。

38　一心二用

"阳阳怎么样了？"章亮问，这是在他和桂萍离婚后，他第一次走入这个家，再次面对桂萍的笑脸，他竟有些恍惚，如今，两人仅仅离婚一年多，但在他与她之间，好像隔着一道厚厚的墙。

"我来是想看看你和阳阳的，现在学校怎么样？你还在做生活老师吗？"

"现在知道关心别人了，还有什么用？"桂萍妈在一旁讽刺地说。

"妈，你说话怎么那样？你去看看阳阳吧。"桂萍有点生气了。

"阳阳还好。"桂萍说，"虽然还是淘气，不太听话，还爱哭，毕竟长大了，懂事不少。"

"你费了那么多心，孩子懂事也是应该的。"章亮笑着说。

但桂萍告诉了章亮学校的事，学校里最近对桂萍抚养孩子的事议论纷纷，有的人认为桂萍这是捡来的便宜，又有生活费，又有补贴，这是将学校当成福利院了；有人觉得这是学校行为，藏着掖着终究不是办法；有人倒是认为干脆送给桂萍，她可以领养这个孩子，但她不能再拿学校的钱，如果拿了这笔钱，也应该有孩子的花销证明，毕竟，孩子还是学校方面的，学校要对阳阳负责；对此，桂萍也是十分生气，孩子的华侨父亲是给了每个月1000块钱的生活费，可是孩子多次生病，他们家花了好几万的医药费，这笔钱也没人给，都是他们家自己出的，这些人怎么不说？

因为此事，桂萍妈也十分担心，她担心的是如果学校因此收回阳阳，那他们两年多的抚养算是白白付出了，别说是他们远远多投入的金钱无人负责，就是情感上也接受不了呀。

章亮安慰桂萍说学校的几个校领导，跟他关系较好，他可以去找他们谈谈，把这些情况说一下，要是这也谈不拢，他们就直接找那个华侨，让他来帮他们说说话，毕竟去年来看孩子时，那华侨也曾当面说过桂萍他们是孩子的监护人，他自己无法尽抚养义务，让孩子以后就当没有他这个父亲。

章亮说这话让桂萍十分感动，要不是知道他和他们学校的那个叫柳眉的老师现在关系暧昧，说不定会结婚的，她也许还心存一份奢望，她想总有一天，章亮会回到自己身边，可现在，她也明白，他只是看她因为这事有难处，想帮帮她而已。

“我们到公园里走走吧。”桂萍建议说。

阳阳已经醒了，看见章亮很是高兴，不停地问他怎么才从国外回来，还缠着他“爸爸、爸爸”地叫个不停，很是乖巧可爱，章亮的爱心都被软化了，直接伸手抱起了他，任孩子叫得欢快，而阳阳更是拿着章亮给他新买的变形金刚不肯放下，吃饭的时候还在边吃边玩。

桂萍妈气不过，伸手将他拉离章亮身边，孩子顿时鼻涕眼泪地大哭起来，好似受了多大的委屈似的，谁哄也没办法，就只是一个劲儿地哭。

“不能顺着他的性子，这孩子，要是纵容他，他以后准学坏，像他那花心老爸一样。”桂萍妈见桂萍小声哄着孩子，没好气地说道。

可章亮觉得桂萍妈这话是针对自己说的，尽管他知道她说的是阳阳的亲生父亲，但这话听来尤为刺耳，从某种名义上说，现在他就算和桂萍离婚了，但也还算是阳阳的养父，而且这孩子刚刚的表现，不仅是没有忘了他，反而是真的把自己当成他的父亲，并且一直想念着他，这种感觉是章亮从来没有过的，好似在他心里燃起了一种他埋藏在心底的愿望，而这种愿望在阳阳乖巧的被他抱在怀中喊着爸爸时越来越明显、越来越强烈，他知道，那是父爱。

离婚后，虽然和柳眉的相处中过得很是开心和惬意，比起曾经与桂萍在一起的家长里短和唠叨，他觉得那样的日子太过自在了，可时间一长，他发现那样的日子虽然很开心，但却有些虚幻，没有脚踏实地过日子的感觉。

有好几次，他都在想，这就是自己想要的生活吗？与他以为的红颜知己说着些与生活无关的话题，谈的都是艺术和人生，做的都是看似高雅的追求，看似美好，可为何夜深人静时，他的心却那样空空的？他想不明白，至今也未找到答案。

桂萍妈把孩子带出去玩了，桂萍和章亮也出了家门。

夏天的杭州，时常有海上热带风暴光临。前几天，台风带来了一场暴风雨，也带来了凉意，舒适。据说这几天热带风暴已转为台风，并将在台州、舟山一带登陆。

学校实际上也像一个大花园，五颜六色的低矮小花开得恣肆，树木峭然挺立，蜻蜓在飞，稀稀落落的云层在积聚，蝉的鸣叫一直在延绵。

小路终点有座亭子，以前他常和桂萍在那儿下象棋，桂萍性子急，章亮爱耍赖，两个人半斤八两，谁也占不了上风，他们那时候的下班后的时光就是这样打发的。

后来一段时间，因为有了阳阳，章亮也曾带着阳阳做旁观者，看学校的几个老师下棋，所谓观棋不语真君子，但章亮却一张嘴唱反调，心里边想着《奕喻》的解释，行动上却改不了臭癖，往往是一盘棋还没下完，他便被硬拽入伙，与对方一子三让干得热火朝天。有一次，要不是桂萍妈眼尖，一把拽住即将潜逃的外孙，阳阳准会掉入旁边的水池去喂金鱼，现在想起，这些事好像过去很久很久了，可他却记得这样清楚，清楚得连他自己都意外。

“你打算怎么办？”章亮问桂萍。

“你还关心我们干啥？不是找了个漂亮女老师，两人正打得火热。”桂萍眼酸嘴酸，边说边抹泪。

“你不要哭呀，以后有啥事你跟我说，能帮忙的我肯定会帮，有空也会来看你和阳阳的，你的脾气也该改一改了。”章亮叹气说着，“还有你妈，她那教育孩子的方式不对，什么话都在孩子面前说，多不好。”

“你还说我妈不好，离婚后，哪样不是她照看周到，那时候我请假回老家去住了一段时间，去你家也不敢告诉你妈我们的事，她要是知道，准会气死！”桂萍吸着鼻子说，“结果你妈还说那些伤人的话，我妈就算脾气再不好，也是一心为着我。”

“唉……你不要哭了，你这一哭，我这心里也挺不是滋味的，何况你这身体本来就不好，要是你哭坏了身体，到时候怎么办？孩子谁照顾？”

“上个月去检查，医生说我的头渐渐会好了，不再会长什么瘤子了，最近头发都长齐了。”

“是吗，这就好，我妈那边，她本来就有病，暂时不要说，免得老人着急，不过阳阳这孩子，越来越大了，会更懂事一些，问起爸爸，你就还说，爸爸出差了，要好长时间才会回来看他。”说着，章亮从口袋里掏出一些钱递过去，说：“这是我最近几个月攒下来的，有四千多一点吧，给你和妈置一些生活用品，生活上别太委屈自己了。”

“我们又不是自己不挣钱，不用你的！”桂萍沉着脸拒绝。

“拿着吧。”章亮将钱塞进桂萍手提袋里，说：“那事我会跟学校领导说的，你就别管了，你们多保重吧，以后有什么事，打电话给我！”

说完，章亮朝学校大门口走的时候，桂萍在后边忽然喊道。

“下个月是阳阳生日，你来不来？”

“当然。”章亮回答。

门卫在传达室伸长脑袋："章老师，来看孩子啊，怎么样，最近好不好？"

"还好！"章亮拿出一包利群说，"上次聚餐时拿的，给！"

"谢谢章哥！"小伙子向他行了个军礼。

"嘎、嘎、嘎——"电子防盗门自动向下缩进，章亮的身影消失在一排排旅游车的间隙里。

"他走了？"桂萍妈在后边说，"他没有跟阳阳说声再见就走了？这孩子等下还不得闹腾——"

"妈，你以后别在阳阳面前乱说话了，孩子不小了，他什么都懂！"

"好好，我不说，看你都把自己折腾成什么样了，你还理他，以为他能回心转意啊，你个傻女！"

"唉——"桂萍叹了口气，假若自己能替他生个一儿半女，也许能拴住他的心，想到这里，桂萍的心口隐隐作痛起来，头也觉得愈发沉重。

"妈，我不舒服，回去睡一会儿，下午4点多，又要上班了。"桂萍说。

"好像要变天了，我回去收衣服，把阳阳从幼儿园接回来，你也不要太难过，身体是本钱。"桂萍妈宽慰自己的女儿。

"柳眉，你还没起床？都几点了？"章亮回去后就找了柳眉，只是电话没人接，也就敲着门喊她。

"章亮，你帮我冲一袋方便面好吗，我都快饿死了。"柳眉懒洋洋说。

"快4点了，你赶紧起来吧，晚上我请你吃大餐。"

"这么好？请我吃啥？"

"红烧鹅爪。"章亮答。

"真的？你太好了，很快的，等一下。"

柳眉洗漱好，收拾出来后，看见章亮就问："怎么今天这么讲究，发工资了？"

"对呀，我帮你一块领了，这是你那份。"章亮将工资条递给柳眉。

"你拿着就是了，反正经常一起吃饭，都是你付钱，就当生活费了。"

“那可不行，咱们还是AA制，免得大家有说头。”章亮一本正经地说。

“对了，吃完饭干吗去？”柳眉没有继续这个话题，而是换了个话题问道。

“看大片去。”

“什么片子？”

“《七剑》，徐克的。”

“不行呀，还有画稿没赶好，十月份要参展，我拿什么交差？”

“不就几张画嘛，赶赶就完工了，回头，我帮你！”章亮安慰她。

“你！能干什么？开玩笑。”柳眉嘴角翘了翘说，“你懂画？除了会说上几句，你懂哪门子画？”

章亮愣了愣，没接话，柳眉也觉得有些尴尬，两人谁也不说话了。

黄昏开始来临，两人终究还是没有去看电影，而是吃完饭，沿着江边往学校走回去，一艘艘运沙船正往东去，看见船上的小红旗，一点点儿，在视野里显得特别耀眼。

“丽水人造房子，房顶上也爱插一面小红旗，这红旗表明什么呢，是一种意象？”章亮说。

“不，这是种色彩，很纯净，是画面感，是质，是黄昏，是庄严，是激情。”柳眉说。

“我在想，这就是一种象征，农村人没那么高雅，图个吉利、顺坦，因此，红就是一路平安。”

柳眉不以为然，红就是红，什么象征不象征，在艺术家眼里，它就是符号、抽象，要是一张画，它是主调，但不符周围境界。

章亮很快否定柳眉观点，他提出颜色应是一种取向，它审美，所以代表了艺术家的主观情愫，他认为画就是艺术，和作家作品里的人物没什么区别。

柳眉对章亮的固执很不满意。

“艺术有很多种，文学与艺术是有共通处的，可是章亮你明白吗？”她说，“艺术也有它的不同之境，美术是色彩，是感官效应，文学是语言，是意会心传，二者毕竟有区别。”

章亮坚持认为，色彩是感性的，语言也是感性的，所以红色首先有象征意义，江船上的红，其实就是吉利。

“那红是不是可以象征烈焰、激情还有革命、征服、大方呢？”柳眉反问他。

“你终于同意我的观点了。”章亮显得十分满意：“你同意红色有象征性吧。”

“我同你无话可说。”柳眉转过身，气咻咻地往回走。

“生气了？”章亮追赶着问：“真生气了？”

“我生什么气？”

“你就生气！”

“我没。”

这时候，天开始阴下来，东南风刮得较猛，风里裹挟着江上的腥风，闻起来有些说不出的难受，江边的树，好像被风梳理成规则的一边倒发型，显得狼狈不堪，行人依稀，除了几个风中偎依的情侣，唯有柔柳的飘摆成了最时尚的剪影。

章亮感受着周围的一切变化，他忽然涌起一种落寞，好像被柳眉撇下后那种无奈和欲说还休此刻都被风洞穿似的，毕竟只是个艺术分歧，值得为它脸红脖子粗？章亮认为自己的失败在于自作聪明，他总是认为自己能说会写，有几分见识和睿智，当初能进入这所艺术学院附属中专，完全凭的是口才和他与众不同的课堂模式，校长找他谈话，开头便问他为什么不使用多媒体，他说多媒体只是一种工具，教师的功夫在课堂组织和过程方法上，不一定非得用那玩意儿，校长点点头说你被录取了，他想，自己总是有道理的，既然是对的，为什么要让步？

章亮越来越不明白，为什么自己和柳眉经常因为艺术而唱花脸，有时候甚至脸红脖子粗，争论出真理，可是争论也伤感情，要是能让柳眉快乐，能让柳眉改变两个人目前这种朋友越线恋人未满的关系，他宁愿自己去承担错误，所以，他决定去向柳眉认个错，在她面前，他永远是错的。

“你不用向我解释什么，这事情已经过去了。”柳眉显得很平静，淡淡地说："我们谁都没有错，但要把对方说服，还是件办不到的事。"

"这事我还是要和你说对不起。"章亮从口袋里拿出一个盒子，打开盒子，说，"试试看合不合适。"

"什么？"柳眉眼前一亮。

"藏爱，老凤祥银楼买的。"

"多少钱？很贵的吧？"柳眉拿出来，凑在灯光下翻过来看了看。

"不会是假货，放心。"章亮一本正经地说。

柳眉扑哧一笑，说："谁说是假货了，真有意思，说说吧，为什么叫藏爱？"

"藏爱？"章亮想了想，说，"藏匿着最深的爱，最真的情，用一生来呵护你。"

闻言，柳眉愣了愣，低下头说："谢谢，不过这戒指可要想好了，真要送给我。"

"我知道你的意思，但不管怎样，我是认真的，也希望你能给个机会。"

章亮已经不是第一次在柳眉面前提及两人的事了，可柳眉以往总是回避，最后也就不了了之，这次也一样，两人再次陷入了沉默。

许久后，久到章亮以为这次同样没有答案时，柳眉却抬头看着他说："我还想要一样东西。"

"什么？只要我能做到。"他有些激动地握住她的手说，"你说说看。"

"一辆写着love的靓车！"她说。

"这不是特别难办的事，你喜欢什么牌子的？"

"马自达6。"

"为什么？"

"线条流畅，动力强劲，色彩亮丽，兼具轿车的舒适和跑车的动感，简直就是一个打扮现代的运动型帅哥。"她想象着说。

章亮心里自嘲地一笑，看来说了也白说，因为他根本就买不起。

"好了，你先回去吧。"柳眉摇着手说，"我明天还有一下午的课，还有两张画。"

39 阳光沙滩

阳光、沙滩、海岛，碧玉般的海水和蓝天，南方的夏天是迷人的，馨月最向往的就是来吹吹海风，晒晒太阳，她已是第八次到这儿来度假了，不远处，许仙正在租座位，她想起，昨天两人跑了好几家服装店买泳装，许仙一脸的殷勤与一身的汗水，她开始对自己的去留感到犹豫了。

“哪儿不都一样？哪个单位都有不愉快的事，想开点就是。”他不止一次地这样劝她说。

“小姐，你看这件怎么样？你的个子适中，身材也好，穿无吊带的比基尼可能没有安全感，你打算游泳吗？”

“是的，她肯定要游泳。”许仙替她回答。

“那么，要吊带的，今年流行的色彩有孔雀蓝、明黄色，细节上有亮珠片和单肩式的，你要哪一种？”

“单肩的不好，亮珠片的，你看我选什么颜色的好。”馨月问服务员。

“你比较适合暖色的，我看孔雀蓝不错。”

“你看呢？”馨月转向许仙。

“我看还可以，穿穿就知道了。”许仙侧着脸一本正经地说。

馨月穿出来的时候，多少让许仙有点儿惊讶，大学毕业十来年了，她的身材还是那么好，平腰、双臂纤巧，女人的完美她占据了大部分，可是，唯一让许仙遗憾的大概是她的腿。

“你的双肩比较性感，臀围是大了点，不如系一条短裙，再搭一条丝巾，这样可以衬托出你成熟的女人味儿。”服务员说。

“我看可以，就这样吧。”许仙大表赞同。

“不行，我比较胖了，还是穿冷色的，这样，不容易被暴露，不打眼。”馨月决定说。

“其实，亮一点儿挺好的，你想象一下，蓝天碧水，树色海礁，再配一套鲜艳的比基尼，多动人，多性感！”许仙在做动员。

“太出位了不好，让别人看着，游泳都不自在。”

“你以为别人也像你一样保守？傻瓜，沙滩上那么多亮点，你的回头率绝对不是最高的。”

“那你就放开眼看美女吧。”馨月闻言，冷下脸没好气地说道。

沙滩上，已经聚集了二三百人，阳光正好，毕竟还是上午，海风阵阵吹来，将太阳伞吹得呼呼直响。

许仙举着一个救生圈说：“给，套上吧，这样比较保险。”

海水有些清凉，入水时的惬意使馨月忘却了工作的不快。

“教我游泳吧。”她朝他喊。

许仙正往深水区游，他一会儿蛙泳，一会儿仰泳，一会儿蝶泳，变换着姿势，水花溅得湾边的一对小青年一脸一身，他们展开姿势，欲和他一比高低。

“老公，快回来，教我游泳！”馨月喊。

她看见许仙跟小青年说了几句什么，便返身朝她游来，许仙的姿势夸张而自信，让她羡慕极了。

许仙游到馨月身边，笑嘻嘻地说：“你这样，跟着我，先教你蛙泳。”

馨月不算太笨，很快领会了他的意思。

“对，张开臂，前伸，自内而外弧形划水，脚抬起来合并，向后蹬，哎——对，很好，试试看，往前游！”

馨月往前游着，但很快便喊道：“不行，要沉了，哎哟，我的手打不好水，我要喝水了，我怕。”

“没事，你向前游，大胆一点儿，腿动起来，是的，否则怎么向前。”

“我不行，我无法动腿。”

许仙将她的腿抱起来，她整个人便浮起来了，他在一边低声哄道：“别怕，现在用手划，对，自内而外划……”

天边的云层一块块向东推来，夏天的雨来得快，不一会儿，雨点似珠，飞花坠玉，将正在游泳的他们淋成两只落汤鸡。

“快！上岸。”许仙拽着馨月，嘻嘻哈哈往岸上赶的时候，太阳伞下，已经挤满了游泳的人。

“哥们儿，让一让，这儿是我租的地方。”

“你说什么？先来先上，又不是你买下来的。”

“你说什么？”馨月一把拉过许仙，说，“你靠后，让我来跟他们理论。哪有这道理！”

“这又不是你家的地盘，凭什么说是你租的。”对面穿明黄色的美女忽然也拉开那男子，挺出身来，一副要单挑的样子。

“怎么，要打架是不是？”馨月将救生圈往地下一掼，做出准备。

那美女也摆开阵势，说：“我们就不让你们怎么了？”

“干什么？打架呀？两位女士息怒，有事跟我们说，不要动手。”两个保安架开两人，其中一个经理模样的人打圆场说：“对不起，发生这种事很抱歉，阳光海滩，阳光属于每一个人，都是一场雨惹的祸，作为客人，来这里消费，我们欢迎，今天这事，首先是你们不对，你们避雨可以，但不该骂人，当然，小姐，你也不对，君子动嘴不动手。”

“我们没有动手！”两个人都喊了起来。

“动嘴骂人是不文明的。”经理用广东话跟对方嘀咕了几句，男人止住了暴怒，总算拉着女人在保安的推搡下走开了。

馨月叉着腰，吼着：“气死我了，什么素质？”

“你也是，这种人有什么好争的，要不是我把保安请来，还不知会有什么后果呢。”

“你一出事就逃开，哪像个男人！”馨月朝他埋怨了几句。

“你说什么呢？我不像男人？那么，这种事情碰上了难道还真打一架不成？成什么样子了？我采取的是最文明的解决方式！”许仙也生气了。

“好了，我不高兴，难得同你争这个！”馨月气呼呼地进了更衣室。

“唉！我这是……”许仙摇着头叹气。

白天鹅饭店九楼，总经理室，李总背着双手走来走去。

“怎么办？你说，一个部门一天收到四个投诉电话，韩主任，你怎么抓质检的，餐厅里客人包丢了，菜里有发丝和苍蝇，服务质量不佳，不理客人要求……你看，刚刚上个星期，你不是才培训过吗，怎么就这样子？”

馨月知道这是商经理又在捣鬼，她火气又蹿上来了，但她脑子里想着许仙的劝告：不上火，不动肝火。

于是，她仍然客气地说：“李总，要是事情真出在我的培训上，那么，我负全部责任，这事当然要调查。”

“调查什么，明摆着这有证据，还有什么好查的？你自己说，怎么办？”李经理将椅子转了一圈儿。

“我的培训考查绝对没问题，培训部那边我去问问！”馨月抓起电话，接通后直接说：“要人力资源部，把李蓉找来！”

“李蓉到市旅游协会开会去了。”电话里解释说。

馨月火一冒，忍住想骂脏话的冲动，直接挂了电话。

“这样吧，韩主任，延期一年的聘期也满了，杭州的分部电话催了好几次，我也不忍心使你们夫妻分居，可是，你这样子使我们没法默契合作下去，既然这样，你说该怎么办？”

“你什么意思？想让我回分部？”馨月朝他冷笑一声。

“当然，我还没这个权利，要总部批准，但是你说吧，我们这里管理上有漏洞，大家不团结，按你的做法吧，可为什么还是解决不了问题，你说怎么办？”李总无奈地摊摊手说，“我只是个副总，我能怎么样？你自己立了军令状的！”

“好了，什么也不用说了，我回分部去，你这只——”

“你骂人？”李副总从沙发上跳起来。

“猪！”馨月把门推开，回头朝这仪态丰雅的秃头老者骂出最后一个字。

“你——你给我滚！”他恼羞成怒，“什么东西！财务部，马上给韩馨月算工资！”

办好一切手续回到家，韩馨月仍止不住满腔怒火，她知道这次被抓住把柄后，李总是会翻脸的，但是没曾想会这么快。她想，这么再待下去也没什么意思了，她给杭州分部打电话，王总和董事们也很无奈，王总说这个酒店有合资背景，他们正在考虑将这酒店股权转给一个香港老板，所以，李总的背景是有渊源的，包括那个姓商的，她跟那老板的关系更不一般。

馨月这才明白李总为什么会那么有恃无恐，想着此地不留爷，自有留爷处。

想开后，馨月特地烧了晚餐，开了一瓶红酒，许仙回来的时候，首先感到很惊诧。

“怪事，今天还不是七夕节吧，怎么，与我要痛饮三百杯啊？”

“对啊，咱也过一回中国情人节，本来想等到八月十一日，现在看起来不行了。”馨月笑笑说，然后从自己的包里拿出一个盒子，这是CHARRIOL金色环扣皮带。

“送给你的。”

许仙知道这皮带的价值，他曾经去看过几次，没想到馨月真的替他买来送给自己，许仙激动得亲了老婆一口。

“谢谢，我真没想到！”他陶醉在幸福时刻里。

幸福是在酒醉之后的怡情，许仙仿佛回到初恋时，他就是那个吃到金苹果的人，他奢望的一天是馨月成为他生命中和他分享这金苹果的伴侣，现在，躺在幸福的港湾里，他无法再让幸福的船儿出港。

许仙醒来的时候，他看到了自己手提电脑已经摊开在餐桌上，他把它触屏正常化，当那朵灼目的红玫瑰消失后，他才看到韩馨月留给他的信：

亲爱的，原谅我的不辞而别，之所以这样，是因为我不愿意看到你为我操心和伤痛的情景，更不愿意看到你因为我的事而影响到情绪耽误自己的工作。昨天我跟白天鹅的高层吵架了，然后选择了离职，虽然你也知道，其实我早就不想再干了，但以这种被炒鱿鱼的方式离开，我还是有些难以接受。后来，我电话跟杭州分部的王总联系过，才知道现在这个酒店快转给私人了，他希望我还是回分部去发展，但我现在并不想匆忙决定将来的发展，而且工作这么多年，一直忙忙碌碌，正好趁此机会好好休个假，所以，我选择回老家去看看，也顺便散散心，想想未来到底该何去何从。只是这样的话，我们会分开一段时间，你要照顾好自己的身体，少喝点酒，工作上，争取有更多展现自己的机会，干出更好的成绩。放心，分离只会使我们的心贴得更紧。

爱你的月

8月6日

许仙关上电脑，他知道馨月并非冲动之人，她这么做，肯定是想要冷静思考一段时间，只是他们新婚不久，她情绪不好，他还不能陪在身边，这对他们来说，将经历一次爱情的煎熬和考验，但是他坚信，馨月是属于他的，他会把她找回来。

40 爱情测试

馨月回到家乡的访亲是短暂而又温馨的，她的公公婆婆算典型的高知，大学里教书的公公对媳妇的回家颇为感动，习惯了子女在外的日子，现在忽然回家陪老人住一段时间，这着实让老人欣慰和开心，因此，公公特地置办了家常菜以示关心。还有许仙爷爷那个曾经南下的老革命抓住孙媳妇的手问长问短，他关心的是镇海楼，据他说，以前他们曾经保护过这一文物单位。越秀山常爬的，他说广州好是好，一年四季都不太热，可是济南不一样，济南的冬天比较冷。虽然泉城有泉城的好，羊城有羊城的好，但从北到南，大半辈子戎马倥偬，现在一把老骨头了，想走走，可是身体不允许了。馨月安慰老人说，平时他们工作忙也没空，都没有好好地带着老人出去走走，但其实她和许仙挺挂念他老人家的，毕竟在济南和子女在一起，大家能互相照应。

馨月发现老人的牙齿好像比原来好看多了，这使她又一次想起成名妈的牙齿，爷爷说都是儿媳妇好总想着公公，现在做成一套烤瓷牙，要花好几千，爷爷伸出四个手指头，说这要相当于自己两个月工资的钱。

儿孙孝是福分，如今，孙媳妇不远千里来看自己，还带来一大堆保健品，其实自己身体没问题的，能来看看他老人家，比什么都好。

在许仙家住了一个多星期，馨月才回到菏泽偏西南的娘家，在偏僻的乡下，她与父母相偎而泣，父亲还是一样的问老掉牙的问题，许仙怎么没来？他忙啊，我托他买的钓竿有没有买到？南边钱好挣，可是也别乱花，还是得早点要个孩子了，不要只想着工作挣钱。

馨月离开老家的时候，父母送到车站时千叮万嘱，嫂子送来的是一袋面团儿馅，说是和着汤能吃上好几顿，那玩意儿许仙挺喜欢吃的，可是馨月一见那东西便想作呕，哥哥话不多，只说出门在外都不容易，心多放宽点，凡事忍让一点儿，外面不比乡里，没家人替你担待着，你得自己照顾好自己。

最后一站，馨月选择了回趟杭州，她先跟广州的秦总打电话，她感谢他在那边时的照顾，其实，秦总中间也跳槽到另一家深圳的酒店了，秦总有些意外，之后他在电话里安慰她，哪里不是打工，关键是摆正心态，心情要放开，在任何单位工作，都一样得面对工作中的困难，有时候不幸也未必不是幸运，塞翁失马焉知非福嘛，只要有勇气去克服就行。

西湖边柳影婆娑，树下林荫，走道上、靠椅边，一样人来人往，休闲的、热恋的、寻找工作机会的，慕名而来的游客络绎不绝。

她想跟成名通个电话，但不知怎么地，在拿出手机时她犹豫了。

七夕很快到了，杭州人三五成群，备车而出，去农村享受田园之乐。

成名接到社里放假的消息，一大帮子人去了外婆家餐厅，采芹吵着也跟了去，成名想找点时间整理手头的稿子，作协的交稿时间快到了，年会上要是交不出稿子，主任那里，他觉得不知怎么推脱才好。

王一忽然打来电话，他说成名你小子忘了今天是什么日子，该干吗你干吗呀，别忘了，把另一半也带上，这才想起几个哥们儿每三个月一聚的约定。

成名虽然忙，不讲信用不是他为人处世的原则，尽管手头的事没忙活完，但他还是决定去赴这一场约定。

聚会地点选在青藤茶室，此地身处闹市却僻静，相对封闭的环境使这儿聚集了很多想重谈友谊的来往过客。

王一和惠英来了，章亮带着柳眉来了，成名却独自来了。

看着成名形单影只，众人都觉得有点不能理解。

成名在为采芹解释，他说她有采访任务，所以不能来，众人才说，既然这样，那大家一起就座吧。

惠英在向柳眉介绍自己的瘦身术……

她已经做了20个疗程，现在称了称，足足去了22斤赘肉！

惠英广告式的介绍让柳眉很有兴趣，她想为什么不去试一试，要知道，为了保持身材，她总是通过消减饭量，甚至不吃饭来实施，她觉得这样太亏了。到最后，她决定要去那家健身中心去试一试，可是算算时间看还是不行，她至少要耽误8个休息日和15个创作日，这样，一个月后的画展就泡汤了。

章亮在沙发边给成名和王一介绍一个他最近新看到的测试，说是很准的：

1.有一天你突然走进一个自己都不知是哪里的地方，你最希望看到的是什么？

A.丰盛的食物　B.美丽的仙女　C.普通人

2. 当你路过一条非常清澈的小溪时，你会——

A. 洗澡　　B. 喝些水　　C. 装些水带走

3. 你遇到一个路标，上面有三个标识，你会选哪个往前走？

A. 爱的边缘　　B. 恨的起点　　C. 自己的原点

4. 路上遇到一个巫婆，她答应会把你带回现实中，你会拿什么作为报酬给她？

A. 勇气　　B. 气质　　C. 未来的爱人

5. 回到现实中，你第一个想去的是——

A. 心上人家里　　B. 自己家里　　C. 父母家

6. 如果自己发现不能发声了，你最不愿意告诉的人是——

A. 父母　　B. 心上人　　C. 没什么不愿意告诉的

7. 如果从此不能说话，你未来的打算是——

A. 走进聋哑人的圈子　　B. 一定要过正常人的生活

C. 相信有人会支持你、帮助你

8. 这个时候你最后悔的是什么——

A. 没有亲口和心上人说“我爱你”　　B. 没有多说一些话

C. 没有太多后悔的事

9. 如果心上人答应最后一天和你约会，你打算怎么度过？

A. 一起过一天夫妻似的生活　　B. 去海边依靠着看日出日落

C. 过一天普通的情侣生活

10. 如果用两个字评价自己，你选择——

A. 多情　　B. 专情　　C. 滥情

章亮让王一先选，王一在纸上一项项划过，当他把纸交给章亮时，章亮只看了一眼，便说你是三星的。

所谓三星，根据给出的答案，他说王一渴望爱情，但没有歇斯底里，他希望有一个恋人成为他生命中的一部分，有个累了可以去解脱向她诉说的地方，他宁愿别人说他天真，说他傻。

成名选好后，章亮对照答案说你是两星的，你是一个对爱情向往值并不是很高的人，这主要是失败爱情给你造成的负面影响，你是一个不愿意接受残局的人，更不愿意与任何人玩对自己有损的感情游戏，你从来都小心翼翼，不希望自己得到伤痕累累的结果。

章亮对王一说，叫你老婆也来做做这个测试，王一说不用了，我知道她都会选择C。

章亮说，你老婆比较冷淡，她向往自由，宁愿一个人不受约束，对事物的热情不持久。

王一说不准啊，惠英一直都是一个比较有耐心的人。

那么你肯定选得不对。

成名对章亮说，你跟你女朋友选一选，章亮说她选择A，几乎都选A，她渴望爱情，尤其是悲伤时，渴望一个人让她想念，让她担心或者回忆，虽然拥有爱情对她来说也许很麻烦，但是她宁愿有这种麻烦。

那么你自己呢，成名盯住他。

章亮犹豫了一下，小声对王一和成名说："我选择B和C各半，我和你是一样的。"

说完，他拍拍成名的肩，又反过身对王一说："老大，你的情商在咱们三兄弟身上最——"

"最什么？"王一死死抓住他的衣袖，故作威胁道，"快说。"

"最高！"章亮看着他笑了笑，继续道，"在我们三人这里，你还是老大，算是个情种！"

成名却在想，采芹和馨月应该算几颗星呢？

"你们好，算什么呢？让我也来算算。"这时，门外突然响起一个声音。

一个女人牵着一个孩子出现在了众人眼前。

孩子是王小军。

女人是韩馨月。

她说："我有必要解释一下，我是刚从广东过来的，不，其实也不对，从山东。"

"王小军是怎么回事，我没有让他来。"王一插进话说。

"是我让他陪我来的，他说你们在这儿。"

章亮说："你来得正好，这次我们主要是为了测一下情商，你先测一测吧。"

王小军偷偷地从桌子上拿下一张复印纸，掏出铅笔一旁偷偷地填起来。

馨月填好纸后，章亮看了看说："你的情商蛮高的吗，跟王一是一个档次的。"

王小军将纸塞给章亮，悄悄说："章叔叔你帮我测一测，我们幼儿园老师让我们测过的。"

章亮听得眼睛都圆了，笑着说："嗬，这小鬼不得了。"

他告诉王小军："你分数最高，你和柳阿姨一样。"

王一说："你再说一遍，小孩子怎么了？"

"你儿子是个情种！"章亮说，"天生的。"

大家都笑起来了。

最后，成名把馨月送回了酒店，她暂时住在酒店里。

星星稀稀落落垂挂着，路灯闪着迷离的光晕，路上人少车少，午夜的风凉飕飕的。

"你回来真不回去了？"他问。

"对呀，不回去了。"馨月笑嘻嘻地说着。

"许仙不怪你？"

"你呢？过得怎么样？"馨月未回答他，而是反问道。

"如果我说不怎么样，我一直在等你。"他平静地说，"你信吗？"

"你这个玩笑不好笑吧！"她侧过脸。

"我没开玩笑啊，我认真的。"他说。

"可是理智告诉我，这是不可能的。"她说，"停车，让我下去。"

“你想一想，我真的，我是认真的，从相识到现在。”

可馨月却打开车门，头都没回地走了。

成名从驾驶室推开门，往前赶了几步，路灯枯黄，绿树摇曳，馨月的影子斜斜地向前伸长，只留下她清脆急促的脚步声。

“馨月，你听我说。”他在后面喊了一声，可她的身影却很快消失在小街尽头，成名这一刻才感到自己的唐突，他转回身，朝自己的老桑塔纳车走来。

或许现在和采芹的相处，他才发现以前跟馨月在一起时，他确实忽略了很多细节问题，才发现她比采芹更适合做他的妻子，可他忘了，感情的事，不是想要回来，就能回得来的了。

41 分道扬镳

“你这几天也不问问我过得好不好，材料抓得怎么样？”采芹将旅行包往地上一掼，瞪着他吼道。

“我也很忙，你又不是第一次出差。”成名解释说，“何况我也有任务，再过几天要交稿子了。”

采芹气得几乎没有话说了，她是他妻子，她出差好几天，他再忙，也该抽空打电话问问她在外地累不累，吃得好不好，工作顺不顺利啊？

如果没有成家，没有他这么个人，这样的话，她自己还快乐一些，毕竟一群年轻人在农庄里聚会，大家唱歌、猜谜、摘菜、洗菜，加之那依山而建的木楼在山腰，整个农庄，远处烟云迷茫，近处小桥流水，听窗外蝉声如雨，颇有“鸟鸣山更幽”的意境，很是温馨，本该过得很惬意的，可偏偏她成家了，看到这样的美景，她总会想起他。

她希望这样的美景能与他一起，一起看夕阳，度良宵，一起迎月华，看朝烟；与他一起嬉玩，一起戏水，一起吃饭，一起劳作，一起耕织，可他倒好，好几天的时间，却连个电话都没有。

采芹原本是有气的，可听成名这样说，想着他的性格就是这样，也就消气不少，让他以后一定不能这样，必须得天天打电话关心她，成名也点头同意了，她才彻底不气了，开始跟他讲述着这次的所见所闻：

除了当地的特色农庄之外，旁边还有一条百步街，那街上可看可嬉的东西还真不少，各式各样的灯笼、小竹篮，榨油坊里的器物，织布坊里的织布场景，老外婆送的剪纸，风情广场的高跷，双人木拖鞋和风火轮，溪里捉鱼、捉蟹，泼水狂欢……

但成名对采芹的话题丝毫不感兴趣，他觉得那是不属于他的生活，他一门心思想着，要把工作干好，要做得更完美。

“晚饭怎么解决？”她问他。

“到外面吃去。”他说。

“老吃外面的，没意思。”采芹有点烦闷。

“我很忙，采芹你知道吗？”

“你这人真是的，一点情趣都没有，你原先的浪漫天真都到哪儿去了？”

“我怎么样的人，你现在才看清楚？”他说。

“跟你这样的人在一起真没意思。”她说。

“要么你看不惯的话，你说怎么办？”成名也来气了。

“分吧。”她赌气说，“明天我搬东西，回我爸妈那儿去。”

“随你便。”他说。

“主任有事，我先去了。”她拉开门走出去。

“嗯。”他答。

等成名把稿子打完，关上电脑，准备回家时，满脑子里想的还是作品里的人物、情节，还有与情节发展有关的背景。

自己是怎么了，他试图为这一切找到答案，可是，他发现自己脑子里一片空白，他无法唤醒自己，他沉迷在自己的创作中。

电话铃响了，是采芹爸，他说：“采芹跟你闹矛盾了，怎么回家来住了？你对她要多关心一点儿，生活嘛，本身就是柴米油盐，不要老是把工作和生活等同在一起，有时候需要调剂一下。”

成名在电话里说：“没事的，让她冷静一下，我也冷静一下，这样对彼此都有好处，你放心好了，我们不会有什么事的，我明天去把她接回来，向她道歉。”

跟采芹爸再三保证后，挂完电话，成名叹了叹气，抓起桌上的茶杯，想起曾经看到的一句话：爱情是杯茶，泡久了，便失去了它的清香，喝多了，便觉得索然寡味。

也许爱情便是如此，他知道自己患了“审美疲劳症”，准确地说，叫爱情恐惧症。

这日休假，惠英打扫房间的时候，发现王一的电脑还没关，她想他肯定又上网了，下意识地动了动鼠标，刚想关上，突然想起之前无意中瞟到王一在跟人聊天时的情景，犹豫了一下，还是去翻了一下，却没有任何聊天的记录，这明显是此地无银三百两。

突然想起那次不久后，她听说有个叫小玲的同事来找过王一，而且是王一爸无意中说起那个叫王小玲的同事来过，王一却从没提起，但其实他们单位里怎么会有姓王的，而且叫小玲的人。突然，她有一种感觉，她觉得那个叫小玲的女人，就是之前跟王一在网上聊天的人，难道他们不只是网上聊天，而是私下还有很多接触，不然人家怎么会来家里了？可能关系不简单吧，如果只是普通朋友，何必瞒着她，还撒谎说是什么同事？

王一晚上回家的时候，见她神色有些不对，心里咯噔一下，下意识地揣摩着妻子的神色。

惠英努力装着没事一样，她不想让王一瞧见她的怀疑和恼恨。

“玲玲姑姑好像很久没来了。”王小军忽然说。

“是啊，我这个干闺女怎么没来玩儿呢？”王一爸和王一妈都说。

“她很忙，这段时间忙着安排旅行社的事。”惠英不等王一接话，就先开口说道。

“不对吧，我上周才去过爸他们那儿，我就没看到王姑姑，她到底上哪儿了？”王小军认真地说。

“你问这干吗？小孩子家家的，少管大人的事。”王一本就因为惠英突然这么一说，心里忐忑不安着，现在儿子还拆台，难免语气重了些。

“你骂孩子干吗？”惠英见他还有脸凶孩子，当下就不干了，阴着脸说，“孩子又没有错。”

“他没错，难道我错了！”王一大吼着。

“有没有错，自己心里清楚。”

“王小军，快睡觉，明天还要上学呢。”王一妈见势不对，忙过去抱起孩子，又瞪了两人一眼，呵斥道：“好端端的，两个人吃错药了。”

这个晚上，王一跟惠英都没睡好。

在章亮看来，柳眉虽然答应做他女朋友了，但现在两人要更进一步，关键是如何在短时间里挣一笔钱，以改变目前他无房无车的窘况，否则，柳眉肯定是不会跟他结婚的。

他们学校附近都是农民造的别墅，那些无钱的艺术学院学生或者毕业生，借助于这里的住房条件，开了很多画室，一方面能贴补生活所需，一方面也能挣一点，以备不时之需，做了一番调查后，他和柳眉一起也成立了这样一个类似工作室的画室。

搞艺术是需要资金投入的，单凭两人的工资，除了房租、柳眉的绘画材料、平时的生活费用，每个月能存两千块钱，就已经算不错的了，柳眉除了绘画，别的爱好不多，对了，还有个爱好，抽香烟。

女人抽香烟，在艺术学院里，为数不少。画累了，或是想不出什么题材，碰到画不下去的窘境，抽上一支烟，不一会儿便神清气爽。但其实章亮对此极为反感，在他的印象里，女人抽香烟是不太好的，以前他一直是不知道的，也是在最近两人正式成为男女朋友后，因为关系的变化，彼此的了解更多一些，他才发现的。

他劝她戒烟，她开始也答应，可是背着他，故态又复荫，不仅四处找香烟，现在他再阻止，她还朝他吹胡子瞪眼，大骂他不是男人，管太多。发脾气的时候，哪里还是他印象中那个优雅有涵养的样子。

画室的生意并没有章亮预期的那么好做，柳眉太专注于自己的创作了，也许是指导学生上太严格，学生越来越少，开始有二十几个学生，最后只有六七个，再后来只剩五个了。

章亮为此绞尽脑汁，他利用自己的关系多处找学生，但是学校里的老师开画室的实在太多了，有的学生想学画，又拿不出钱，有的学生，三天打鱼两天晒网，而往往这样的学生，最多几天便被柳眉赶了出去。

章亮和柳眉为这事吵了一架，他要她改一改脾气，毕竟人家自己给钱另外来他们画室学习，只要她尽到该尽的责任就可以了，不用太过严苛，否则太得罪人了，会没人来他们画室学画。但柳眉却不以为然，她认为要学就得认真学好，不能为了钱就妥协。她骂他太守财奴，简直不懂艺术，艺术是要讲良心的，她不能收那些昧心钱，与其教这种没有天赋的懒虫，不如安心搞自己的创作。

对于她的固执，章亮无奈，想着两人好不容易走在一起，也试着去理解她，也明白她的意思，所以，他只得换一种方式，帮她找了画商，以一张画两三百块的价格销售，想着能卖一些有赚的就行，但是柳眉不答应，她对画商要她加工油画、临摹名画造假非常反感，因此，这项合作也没维持几个月便同画商闹掰了。

章亮四处奔走，但却得不到柳眉支持，反倒是因为这些事，使两个人的关系越闹越僵，终于，柳眉有一次气急了，干脆说："还给你钻戒，我不适合你，我们俩所图不一致，想法有分歧，还是分手吧。"

章亮想不通自己做了这么多事，为了她这么折腾，累得要死不活的，什么都顺着她，怎么她就能轻飘飘地说出"分手"两个字，也气急了，把柳眉还给他的那枚“藏爱”扔进了钱塘江里，暗暗下决心，绝不再找柳眉。

42 进退维谷

一年一度的作协创作会议在五凤山庄举行。成名在会上保持沉默，作为报告文学家，大会安排他有一个15分钟发言，成名觉得自己交出作品就算是了结一桩心愿，加上最近家里面的烦心事不少，也就更没心情顾及其他。只是会后，省作协副主席王昉找到成名说目前创委会拟办一份杂志，加上创委会几个老头子要退下去，问他是否考虑一下，可以调过去，同时负责管理杂志这一块。

王昉拍拍他肩膀说：“你40岁不到，还有前途，《钱塘》主编，全国有上百人报名，其中不乏当代走红作家，作为拿遍多个报告文学奖的你，难道一点儿想法都没有？这个事，我去跟你们社长和晚报主编老付去说说。”

回到报社不久，第三天上午，社长果然找成名做了一番长谈，说省里已经点名要让他调去作协，而他们社里，本来考虑提他作副主编的，现在，他将被挖走，这个遗憾不知要留到何时。

付主编除了跟他说了关于工作调动的事，另外还语重心长地过问了成名夫妇的感情问题，他说：“成名啊，除了创作是你的任务，工作是你的任务，处理好家庭，尤其是处理好和老婆的关系也是你的任务，采芹的爸爸，前几天同我在省里的新闻报告主题会上还聊起这个事，老人对这事非常关心。不是我说你，作为一个男人，事业要抓起来，家也要经营好才算成功，采芹这姑娘，人是不错的，开朗、活泼、有个性，是个内秀型人才，你们夫妻好比般配的鸳鸯鸟，应当你唱她随，双宿双飞才是。”

成名对此，也只能点点头，表示自己知道怎么处理了，也会处理好的。

对于他的态度，付主编满意地说：“我批你们10天年假，你带着采芹，去哪里玩玩，加深加深感情，人要走了，可是咱们感情还在呢。”

成名没有邀请采芹，也没有告诉任何人，他觉得眼下给自己放放心情假是应该的，也好让自己冷静思考一下为何自己会在两次婚姻中都走得这么不顺。加上下半年他的作品即将面市，下一部作品是写人还是写问题都还没定下来，不如到外地走一走。

对于很多作者来说，都市生活的忙碌，扼杀了人的激情与灵性，所以，成名选择了去香格里拉七日游。

沿着川藏公路坐车旅游倒还是一件新鲜事，从杭州飞成都经雅安至康定，到达新都桥后，南北两线各有声色，高原草甸，碉楼民居，还有圣洁雪峰，高原海子……

曲折多山的路上，碉楼堪称一道景观，藏民院落里的花椒树，以及路两边成片成片探头探脑的玉木林，花瓣、新芽、斜枝不时挡住成名的视线，落花、芬芳，一路的颠簸，一路的惊险与刺激。

在新都桥，瞭望天空，这里的天空是成名一辈子也忘不了的，蔚蓝的天宇，白云像棉绒一般，雄鹰在自由飞翔，平缓的山体，高原浑圆的线条，风吹过时，牦牛那肥硕的躯体在缓缓移动，还有那清脆的牧牦铃声……眼前一切，是那样纯净，使人忘怀得失。

从雅江到世界海拔最高的城——理塘的路上，导游说接下来要吃苦了，意味着可能路况、住宿条件将更艰苦。而海拔4000米以上，会有高原反应。成名记得做老师时自己有个学生就在西藏当过兵，他说高原反应强烈的时候，人总是晕乎乎的，还有肺水肿，所以生活在那里，短几年寿命是必然的。

头开始痛起来，从理塘开始，成名觉得两侧太阳穴就紧紧缩起，伴随着恶心、呕吐。车在盘山公路上疾驶，海拔随山势而升高，海拔5000米以上的海子山乃必经之路，路边植被越来越少，车子爬到海子山顶，灰色的冰川遗迹真正袒露出来，石头、沙砾、泥土，统统都是灰色的，印象中怎么也不能同飞舞的雪花、蓝色的冰川联系在一起。

青藏高原，世界屋脊，当这块灰土就在脚下时，成名感觉到自身的渺小与无知，面对眼前景色，除了感喟自然的纳山改川的博大与雄浑，还有什么比这气势更慑人心魄，收起自身的狂妄，收起自身的烦扰，真正的胸襟是包容与坚定，这要做起来似乎不容易。

从稻城到亚丁，从新都桥到双桥沟，一路上司机播放着各种各样来自雪域高原的歌曲，这种文化显得自然，容中尔甲、韩红、才旦卓玛的歌，他们属于高原的雄浑、广阔、高昂的歌声使成名深深感动。

中途与雪山几次擦肩而过。雪山，在成名印象里，它的纯粹、冷艳与不可抗的倨傲，这让成名无数次为之向往与震惊，如果作协把年会变成一次这样的艰辛之旅，岂不是得大于失？

在洛金走廊上策马狂奔，雨水让成名彻头彻尾感受到了清醒，成名后悔自己没带一个摄像机，不然他会拍下这里的风景，镜头里的雪峰可以作为写作的素材，对仙乃日雪峰的印象比较深，她是那么宏伟，高踞于雪域之巅，天空湛蓝，薄雾缭绕，极目而望，仿佛自己置身于天庭之间，这何尝不是一座精致的布达拉宫。

三座圣山之中有一片神奇的雪原草场——洛绒牛场，两个美丽的海子（高山湖泊）——牛奶海和五色海，这是一片怎样的牛场？

青青的草地像一张大地毯沿山势铺开，绿得叫人心驰，山花开得绚烂多姿，一阵阵清香在微风中传送，你能想象，雪水顺着山势下融的过程是怎样的彻心透凉，感人肺腑。

这是一片怎样的海子，它是雪峰的乳汁培养的绿玉，它是草地的婴儿和母亲，它是野兽的家园，它是人与自然奇妙融合的心电感应。

远则雪峰像棱锥一般峻奇雄伟，直刺苍天，阳光削劈而来，金光直逼雪原、草地、海子，那一刻，它美得简直叫人嫉妒。

雪山，再见；海子，再见；暖阳，再见；白云，再见。

这一趟旅行，让成名想清楚了很多事，也想明白了很多他曾经忽略的东西，原本满载收获和欣喜而回，等待他的却是在他休假独自走后的第五天，采芹也请了假，没有告诉别人她去了哪里。

成名回去后的第一件事，便是四处寻找采芹。

采芹不想解释自己为什么要离开这座城市，对她来讲，这座城市值得留恋的地方太多了，小时候同伙伴们在六公园的外语角学外语，冬天的时候，在寒冷刺骨的风中哆哆索索讲起英语时的狼狈与尴尬，还有那个叫福瑞斯的英国老头，教他们讲英语时的手舞足蹈，她没想到自己后来读大学时才知道，那老头是浙大请来的专家。大学毕业后，她还经常去看他，福瑞斯一直过着单身生活，他说这样比较自由，比较随意，欧洲人的生活观念是比较崇尚自由的，他们觉得，关键是活得自在。

但是这一次离开，采芹都顾不上跟福瑞斯打招呼，这是她很遗憾的事，至于跟父母之间，她不知道该怎么说，只想等自己到了上海定下来后，再给他们报一声平安就好，因为她也不知道自己跟成名之间，到底怎么了？

当她在知道单位领导给成名放了假，是希望成名能和她一起出去散心和好，以解决夫妻两人最近分居闹别扭的状态时，她是满怀欣喜地等待着成名来找自己，可等了一天他都没出现，她只得回家去看，才发现成名根本不在家，而且带走了他平时出门的小行李箱和证件，她便知道他已经独自一人走了，甚至都没有跟她说一声他去哪里了。

那一刻，她不知道自己是怎么了，只是独自在房间里哭了很久很久……

最后，她也选择坐上了从杭州到上海的车，坐在采芹对面的一位男士，想是出于无聊，问她几点了，采芹告诉他，她也没有表，不过列车会报的。

“你去上海上班？”他问。

“你说呢？”采芹反问。

“我一看就知道，现在杭州人去上海上班的人比较多，等地铁接轨后，估计，可以缩短半小时左右，那时候，从上海回来也就一个多小时。”

采芹说：“你眼力真不错，我去上海就是上班，那你呢？”

“我去看我妻子。”他说，“这半年来，我每个周末都过去，你不相信是不是？你肯定在想，我们这把年纪了还用得着这么腻腻歪歪的。”

“没有，只是有些意外。”采芹连忙说着，只是心里想这人一定是开玩笑的。

男人笑笑说：“婚姻和爱情一样，都需要认真对待，而且婚姻更需要去好好经营的，我妻子的课程比较密，我每个星期五从杭州去看她。我们一起去外滩散步，去东方明珠塔吃夜宵，上午她去上课，我去黄浦江钓鱼，然后等她下课我们去法国餐厅吃中饭，下午她要是没课，我们就去南京路购物，或者去南堂人间K歌，晚上散步回家，周末下午我回杭州。”

“你们真是一对儿会生活的傻瓜。”采芹开着玩笑说，但心里却有一点点羡慕。

“是的，你一定会想，我们傻帽儿啊，都四十几岁的人了，孩子都上大学自力更生了，还需要每周都碰面吗？可是为什么不呢？我们成天除了工作，家庭、抚养儿女，赡养老人，我们有多少时间在为自己生活？真正能够跟我们生活一辈子的是我们的伴侣，我们为什么不好好地多在一起过得开心快乐一些？”

他的话让采芹很吃惊，也很振奋，也许，家不应只是个永远的避风港，它的功能承载着太多的责任、义务、道德伦理，而夫妻不仅仅是生活上的伴侣，更应该是对方最为重要的人，因为只有他们彼此才是要陪伴彼此最久，也是最亲近的人。

“你妻子在哪里工作？”

“不，她只是来上海进修，还有半年就毕业了。”

“你呢？”

“我在浙江大学，我是搞生物工程研究的。”

采芹对这位姓罗的教授佩服至极，她突然想，也许自己的选择没有错，婚姻应当是有距离的，因为距离会产生美感。

“以前，我们也只是为了家庭、为了孩子、为了工作忙碌着，也会有没完没了的争吵，完全没有注意到对方的重要性，这样跑已有5个多月了，这样跑，除了辛苦，我们更品味到苦乐，每个星期只有两天的相聚，而后各自沉浸于自己的事业学习中，才发现，原来这些年，我们都忽略了彼此，幸好现在还来得及，其实，现代人在选择婚姻时应该慎重，一旦做出选择，就应该好好去经营婚姻，彼此努力去提高感情生活的质量，否则，两个人过一辈子，却不善待彼此，这难道不是一种痛苦？”

这样的谈话内容，采芹或许知道，但从来没有真正去深思过的问题，她和成名的婚姻生活开始得太快，也太突然，她或者他，或许都没有做好怎么去真正经营好一个家的准备，他们都只是在为自己的工作和所谓的事业忙碌着，却忽略了事业和经营好婚姻并不矛盾，只是他们没有找到适合他们的方法。

43 芝麻开门

一次偶然的家访，使章亮彻底改变了自己的生活选择。

这是个成绩不太好的学生，除了画画的特长爱好，其他功课基本上飘红，这个期末考试，孩子的成绩更让章亮担心。

章亮拿着一张打印的期末考试成绩单，他预备跟孩子家长好好说一说，晚上七点半光景，章亮从城北到城南，坐了一个多小时的公交车，沿着胡雪岩故居走到衣杆巷，又从衣杆巷到灯草巷，昏黄的路灯投射到地上，小巷深处，几个闲游收破烂儿的外地人斜坐在三轮车上，用一种辛劳之后散淡而搜奇的目光打量他——一个35岁的中年人，穿着双市面上50元一双的假皮凉鞋，背包是20块买来的布包，背包上挂一条毛巾，一只茶缸也扣在那儿，看上去有点像从前北上红军路过金沙江边小镇民居的样子。

孩子的母亲在手机里让他再等一会儿，说马上就到，章亮有事没事地在高高的水泥杆下溜达，心里考虑如何既不失礼仪又能把情况严重性跟孩子家长说清楚。

汪汪汪——一条狗突然从脚边蹿起来，朝着章亮狂吠，大概章亮的鞋踩到它的尾巴上了，这条狗习惯性地向后一口咬住章亮的鞋，假牛皮这回充当了保护角色，又硬又臭的牛皮鞋让这条家狗捞不到任何好处，便朝他一阵疯狂猛吠。

章亮惊魂未定，撒腿跑开50米开外，瓷缸碰着身体，发出一阵叮咚之声，正好撞上了从外面往回开车的女家长。

“章老师，你这是怎么了，狗狗，跑开，也不看看这是谁，这是小英的老师！狗眼看人低。”

这话引得章亮笑起来，家长也笑了，说：“章老师你别见外，狗就是狗，它不识人的，今天让你久等了，实在抱歉。”

女人开了门，从冰箱里拿了西瓜、饮料，摆在桌子上招待他。

章亮环视四周，这家还是和一年前一样简陋。

“你没考虑买房子？”

“我这人太傻，年前单位里分房，等我想到的时候，人家早就分光了。”

“你家老公呢？”

“他在富阳，眼下没什么工作，我是三年前才调到杭州银行的。”

“像你们在省分行工作，对对账应该是蛮轻松的吧？”

“还好，收入不是太好。”

“总比我们当老师的强，我们从早上五点半起床，到晚上回家，累得要死的。”

章亮准备一大摞的批评话语都没有来得及说出，女人只是抱歉，说一定管好女儿，保证不让老师失望，话说到此，章亮知道这样的家庭，劝解已没多大可能，一句话，父亲不在，做娘的又没时间管，孩子成绩不下降才怪，除非孩子自己一下子自觉了，努力起来。他知道艺术学院的这批学生，学文化简直就像是听索然寡味的政治课，丝毫提不起兴趣。

轻叹了口气，章亮觉得再谈也没什么结果了，准备起身离开。

女人却拿出一张表让他看。

“这是一张工作分析表：上面写着二十项选择题，回答用是或否。”

您的工作是否愉快？您是否满意您的酬劳？您是否满意您的工作和收入？在您的工作中您是否能全部发挥您的才能？……您是否喜欢您的上司或老板？

章亮全部选了否。

结果，那孩子家长说：“你应该考虑参与安利事业，你看我，一直用安利，我和小英现在身体怎么样？”

章亮愣了愣，半天才反应过来，讪讪地说：“小英这一个学期都没请过病假，这证明她身体要比原来好，你的身体也不错，挺硬朗的，气色很好。”

其实他在心里想说，徐娘已老，只好靠涂脂抹粉来粉饰了，他看到女人化妆比较刻意，一年前她来校时，可不是这样刻意的。

女人非常热情地向章亮介绍着选择安利，就选择了新的人生，做安利吧，可以兼职，不需大投资，有人教，有做人，产品有人买。

章亮起初没有在意，只是应付着点点头，其实也没注意她噼里啪啦的到底说了些什么，直到她突然说：“如果你发展会员，你的收入又将另当别论，如果你发展了4个会员，你除了有2000元的基本收入外，你同样拥有9%的销售佣金加3%的浮动佣金……如果你成为了一名经销商……你每个月收入6200元……”

她具体说了什么，章亮回到家时已经记不清楚了，他只记得，按照那个家长说的那样，柳眉要求他的买车计划，和帮她办画展的事，在不久的将来都可付诸实施。

他觉得，以自己读了16年书的智慧脑袋，还不能算透自己的人生目标，简直是白读了那么多年，白耗了如花青春。

或许那个女家长说得对，兼职做一下安利，也是不错的。

但第二天，他把这个事跟柳眉说了以后，并没得到柳眉的认同，柳眉认为，章亮这样做无疑是拜金主义。

“你应该像成二哥一样，在专业上谋求发展，多写写评论，或者成为一个评论家，或者经营艺术品，拓开市场，做一个画商或者经纪人，这样更有前途。”

“做这个没有什么不好，既锻炼人，又赚到了钱，你不是需要一辆跑车吗，我保证，不出三五年，这个愿望就能实现。”

“这是人情事业，你有那么大的交际面？”

“可以去交往嘛。”他坚持说，“路是人走出来的。”

两人再次不欢而散。

44 多方突围

王一召开整个旅行社扩大会议，目的是想进一步拓展市场，他提到欧洲人的消费观，打个比方，你问欧洲人什么是奢侈，他们会说全家人旅游，住最好的酒店，以豪华酒店为终极旅游目的的顶级度假产品，目前正大举进入浙江人的视野。

他说自己办了个公司网站，调查中发现，国内顶级游拓展的几条路线中，海南三亚湾假日酒店，已经成为海南游的首选热线，去海南旅游的游客们大多选择住三亚湾五星级酒店或喜来登酒店，王一让副经理韩雪介绍这条线路开发的情况。

“我先介绍一下，目前，中等豪华型的海南三亚行，我们打算推出2880元一套，含来回机票和4晚三亚湾假日酒店住宿；顶级的是4260元一套，住三亚喜来登酒店，4晚和来回机票；低档豪华的还考虑开发一套2420元的，含来回机票和4晚天福园酒店，以上三家都属挂牌五星级酒店。”

市场部主任小杨站起来说：“王总，我想问个问题，就是杭州目前有没有这样的市场情况，从其他各社传来的情况目前不容乐观。”

“要有一点儿远见和眼光，现在是消费时代，浙江的经济在全国都是领先的，人均值首超广东，市场肯定是有的，韩经理，你继续说。”

“国内拟开发的路线，有九寨沟、香港，国外的有马来西亚、兰卡威、马尔代夫、泰国普吉、印尼沙巴，这些路线均以顶级酒店为旅游品牌中心，游客全程入住旅游地，景点最豪华、顶尖的五星酒店，享受世界顶级酒店提供的一流服务，有的路线最高报价为1.4万元。”

“我的妈，做这个导游肯定赚死了。”国际部的导游胡小姐大叹一声。

“是的，线路做熟了，不仅你们赚钱，住的条件也提高了。”王一总结说，“大家要做好这个准备，我们正在考虑红色旅游开发计划，下一次会议，再同大家公布，现在各部领导留下来，大家再商量这件事。”

“目前，我们开拓的顶级旅游，线路还很单一，品种很窄，所以最大的难题不是没有客源，人家逸境度假经营一个月，已收客百人，约为同等规模旅行社收客人数的1/4。豪华游的现身，是体验型旅游的另一种形式，顶级游、豪华游的出现，是旅游发展日益个性化的必然趋势。目前，中国大陆的奢侈品消费人群已达总人口的13%，约1.6亿人，中国私人财产超过千万的人数约30万，目前银行的个人储蓄余额为12万亿元，这12万亿元中的80%为20%的中国家庭拥有，这些家庭具有潜在的消费奢侈品的能力。”

听着韩雪的介绍，王一在考虑市场的风险系数有多大，奢侈消费是有市场的，不过，问题在于中国人的消费观念仍不够成熟，这需要一个过程，不是每个人都事先全知全能才去做的，就算有风险，不去闯，又怎么能知道难不难呢。

市场部的小杨在介绍各线路更动情况：远线游——新疆金山银水·喀纳斯湖·吐鲁番风情双飞七日游；青岛—威海—大连双飞五日游；桂林阳朔经典双飞四日游；经典北京坝上草原七日游；武夷山三日游等。近线游——余杭蜜梨节一日游，太湖源嬉水一日游，安吉竹博园、灵峰胜景一日游，西天目避暑一日游，等等。

市场部小吴开始介绍红色旅游景点搜索情况：绍兴周恩来纪念馆，鲁迅纪念馆，上虞新四军北撤会议旧址，新昌梁柏台故居，诸暨革命烈士纪念馆，余姚浙东区委旧址，鄞州四明山革命烈士纪念馆，镇海海口海防历史纪念馆，舟山东港塘头“麒麟前哨”教育基地，马岙博物馆，蚂蚁岛景区，鸦片战争遗址公园，岱山金维映故居，余姚四明山革命烈士纪念馆，等等。

听着各部门的旅游开发报告，王一心旌动荡，想象着此后旅行社的业务火爆与市场远景，规划着如何将旅行社的分社在城区西边以及萧山区打响的远景。

手机忽然响起来，是惠英妈打过来的，问他和惠英回不回家吃中饭，他答复着今天不回去了，社里有中饭供应的，让她老人家放心。

自从王婧到家事件曝光后，王一每天过得小心翼翼的，只希望这事儿早点悄无声息地过去，惠英也没再提王一红杏出墙一事，她知道一个家庭的和睦是大局，非到山穷水尽时候，她是不会再提及此事的。

家和万事兴，王一也是牢记着这一古训，为自己那一段插曲而后悔，现在借的钱都还没还完，加上惠英知道了，更加不敢多藏私房还债了，想想都烦闷，他这是一失足成千古恨，以后哪里还敢乱动歪心思了。

柳眉的画展在上海的一家画室举行，除了美术学院的恩师吴教授，以及她读研的老师黄庭教授，专业的那帮哥们儿姐们儿全杀了过来，这是个令人难忘的夜晚，大家喝着酒，聊着画，听着幽雅的小提琴曲，在这样的情境里，人人洋溢着欣喜，分享着成功的幸福。

柳眉的恩师，也是艺术学院附中的国画老师，副教授杨明说柳眉大学刚毕业一面读研，一面创作，造诣不浅，必定前途无量；附中校长也勉励柳眉进一步提高艺术素养，做名师，做专家，做大师；美术学院国画系的系主任，也是柳眉大学阶段的恩师吴教授认为柳眉的国画在创造、形体、结构、运动空间感上把握比较准，是下了狠功夫的，他指着一幅人物画《乡村女孩》说：“这幅画，比例分寸感处理不错，用墨的深与浅、干与湿处理不错。”

黄庭教授则肯定了她的一幅长卷作品《大港头的全景》，认为这组画很好地把握了全局，构图大气，细节处理准确到位，更是指出民居的素描部分，比如瓦、屋梁，很好地注重立体造型，画面朴拙，有一种写实风格，做到这一点比较难，把握起来要下功夫。

同行陈庆找出一张创作课作品说："柳眉你这种是学生时代的作品吧！"

他以前见过，当时被作为学校优秀作品收藏了。

柳眉说："这是张底稿。"

画面上有四个学生，都是附中学生，其中一个将鞋挂在脖子上，近视眼，甲字脸，一幅自在无所谓的状态；另外两个女生满脸笑意，一个是站着的，手里头抓着一个东西，像是只蟹，另一个女生弓着腰，背着个民族包，脸儿圆圆的，身材微胖；还有个扎裤腿的男孩，正弯腰提着裤边准备下水……

陈庆说："你在人物构图上的深浅关系处理得恰到好处，特别是比例、明暗、尺寸把握准确到位，特别是动态感，确实让人佩服。"

柳眉对他的评价笑着点了点头，陈庆却凑近她身边，神秘地说："注意到画面深处蹲着的那两个陪衬人物了吗？猜猜看是谁？"

"难道是你？"柳眉挑眉问道。

"那就是本人，可惜只是个背影，有损形象啊。"

"那可是个白马王子。"柳眉纠正说，"那时候你很腼腆，不像侯三，整个一个流氓相，侯三在哪儿，听说在广州读博，广美好像没这个学位。"

这时，柳眉认出其中一个是她班上的学生家长，便跑过去打招呼。

"柳老师不愧为美院优秀学生，这么一点儿年纪就能画出这等水平的画来，真不错。"家长笑着说道，这个家长是上海美术电影制片厂的一个画家，平时搞一点小雕塑，偶尔也画一些油画、水彩什么的，上海美协会员，小有名气。

有行家在旁，柳眉丝毫不敢怠慢。

章亮走到新天地画室的时候，正好看见柳眉正跟一群人聊得兴致正浓，他今天是来找柳眉说其他事的，不想过去应酬，等到人都走光了，柳眉正在清点东西准备回家，他在外面给她打手机说：“我在外面等你。”

“去吃烧烤吧，黄陂南路上有家韩国烧烤店。”柳眉说，“我没想到你会来。”

毕竟，之前两人不欢而散后，已经许久没联系了。

这家叫泸上人家的餐厅一共两层，进店上楼，二楼的大堂里很气派，因为时间已晚，人不太多，柳眉点了三份肉：招牌牛肉、法式羊排和美式培根，店员告诉他们，这家店的肉类都是采购自草原兴发，绝对健康、鲜嫩，肉熟了之后，沾上特色韩国大酱，味道鲜香无比，特别是培根，薄薄的一片烤熟后，颜色还是粉嫩粉嫩的，沾酱包裹在生菜叶里，再搭配些附赠的韩国泡菜，鲜嫩爽口，味道非常特别。

吃完烤肉之后，柳眉说再吃点冷面吧，荞麦面，嚼味十足，汤水中带点辣味，喝起来有点冰，消暑清胃。

章亮要的是石锅拌饭，锅一掀开，浓香四溢，馋得柳眉忍不住用碗再盛了一些吃。

“你有什么事，就直接说吧。”饭后，柳眉才直接开口说。

章亮笑笑，也不再拖拖拉拉，直接说：“你知道我想做安利的所有动机是什么吗？”

柳眉摇摇头说：“我不明白。”

“伸出手。”章亮说。

“什么？钥匙，你买车了？”

“虽然不是你想要的，但是这一款从外形、发动机条件方面都是过硬的，我相信，只要你试过之后，肯定会满意！”

“车在哪儿？”

“锦园大酒店地下车库里！”

“我真想去试试。”柳眉神往着说。

“为什么不呢？它属于你了！”章亮说，“等以后我挣了钱，再给你换个宝马也不是不可能的事，你相信我就行。”

“这辆车全是你挣的？”

“我付了首付，按揭了21万，不过放心，我仔细研究过了，我边工作，边做兼职，只需两到三年，就可以了。”

闻言，柳眉却淡淡地说：“你太破费了，其实没必要这样，我消受不起。”

“为什么？柳眉，要知道我所付出的，一切都是为了你！”章亮觉得太突然了，这段时间，他一直在努力，就是想让她看到自己的能力和对她的真心。

“其实，你不知道，我们的追求本来就不一致，你追求的是自我突破，我追求的是献身艺术，我说着想要车子房子，但又何曾真正非要这些不可，但你却从没有真正了解过我，所以，我们想的完全不一样，是真的不合适。”柳眉叹着气，平静地说。

章亮惊呆了，他握紧手掌，眼眸的雾色里有浓浓的悲伤在四处奔突。

“章亮，你还不明白吗？我们不在同一条线上，我们曾有过很多值得回忆的幸福，但我们从没有一起享受成功的甜蜜，我们可以是彼此无话不谈的朋友，但没有爱情，我们都努力尝试过走到一起，但现在剩下的，还是只有友谊！”柳眉伤感地说：“虽然说这话很伤感情，但我宁愿早点说清楚，以免彼此更加误解和耽误对方，以后连朋友都没得做。”

“我们之间，真的没有办法在一起了？”章亮缓缓地说。

“是的！”柳眉看看他，很是确定道：“我的画展会有三天时间，作为朋友，我欢迎你来，但若其他，你就回去吧。其实，我一直都想跟你说，桂萍姐那边，还有阳阳，你该好好地去关心关心他们，有可能的话，考虑复婚吧，他们才是你的归宿，也许你我都很懂彼此，也可能会生活在一起，但是我们志趣各异，终究是会矛盾不断的。”

江风猎猎，霓虹灯闪烁依旧，旧上海老码头，见证过百年来多少缠绵悱恻的爱情，但在与柳眉分手后，章亮独自一人走在江边，哪里还能感受到这里的浪漫。

45 缘定三生

老总对许仙说，3659是一个国际性商务网站，他的母公司正在酝酿并购中国最大的电子商务公司35%的股权。这场交易势必造成互联网界的又一奇迹发生。如果成功，则意味着他们公司有参股10亿美元的投资意向，那么，他们这些国内网络公司势必称雄网络信息界。届时，他们在中国的业务将覆盖信息门户、搜索、电子商务、网络广告、即时通信等，成为互联网主流业务，这是件双赢的大好事。

而许仙正好赶上这一大好事，觉得他的机会来了，老总让他先与合作单位总部接触，做一些前期商洽，一旦机会成熟，并购的事达成，说不定还有机会成立集团公司，也就是说，他这位元老以后成为分部公司的老总并不是不可能的事。

许仙赶紧将这一消息告诉馨月，馨月的态度是高兴的，她希望他早日成功，并且，上次从杭州回广州后，馨月的心态平和了很多，也没有急着找工作，这段时间都是在家学习充实自己，并且照顾许仙的生活，这次在他事业奋斗中，更是做好了后勤工作，让许仙更加有斗志了，两人感情也越来越好。

经过自己的努力，许仙的前期工作做得很好，让公司老总非常满意，作为奖励，公司安排他和其他几个有功的同事去印尼度假一星期，并且可以带家属，喜得馨月直说运气好，军功章也有她的一半。

飞机从广州到新加坡，再从新加坡到印尼的民丹岛，那儿没有机场。许仙他们住在一个叫娜湾花园的度假村，里边很大，有四家酒店，他们公司选择在绵阳沙丽海边酒店。

拿到房间门牌时许仙大吃一惊，以为自己是进了动物园，这个酒店的房门是以生活在海里的动物命名的，许仙他们住的房间叫海鱼三号，其他的同伴有的住海星，有的住海龟。循着小路，看到了一溜各自为政的宽大木屋，两间为一幢，每间木屋前都有一个带躺椅和茶几的木结构露台，供观景用。

终于找到属于他们的那一间房子，推开玻璃移门，屋子宽敞，屋内纵向空间很高，一边是摆着芭蕉叶和防蛇熏香的小茶几和卧榻，一边是泛着浓郁印尼风情的木床，上有饰布和森雕，除了屋子的格式和家具，其他与酒店并无二致。

推开门能见到大海，看沙滩，看得见椰子树和热带花卉，馨月对着许仙笑得花枝灿烂，显然，她对眼前的这一切很是满意。

夕阳下山，许仙牵着馨月的手一起去看夕阳，一轮海日在海平线一侧，即将沉入大海，此时，四周静下来，孩子们在沙滩上的喧嚣一点点隐去，只有海浪冲打海岸的拍击，像小槌子般轻轻敲击着游人的心。

“馨月，我从来没有像这一刻这样接近幸福，以前，我离你如此之近，却总觉得你离我很远，但现在我知道，你离我很近，因为我们的心近了，我想起了一首诗，海子的诗，我为你吟唱好不好？”

“好。”馨月闭上眼睛，享受着晚霞的馈赠，她何尝不知道他的意思。

辞职后，她想了很多事，也想明白了很多，其实人的一辈子真的并不长，都说事业和家庭不能兼顾，但她只是一个女人，而且已经年过三十的女人了，她已经因为事业而忽略了一次家庭，但又幸运地遇到了许仙，她不想等到将来再后悔，她想努力去尝试一次做到两者兼顾，而生命的过程本就应该是尽力去做好自己在某个阶段最应该做的事，不是吗？

“从明天起／做一个幸福的人／喂马／劈柴／周游世界／从明天起／关心粮食和蔬菜，我有一所房子／面朝大海／春暖花开……陌生人／我也为你祝福／愿你有一个灿烂的前程／愿你有情人终成眷属／愿你在尘世获得幸福／我只愿面朝大海／春暖花开。”

许仙念这首诗的时候，他发觉自己心里漾满了幸福与欣悦，这种感受是他一生里都没有过，但却是一直在追求的。

一个月后，馨月检查出怀孕的消息，许仙高兴得在办公室里蹦跶了好几圈，从这一刻开始，他与馨月之间的恋情于他而言，终于结出了幸福的果实。

两个人会因为恋爱而结婚，但结婚后真正能做到家庭幸福美满的，只能是彼此和睦相处、耐心包容、付出真心。

46　旧梦重温

“阳阳，看，你爸爸来了！”桂萍妈对孙子说。

“爸爸，你出差那么久，这回我可要一个大笨熊。”

“爸爸这回给你买的东西，比大笨熊更好。”章亮从身后掏出一支水枪递过去，说，“你看，好不好玩？”

“呦，爸爸真好。”阳阳喊着。

“你来了。”桂萍淡淡地说。

章亮找椅子就座，他问她最近怎么样。

桂萍只是叹气，什么都不想说。

桂萍妈却抢话说道：“还能怎么样，她这日子过得是一天不如一天，虽然有几个要好的朋友帮忙，可是人微言轻，校长找她谈几次话了，要她把工作辞了，把更多精力投在孩子身上，毕竟，很多教师都说她这样是拿双份工资，都不满意着呢。”

“我找陶院长说说，她是我朋友，幼儿园这边，她说了算。”章亮闻言点了点头。

从桂萍家出来，章亮就去找了陶院长，两人寒暄几句，陶院长就大吐苦水说："我这也是没办法，现在不比平时，总校长换了，很多事情也会有新的变动，不过你放心，桂萍的工作没什么问题，只要我不表态，别人也不可能随便辞退她，何况桂萍生病后，当时手术费都是老师们为她募捐的，现在你们又离婚了，她一个人照顾阳阳，又要赡养老人，生活不易，学校照顾几分，安排这个生活老师的工作，也是天经地义的事情。"

章亮想起桂萍妈的种种可怜，年纪正盛，老公患癌去世，虽然有两个儿子，顶多也就是自己能管管自己而已，现在还要帮着桂萍照顾孩子，以后不靠女儿靠谁，况且阳阳又小，总要人照顾。

前不久，章亮的母亲刚去世，他接到家里打电话来，就赶了回去，守了三天的灵，回想起母亲在世时对自己的种种好，而自己这么多年来，以在外地为由，也没怎么在母亲跟前尽孝，甚至连母亲最后一面都没见到，想想就惭愧懊悔，可现在想这些还有什么用，子欲养而亲不待了。

他还记得，哥在葬礼结束后，知道他和桂萍早就离婚了，也劝着他，并告诉他，母亲在临死之前还留话给他，要照顾好桂萍娘儿俩，说桂萍是个有孝心的，他要改一改自己三心二意的脾气，都老大不小的人了，得找个心眼儿好的人，守着过一辈子，桂萍人好，他不要总是犯浑。

章亮也知道母亲的话有道理，可是奔丧回来，他对柳眉还心存侥幸，认为自己只要努力，创造更好的物质条件，就可以赢取柳眉的芳心，然而，上海画展那一夜，他彻底清醒了。

有些爱情是昙花一现的，而爱情更是会变味儿的，尤其是他这样单方妥协的爱情更是不会长久，也得不到真正的幸福，反而打破了原本那份朦胧的美好。

当章亮从陶院长家里出来的时候，不知为何，竟不知不觉地走到了宿舍区，碰上正好出来看情况的桂萍。

"正等你吃饭呢，有没有效果？"

"都搞定了，凭着我跟她的关系，她绝对不会做对你有害的事。你放心，工作的事，问题不大。"

“还有，我跟你说，学校里有消息传说，他们很可能要收回阳阳！”

“怎么回事？”章亮心里一惊。

“是这样的，说我们这么收留阳阳，别人总有说法，最初园里就有人往上面提过意见，说小孩是付费的，我们一个月拿人家1000块生活费，又当了父母，白捡了好多便宜，说我们太运气了。他们还说，等长大了，阳阳还是会回到别人那里去的。”

“阳阳毕竟跟我们快三年了。”章亮叹叹气说，“这事，我一定要探清楚。”

“我也会找别的老师问问。”桂萍说。

“吃过饭，我带你们去转转，看看西湖。”

晚饭后，章亮开车沿着西湖绕了一圈，一路上，阳阳大叫大嚷，对夜里的灯火与车流觉得特别新奇。

“阳阳，好不好玩？”

“好玩。”

章亮将车子停靠在灵隐寺不远的一个叫绿茶青年旅舍的地方，这是一家茶吧，还能看电影。

用一种朴素而自然的语调来描述这儿的静谧并不为过，茶是清香的，气氛也是幽静的，多少有点像一部赵薇演的电影《绿茶》。

这里有着地道的农庄特色，桌椅宽宽长长，本质原生，手摸即知，让章亮忘不了的是那片幽深茶园，一直漫延到茫茫夜色中，据说有近百亩。

夜，平静而灿烂，星星在眨眼，一些碎云团在空中缓缓飘浮，半轮月色在云层里忽隐忽现。

青年旅舍的门口砌了一个游泳池，灯光下，边上的攀岩墙顶有一串喷泉落进池里，使人联想必有猴子在水帘洞中玩耍，这里还有棵大樟树，树底下，这回正放着电影《小兵张嘎》。

这可乐坏了桂萍妈和阳阳，婆孙俩早就搬了旅舍里的椅子去场坪里看了。

章亮给了10块钱，任由婆孙俩感受这乡野文化的独特魅力。

“看他们的开心样儿，真像没看过似的。”桂萍笑笑说。

“这是很久以前的感觉了，我小时候特别喜欢看露天电影，老早就搬凳子去看，现在想想以前的事，觉得太遥远了。”

“这地方像乡下。”她说。

“我喜欢这里，有点像秀山的水田乡，我开始在那里当了三年多的老师，晚上乡里头放电影，我们就搬凳子去看，孩子们别提有多开心。”

“那时候，我还是一个扎辫子的大姑娘，一碰见这样的事，老早就看热闹去了。”

“那时候我看见人群中的你，我就想，这是谁家的女伢儿，皮肤白嫩白嫩的，一点儿也不像乡下女。”

桂萍脸红了，冷哼着说：“那时候你很花的，要不是你死皮赖脸，我才看不上你这个代课老师呢！”

“后来我不是转正了嘛。”章亮辩白说，“我转成了公办老师，我和你订婚了，后来你考上中专，谈了男朋友，差点没把我气死，我找了几个哥们儿，把那男的暴揍了一顿。”

“你后来被派出所抓去，关了一个星期，不是我去送饭，你要掉十斤肉，我那时不想理你了，哪有这么霸道的人！还当老师呢！”

“唉，现在想想，还真像在昨天似的。”

“你跟柳眉要结婚了吧，什么时候，记得请我吃你们的喜糖。”桂萍说。

“结什么婚，我们一个月前分手了。”章亮说。

“怎么回事？”

“我们的性格不一样，志趣也不同。”

“可以相互容忍啊，比如，咱们俩。”桂萍说。

“咱们俩是没什么的，咱们多少年的感情了。”

“现代人的恋爱观就是不一样。”桂萍说，“我弟弟已经换过三个女朋友了，最近，问他打算几时结婚，他说又吹了。”

“我算是讨了个教训。”章亮停了停，看向她说，“这辈子，也就是这么回事吧。”

“你工作怎么样？听说你还做兼职了？”

“嗯，还不错，最近刚按揭买了这个车，慢慢地，再攒点钱，再去按揭个房子吧，总不能一直租房。”

“你这样也挺好，总算知道努力挣钱过好日子了。”她说，“不像以前。”

“是啊，虽然很辛苦，比只上课忙多了，好在比较充实。”他停了停，说，“快11点了，太晚了，我把你们送回家吧。”

这时，阳阳躺在桂萍妈膝盖上，已经睡着了。

到学校后，桂萍妈抱着小孩上楼去。

“你也早点回去休息吧。”桂萍说，“今天谢谢你了。”

说完，桂萍转身就往家走，没走几步，后面响起了章亮的声音。

“这个家，我还能回来吗？”

闻言，桂萍停住了脚步，却没有回头，只是说了一句：“太晚了，你早点回去吧。”

“那再见！”章亮握了握手，又说道，“我要是想儿子了，就回来看看他。”

“好！”她打开门进去了。

章亮叹了口气，倒车，往滨江方向，过四桥，朝租住的房子驶去。

这天，章亮因为有同事说一个朋友到国外定居，家里才装修没多久的房子准备出手，因为对方急着走，所以在二手房中，价格比较优惠，章亮想了想，虽然自己手上钱不够，但若房子真值，找亲戚朋友借借，也是可以的。他刚跟人约好了去看房子，便接到桂萍的电话。

“章亮，不好了，学校里要把阳阳要回去。”

“怎么会这样？”章亮火了，但还是安抚道，“你也别着急，我马上过去。”

章亮、桂萍和桂萍妈来到校长室，一副气势汹汹的样子。

校长给他们倒水，倒是很客气地说道。

“章老师，这事也怨不得学校，当初考虑到你们的情况，加上孩子家人也有所委托，我们也想成全这事，这样，不仅可以让孩子得到更好的照顾，也给孩子一个完整的家庭成长环境，但现在不行了，主要是人家孩子家人说是要接孩子到国外去。”

“这人怎么说话不算话？当初明明说的是让我们领养，这领养可不是托养，这几年我们对孩子如何，你们也都是看到的，我们养这三年，费了多少心血，孩子生病住院这些，都是我们付医药费，在医院照顾着，你们现在一句话，说把孩子接走就接走，把我们当傻子不成。”

“章老师、桂萍，别激动，有话好好说，咱们先消消气，我知道，你们也不容易，可有谁替学校想过？收留这个孩子，你说学校该担当什么责任？万一孩子父亲不寄钱不管他了，你说学校该怎么办？我们是私立学校，又不是慈善机构。”

“那么，听校长这意思，当初学校说的什么领养，实际上就是骗我们白帮别人照顾了孩子三年，那这损失谁来付？”

“人家也没白让你们给带，平时，孩子每月不还有1000块生活费吗？”

“生活费？校长，咱们做事得讲良心，阳阳从三岁起就到我们家了，因为学校说是让我们领养了这个孩子，我们一家人都是费心费力地照顾这个孩子，中间孩子几次生病花了好几万的医药费不说，我们这一家人费的心血和付出的情感，这要怎么算，你是校长，你是做领导的，你给我们说说这一个月1000块的生活费除了孩子自己的吃喝，还能做得了什么？”

校长叹口气，说：“桂萍，章亮，我能理解，就算孩子家人把你们以前花的医药费都补上，甚至对于你们这三年的照顾给些补贴都是不够的，毕竟这养儿养女，所付出的心血不能用金钱来衡量，你们付出的爱、呵护和关心，比什么都珍贵。”

“总有个地方说理去吧，咱们找市政府，找教育局领导去！”桂萍妈虎着脸说。

“妈，这事你别嚷嚷，我们来处理。”章亮见桂萍妈要闹起来，连忙拉住她劝道。

“我的阳阳啊，我的好孙儿，你怎么可以这样就被人带走了，哎——

哎——”桂萍妈号啕大哭。

“老人家，你消消气，实在抱歉，不好意思。桂萍啊，先扶你妈回去吧，好好休息休息。后面的事情，学校肯定会有个处理方案，让你们满意的，你们也别着急。”

章亮朝桂萍看了看，示意她先扶老人走，自己留下来协商。

“那校长，这事儿就麻烦你多体谅体谅我们做父母的心情，我们先走了。”桂萍明白章亮的意思，也知道这事如果真跟学校闹起来，大家都不好，毕竟当初他们也没有跟孩子父母办过正式的领养手续，只是跟学校协商的领养，现在孩子父亲要接走孩子，学校是做得不对，但孩子父亲也是有接走孩子的足够理由。

待桂萍她们走后，校长拍拍章亮肩膀说：“这事儿也是我们学校没有考虑周全，是挺对不起你们的，这样吧，我们学校跟孩子父亲那边协商一下，如果他坚持要把孩子接走，就让他把孩子这三年的医药费全数补给你们，另外，这三年你们实心实意地照顾孩子，我们也都看到的，那点儿生活费全部花在了孩子身上，对于你们这三年的付出，得给你们相应的补贴；如果他可以不接走孩子，你们也愿意的话，以后他就彻底不要再管孩子，跟你们把领养手续办好，以后也不用给生活费了，孩子的一切都不要他管，孩子就是你们的孩子了，你看这样行不行，如果你们同意，我就跟孩子父亲协商。”

章亮听校长这样一说，心里松了口气，至少学校还是讲道理的，只是离婚后，桂萍几乎是因为孩子才坚持了下来，而且这个孩子现在也懂事很多，连他都打心里喜欢了，这要冷不丁地被接走了，怕是他们情感上都接受不了。

“校长，你是个好人，我们之前误会了，这事我们也知道让学校为难了，可是你也知道，桂萍她生病后，身体一直不好，这几年我们离婚，孩子成了她和老人的全部精神寄托，这孩子要是真被接走了，他们肯定受不了的，这一受刺激，再有个好歹可怎么办，你看看能不能跟阳阳父亲协商，我们愿意办领养手续，也不需要他付生活费了，以后孩子的学习生活都我们自己负责。”章亮轻叹着说。

“你这么一说，要是桂萍真因为这事有个好歹可真不是小事。”校长也觉得章亮说这事倒是为难，想了想说道：“这样吧，我有个朋友是福利院的院长，如果孩子父亲真把孩子接走了，我引荐你们到福利院领养一个，你看行吗？”

“如果真是如此，也只能这样了！”章亮叹着气说。

回到桂萍家后，章亮把校长跟他说的几种方案都跟桂萍和桂萍妈说了，桂萍始终没吭声，只是止不住地流眼泪。

“你们这说得轻巧，再领养个孩子，这孩子是那么好养的，不费心咋的，你们啊，没一个让我省心的。”桂萍妈抹着眼泪说。

“妈，你宽宽心，阳阳如果真被他父亲接回去了，这也是没办法的事，咱们应该替他高兴，跟着他亲生父亲，以后在国外的发展比跟着咱们更好，咱们也有自己的日子要过不是。”章亮安慰说。

最后，阳阳的父亲还是接走了阳阳，由学校出面协商，把之前阳阳的医药费全数补给了桂萍，另外给了桂萍家15000元的补贴，但也没有让他们再见孩子。

阳阳的离开，让桂萍和桂萍妈都像是霜打了的茄子一般，做什么事都提不起劲头，章亮心里也不是滋味，但在这期间，倒是很男人地照顾着这个家。

这日，章亮接了校长的电话后，笑着跟桂萍说：“好事来了，有好事情，快走，晚了来不及！”

原来是校长之前说的那个福利院说院门口不知道被谁放了一个婴儿，如果他们愿意，可以去领养，才出生一个月不到的女娃，很漂亮的，是早上女娃的哭声惊醒了福利院的工作人员，公安局也四处找孩子父母，但一直无人来领，只得留在福利院。

一个星期后，章亮和桂萍经过这些日子的相处，协商后选择了复婚，因为福利院也有规定，只有完整的家庭才能办理领养手续，而章亮一直有着想跟桂萍复婚的打算，也提过几次，只是桂萍没有点头，这次事件，倒是让桂萍想通了。章亮家办好了领养手续，便欢欢喜喜地把孩子抱回了家，他们给孩子起了名字，叫天赐。

在领养的时候，福利院院长告诉他们，在捡到孩子的时候，孩子包被里还留着一封信：

善良的好心人，我们对不起这个孩子，若您愿意，请收留她吧，以后她将是你们的孩子。

有了小孩的加入，这个家又焕发了生机和活力，屋子里虽然经常是孩子的哭声，但笑声更多。

最后，章亮和桂萍一起跟亲戚朋友借了点钱，买了那套二手房子，一家人开开心心地搬进了新居，桂萍也离职在家，专心照顾孩子，而章亮现在有房贷和车贷，做老师那点儿工资已经无法承担这些债务，他也觉得自己可以拼一下，更想给桂萍和女儿更好的生活环境，所以，他没有再做兼职，而是选择了停薪留职，跟朋友在城南开了个房屋中介公司，没想到效益还不错。

8月里的一天，桂萍忽然对他说："章亮，你猜，有件好事情。"

"你涨工资了？"

"不是。"

"你升做幼儿老师了？"

"不是。"

"你的减肥有效果了？"

"不是。"

"天赐拉肚子好了？"

"不是。"

"那是什么？"

"告诉你，我好像有了，但是还没有去医院检查，你送我去吧。"

"啊——"这可是章亮出乎意料的事情，不过，桂萍是不是真的有了，这已经不重要了，因为他已经有了一个安稳的家和一份有前景的事业，他对目前的现状，很满足。

47 月缺月圆

采芹和成名经历了吵架、冷战、分居异地之后，随着采芹从上海回到杭州，两人的关系终于有所改变。

这期间，成名给采芹打了好几次电话，也跟她说过自己这些日子的所思所想，也知道在这件事上，双方都有做得不好的地方，虽然他的工作和事业很重要，但家庭也一样重要，他告诉她，他以前没有意识到任何事情都应该有个轻重缓急，眉毛胡子一把抓，尤其是不能一工作起来就什么都不管不顾。

比如，现在单位里有比较着急的工作要处理，他一定会事先跟她说明白，而她如果觉得他有什么地方做得不够好的，也可以私下好好跟他说，两人相互理解，相互沟通。其实，对于夫妻来说，如果两个人是确定彼此这个人而走在一起的，那么一切矛盾都是没有沟通好而造成的，平时生活工作中，虽有分歧，但好好沟通，是不会出现他们之前那样不可协调的矛盾的。

在工作上，成名多多少少对采芹有所帮助，采芹也会给成名很多新鲜的灵感，这就是缓解他们两人之间矛盾沟通的最好桥梁，而在生活中，彼此都替对方考虑，相互体谅，有事好好说，可以相处得很融洽。

采芹从上海回来后，先回了父母家，成名并没有急着上门，而是先电话约她出来散步。徜徉在南线的柳荫道，西湖的夜晚是那么静谧、迷人，他说："我们坐下谈谈。"

"在你之前，我跟馨月从相识到分开，是七年多的时间。"他对她说，"我们走了很多不该走的弯路，所以婚姻失败了，只是没想到的是，跟你结婚后，那些弯路仍然在走，我现在已经知道这些弯路是什么了，我们都冷静了这么久，也该重新上路了，我们不要再这样下去，让我们的爱情都变冷了，回家来吧，我一直在等你。”

“我想再等等看，对于将来，我总是有些不确定，再等等吧。”她在听完他的话后，沉默了许久，才笑着回答。

他没有勉强她，也没有再劝她，只是在聊了工作的事以后，嘱咐她平时生活中不要太委屈自己，要照顾好自己，身体最重要，有什么事跟他说一声。

她有些心动，毕竟他们是有感情的，他是了解她的，只是他们都太好强了，以至于本就薄弱的感情，最后因为观念不合而脸红脖子粗。

她知道自己的弱点，想克制，但是她无法做到柔声细雨、温存有加。

他知道他的秉性，一忙起来，就会忘了所有人，更不会关心人，如果是朋友还好，后面一起喝个酒也就没事了，可爱人不一样，她需要他平日啰唆反复的关心，这一点，他对馨月没做到，对采芹也做得不够好。

于是，他们在有矛盾发生的时候，这些细节就被对方无限放大，变得尤其严重。

夜色如水，听得见夜虫的呢喃，一弯新月垂挂在柳梢头，这是个还算清凉的夏夜，因为景区夜灯关上了，所以夜柳的玉容和香樟的浪漫，都隐没在远远近近的虫鸣中了，湖水在微风的轻拂下，扑打岸边，传出一阵阵清晰的水声。

“太晚了，我们回吧。”

“我送你。”他说。

她默然不语，夜色越来越深，灯火阑珊。

成名把车停在她家楼下，采芹说：“要不要上去坐一坐？”

“改天吧，等你愿意跟我回家了，我才有脸上门拜访。”他说，“你才回来，工作上有什么事就跟我说。”

“好，再见。”

“王总，顶级游报名情况不乐观。”市场部韩经理说。

“王总，去新疆的双飞联系不到飞机。”小杨说。

“王总，蜜梨节的一日游，有很多游客一星期前忽然退票了，怎么办？”

……

不断出现的意外情况使王一预感到旅行社的情况不容乐观。

他问清了顶级游的具体报名人数，只有十来位，他还是决定要去，因为对于游客来说，信誉最重要，近线游散客比较多，本来也没多少钱赚，干脆取消。去新疆的，由于近几天台风影响，估计计划要搁浅，只得办理退团手续，向游客赔礼道歉，耐心解释。

唉，这个月，旅行社要亏大了！他想。

手里的电话响着，是成名打来的。

“有空吗，想找你聊聊。”成名在电话那头问。

“行啊，那么晚上去普尔茶楼吧。”

成名驱车到普尔时，王一还没到，他点了茶，取好点心，一边品茶一边等。

王一风风火火地一进包厢就说：“老弟，你还真会选地方，害得我半天好找。”

原来，王一找错地方了，从西湖隧道出来，车直接开到环城西路，然后绕到保俶路上绕回来，还差点吃了交警的罚单。

“这个月我已被扣了两个点，都是单位里那些个破事儿，要不然我会闯红灯？”

“老大，稍安勿躁，单位里的事也不是三天两头搞得定的，怎么，最近生意不好？”

“唉，这几年最惨就这两个月了，估计只能发基本工资，奖金是没影的事了。”

“是客人少吗？现在不是淡季吧？”

王一说：“客人少是个原因，重要的还不在这里，现在市场千变万化，顶级游有点跟风，人家蓝天做得好，国旅也不错，长线游吧，西湖和国际青年也爆满，近线不是我们强项，平时就是保保本而已，现在长线这块蛋糕也不好吃了，旅行社太多，你能想到的，别人早八百年也想到了，做了还有什么意思。”

成名听他这样说，想了想，说道：“当前还是要有一个市场评测系统，不能看着人家吃就眼红，除了市场因素，得自己给自己找找不足，是管理问题，还是哪里没理顺。”

王一想了想，他觉得成名这话是有道理的，长线游火的时候，盲目扩张，路线多了，导游经验知识不够，所以服务上肯定会出漏子。例如前一次，他们旅行社聘来的兼职导游在云南就出事情，本来跟地接方人员说好了，先接团，款项过后再支付，谁知道对方一定要先付款，这样导游不得不四处去凑那四万块钱，这下子好了，一个团40位客人干等了一个上午。后来，从丽江回来，导游又人间蒸发了，人家游客气极了，回来打电话投诉，害得旅行社解释加赔偿才安抚住游客。至于线路问题，也有把景点和吃住统一起来定好了，可有些客人不干，他们认为这是导游和商家相互定好了坑游客钱的，所以，最后也是不满意。

“你们要从内部抓一抓，清一清盘，那些不合格的、临时请的，一律参加培训，合格上，不合格下。”成名听了王一说的这些例子，直接出主意道，“或者，就来个竞争上岗，有能力者居上，这也是为了公司好，就算是你们老总，也不会有二话说的。”

王一觉得这办法不错。

工作上的事有了新计划，王一心情好了不少，两人喝着酒，也就开始闲谈其他事了，成名跟王一说了采芹回来，却不愿意回家的事。

“老弟，我可是得提醒你，做什么都得有个度不是，你现在就别东想西想的了，赶紧把老婆哄回家才是正事，别玩得过火了，最后既害了自己又害了别人，以后后悔了可来不及了。”王一喝着茶说。

成名闻言，脸色不好地骂着：“你丫的胡说什么，你以为谁都跟你似的，我害谁了。”

“我怎么胡说了，要不是你当初左手一个馨月右手一个采芹，怎么会走到今天这一步，现在算什么，竹篮打水一场空？说你你还不乐意了。”

这话说得成名更不顺耳了，心里也火了起来，呵斥道：“王一你丫的才不是什么好东西，我跟谁在一起那是我的事，你有什么资格指手画脚，至少在没离婚时，我不会在外面乱来，不像你自己花心，在外面胡来，还背着老婆到处借钱堵窟窿，别以为惠英不知道，她那是还没找你算账呢。”

王一被成名吼得也有些没脸，半晌后才说：“好了，男人无隐私，出口的事，过了就忘了，都别提了。”

停了停，两人也不再提这个话题了，倒是成名说道：“不知章亮怎么样了。”

“是啊，好长时间没联系了。”王一也叹了口气，说，“不过惠英跟桂萍最近倒是常联系，听她说，章亮他们最近过得挺好的。”

“那就好！”成名犹豫了一下，装作无意地问，“惠英跟馨月也常联系吗？她怎么样？”

“昨晚才通过电话，好像说快生了吧。”王一说完，又看向他，挑眉问道，“怎么？你还真惦记着她？”

“没有，就是问问而已。”成名装作无所谓地说，此刻，他在脑子里拼命搜索着馨月大着肚子的样子，却怎么也想不起来。他知道，那个女人，以后他再也靠不近了。而采芹呢，她在他脑海中现在是清晰的，只是他不知道，他们之间的距离，什么时候才可以消失。

很多年后，柳眉在上海的第二次画展很是成功，作为一名年轻的画家就有这样的收获，已经算是不错了。柳眉对自己的画作是比较满意的，她认为自己满意的还不只是这些，在这次画展上，她碰上了采芹。

有一次的聚会，她记不清是哪一次了，好像是在王一安排的那一次，她认识她的时候，她与成名出双入对，而这一次的见面，采芹像是变了一个人似的，少了那时候年轻人的张扬和活力，而是多了一份沉稳和娴静，她说自己这次到上海来，就是来采访她这次画展的。

她们聊起一些过去的事，她说："采芹你让我怎么说呢，那时候，我们都对婚姻缺乏了解，我们只有爱，缺乏责任。"

采芹现在虽然已经跟成名有一个两岁的宝宝了，但她认为自己当年和成名分开了一年多的时间重新走在一起是没有错的，那时候刚结婚，她是爱成名的，她爱他的专注，有责任心，有事业心，但是她无法接受他的冷漠与无情，也没有做到去跟他沟通，去理解他的想法，只是任性地做自己，但她不后悔自己在他们这段感情中做出让彼此分开的决定，因为正是那段时间，他们都做出了改变，相互理解和包容，所以，当他们发现彼此心里还有对方时，再走在一起，才有了他们现在这个幸福的家。

柳眉的画展凭借采芹的采访宣传，展后的第三天，画商便买去了好几幅，还约她给他们供画。

后来，柳眉的《丽水人家》系列，在大展中荣获国画银奖，凭着这些机会，她也一下子跻身国内当代中国画新秀艺术家行列，逐步成为一名有作为的年轻画家。

柳眉在获奖时感谢过很多人，但最感谢的是她的同事陈庆，她与他也是高中同学，准确地说应是艺校附中的老同学，没有他在《美术报》上的褒扬和平时的相助相扶，她也许很难有今天的成就。

也是因为这样，成就了柳眉和这位师兄的恋情，他们相爱了，和许多处在恋爱中的青年一样，在这一年的中国情人节——七夕的那一天，他们许下了彼此携手一生的承诺。

而这一年的七夕，是可以见到上弦月的，无论它映在窗边，还是落在心头，住惯了城市的人们很难顿首关注。

城市是个人流的海洋，无论是成名、王一、章亮，或者居住在城市中那些跟他们一样曾经迷失过的我们，在面对着情人节的这一弯明月时，都渐渐明白：作为男人，有权利，也可以选择自己想要的爱情；可是作为丈夫，首先要选的是责任，没有资格选择爱情，因为与他们走进婚姻的那个人，就是他们曾经选择的爱情。

其实，爱情和婚姻就像在海滩上捡贝壳，不要捡最大、最漂亮的，要捡自己最喜欢、最适合的，而且你一旦捡到了，就不要再去海滩了。

当风吹来的时候，这座城，有人在拥抱，有人在告别，有人在赶路，有人在停留，有人在畅饮，有人在烦恼，但更多的人，哪怕是被风吹乱了头发，也迎着风推开了那一扇扇等着他或者她回家的门……

后记

闲言碎语

这是个有些清凉的8月，《被风吹乱了的城市》终于写完了，仿佛卸下一个婴儿，从写作的艰辛中完成了孕育和诞生。三年了，在中年人的天平上，我用这20多万字记录了一些城市的边缘人物如何通过自身努力而完成嬗变的过程。我在写作中，遇到一些尴尬，也颇有一些启发，我把它们记录下来，作为自身创作的一些心得，供读者、评论家们作为解读的个人材料加以参考。

写实的材料未尝不可以“务虚”。我的小说坚持了一种理想化效果，我有意淡化了生活的本色，给我的人物涂抹上理想，所以笔下人物既有实的现实背景，又有“虚”的理想情境。

追求语言的铺张性，从传统中以求突破，我选择了第三人称视角，以新的方式来表述，讲究结构的缜密、穿插艺术。我的小说结构是螺旋形的上升框架，随着情节的推动发展，小说在一波三折中演进、推移，直至人物命运变迁、更迭，旨在对传统的结构艺术进行分化和重构。

对人物叙述的思考：我在做一个人物群雕。我勾画了三对人物，他们各自的身份有别，情感追求、婚姻观念各异，我有意突显两代人的婚姻爱情观，两种观念在冲突中各自分化，完成对人物感情世界的洗礼。

淡化价值立场，正如一些人对新写实小说的评价一样，对不同的情感与价值取向，我的态度是宽容的，尽量保持审视态度，我想这是一个作家应持的基本立场。

我的原意在探讨“边缘人”的感情生活，这些城市人群，他们有自己奋斗的艰难和感情的变化，当城市容纳了这些人的同时，也就赋予了他们城市化的价值观念。离婚虽有垢痛，但也有点像儿戏；结婚虽郑重，有时也虚妄。爱是风花雪月，爱也意味着诚实、责任与操守。

生活现象已然进入创作文本，生活的意义被语词尽量消解，生活的是非善恶处于临界状态和本真境界，我试图探讨凡俗本真的琐碎与细微、敏感与奋争、痛苦与无奈、成功与失败，使读者体味出生存的原味与意义。

激情是我创作的原动力，历来坚持的写作原则，有灵感始可介入，诗意呈现虽不是创作核心，但是它一度主宰我对小说人物身份与命运的呈现。

写作的困惑。小说断断续续写了三年，其中的2004年几乎只写了几千字，大多数篇幅是在2003年和2005年完成的。驾驭人物群像，介入故事比较难，我遇到小说人物性格刻画的个性处理和人物活动情境的安排困难，由于对人物个性的把握不够和生活素材的贫乏，我一度在小说中非常尴尬地回避着，但是小说客观呈现了这一命题的存在，这是种失败。

过多关注了小说的形式感，叙述技巧上，直接和间接叙述的成分矛盾存在着，这是叙述贫乏的表现，我非常小心地注意到别的作家的创作，何顿的朴拙与刻意，丁伯刚的琐碎与张力，情节的穿插与严密逻辑的配合，毕飞宇的个人话语、想象力与哲思构架，我着力追求叙述边缘状态，体现个人化写作理想，这一点上，我比较刻意、比较偏执。

小说风格的雅与俗。我的小说在坚持一种平民化写作路线，直白、朴拙、清丽，这种语言一度为地域性和异化所阻，一度使我无所适从，我在寻求这种突围。